多视角下的中国现当代文学鉴赏研究

高小晴　著

中国建材工业出版社
北　京

图书在版编目（CIP）数据

多视角下的中国现当代文学鉴赏研究/高小晴著
. --北京：中国建材工业出版社，2023.12
ISBN 978-7-5160-3968-7

Ⅰ.①多… Ⅱ.①高… Ⅲ.①中国文学—现代文学—文学欣赏②中国文学—当代文学—文学欣赏 Ⅳ.①I206.6

中国国家版本馆 CIP 数据核字（2023）第 251674 号

多视角下的中国现当代文学鉴赏研究
Duoshijiao xia de Zhongguo Xiandangdai Wenxue Jianshang Yanjiu
高小晴　**著**

出版发行：中国建材工业出版社
地　　址：北京市海淀区三里河路 1 号
邮　　编：100044
经　　销：全国各地新华书店
印　　刷：北京传奇佳彩数码印刷有限公司
开　　本：787mm×1092mm　1/16
印　　张：14.75
字　　数：192 千字
版　　次：2024 年 5 月第 1 版
印　　次：2024 年 5 月第 1 次
定　　价：59.80 元

本社网址：www.jccbs.com，微信公众号：zgjcgycbs

前言

文学鉴赏是读者阅读文学作品时的一种审美认识活动。读者通过语言媒介获得对文学作品中艺术形象的具体感受和体验，引起思想感情上的强烈反映，得到审美的愉悦和享受。

文学鉴赏活动是作为鉴赏主体的阅读者与作为鉴赏客体的文学作品在一定条件下相互联系、相互作用才得以发生的。文学鉴赏是一种感受和理解、情感与认识相统一的精神活动。人们欣赏文学作品是从形象感受开始的，形象作用于读者的感觉和感情，使读者受到艺术感染，在潜移默化中逐步体会包含于其中的思想。读者对文学作品所表现的生活意义和内涵的认识，始终是与读者对作品所反映的具体生活现象的感受和情感理解联系在一起的。脱离了具体感受的抽象思维和逻辑判断，不能称为文学鉴赏。但是单有感觉没有理解，或者单有情感没有认识，也不可能深切领会文学作品的意义，同样不是真正的文学鉴赏。在文学鉴赏中，感觉和理解、情感与认识是不可分割的。

本书是一本关于文学鉴赏研究的著作，首先介绍了文学作品概述、文学鉴赏导论、文学鉴赏的基本原则，然后以中国现当代文学史为线索，以文本为核心，按文学体裁进行分类，分诗歌、散文、小说、戏剧、影视文学五个部分对中国现当代文学作品进行赏析。全书系统地呈现了中国现当代文学的发展过程和辉煌成就，既兼顾了文学发生发展的情况与特点，又突出了重点作家及其作品，有助于引导大学生熟悉和理解现当代文学史上富有代表性的经典名篇，全面培养和提升学生对不同文体作品的鉴赏能力与审美能力。本书选文经典、框架新颖、脉络清晰，适用于高等院校中文专业和传媒方向所有专业本科、专科阶段“中国现当代文学”课程的教学，也可供社会读者自学。

本书在撰写的过程中，参阅了大量相关资料和文献，同时为了保证论述的全面性与合理性，引用了许多专家、学者的观点，在此谨表示最诚挚的谢意。由于作者写作水平有限，书中不免存在遗漏之处，恳请广大读者不吝指正。

目录

第一章　文学作品概述

第一节　文学作品的内容和形式

文学作品的内容和形式问题，是文学理论中的重要课题。正确地解决这个课题，对于进一步认清文学反映生活的内在构成规律，提升个人艺术素养，提高作品的思想水平和艺术水平，正确地进行文学创作、文学鉴赏和文学评论，都有重要的意义。

内容与形式是一对共生的概念，内容是指构成事物的内在诸要素的总和，形式则是内容诸要素结构表现的外在形态。它们的关系是相对的、可变的。在某一范围内是形式的东西，在另一范围内就可能成为内容。例如，生产力是内容，生产关系是形式，而在上层建筑是形式时，生产关系则是内容，因为它属于经济基础的范畴。内容、形式的划分是相对的，但在已确定的范围里则是绝对的。

一、文学作品的内容

文学作品作为特殊的事物和精神现象有自己的特点，但总离不开反映什么，表现什么，总要抒写某种感情，寄托某种思想，表达某种社会生活或作家的某种感受。因此，在作品中抒写什么、描绘什么、表现什么、再现什么，就是文学作品的内容。

文学和生活的关系，决定了文学内容是主客观因素的统一体。文学反映生活，但不是纯客观、机械的表现，而是融入了作家的思想感情，经过了一定的选择、提炼、加工，把被反映的对象写进文学作品中，这就决定了文学作品的内容是主客观因素的统一体，没有纯主观或纯客观的内容。生活是文学的源泉，无论是再现客观现实的作品，还是表现作者思想感情的作品，归根到底，其内容离不开社会生活。社会生活是文学作品内容的现实基础，但并不等于文学作品的内容就是客观的社会生活。社会生活必须经过创作主体的选择、提炼、加工，才能变成文学作品的内容，其中就包括了作家主观的审美价值判断。可见，文学作品的内容并非普通生活的照相、翻版、复印，而是社会生活这一客观因素和创作主体这一主观因素的统一体。

正确认识文学作品内容的性质，才能在创作上摆脱机械唯物论的影响，发挥创作主体的作用，更深刻、更强烈地反映生活。在文学鉴赏和文学评论中，要注意分析作品内容的客观因素和主观因素，更准确、更深入地理解作品，做出切合实际的评论。

二、文学作品的形式

文学作品的形式就是表达文学作品内容的结构和表现手段，一般由结构、语言、体裁等因素构成。

文学作品的内容要有一定的形式才能体现出来。只有把形式与内容联系、统一起来考察，才能正确把握文学作品形式的本质。

（一）文学形象与形式的关系

就文学与社会生活的关系而言，形象可以说是文学反映社会生活所特有的形式。在具体的文学作品中，它由一定的形象和形象体系组成。形象既有内容成分，又有形式的因素，是二者的统一体，是指文学区别于其他意识形态用概念形式反映现实的不同特点。

文学作品的形式是指文学作品的内部构造和表现形式，即作家用以塑造形象的材料和方法的总和。它由体裁、结构、语言和表现手法等因素构成。

（二）结构、语言、体裁同文学形式的关系

结构、语言、体裁是构成文学形式的因素，但不是文学形式本身。形式是相对于内容而言的，离开了具体内容，结构等形式因素都不能算

是特定的因素。例如，色彩、线条是构成绘画的形式，但孤立的线条就不是绘画的形式，必须依附于一定的具体内容才可能成为某种内容的形式。从某种意义上说，内容和形式很难准确地划分开，内容即形式，形式即内容，形式仅仅是表达内容的一种手段而已。

三、文学作品内容和形式的关系

文学作品的内容和形式在具体的作品里是不可分割地联系在一起的。这就说明，文学作品的内容和形式是一种对立的统一关系：没有内容，就没有形式；没有形式，内容也无从表现。二者是相互依赖，相互制约、相互联结的。内容决定形式，形式又具有相对独立性，并反作用于内容。

唯物辩证法告诉我们，任何矛盾的对立方面，都有一个方面是起决定作用的。文学作品的内容和形式也是如此。内容是主导、决定的方面；形式是为内容服务的，受内容决定的方面。

从创作过程来看，作家总是先有了对生活的感受，获得了题材、主题、人物等，才去寻求一定的结构、体裁、手法构成一定的形式来表现自已对这些生活的感受和认识。刘勰在《文心雕龙·情采篇》中主张“为情而造文”，反对“为文而造情”，就是强调形式服从内容。一般来说，作家从生活中所提取的某种题材和主题，必须考虑采用适应于这种独特内容的形式，使它得到最充分的表现。

从文学的发展过程来看，内容总是先于形式的发展变化，形式是随着内容的变化才不断改变的。例如，我国的诗歌最开始主要是四言诗。随着社会的发展，人们的思想感情日益丰富，诗歌所要表现的内容也随之不断丰富，四言诗不能继续适应内容的需要，便产生了五言诗和七言诗。唐宋以后，城市经济和市民生活日趋发展、繁荣，为了更好地表现新鲜、活泼的内容，又出现了词、曲。到“五四运动”以后，由于社会生活的进一步发展的需要，又产生了新诗。这些都说明，在文学发展中，内容是最活泼的因素，总是随着社会思想和生活内容的丰富而发展的。

一方面，文学作品的内容决定形式，形式服从于内容，这是文学作品内容和形式对立关系的一个重要方面；另一方面，形式也有它的相对独立性和一定的反作用。

文学作品形式的相对独立性突出表现为形式具有相对稳定性和历史继承性。

文学作品的内容往往随着社会生活的变化而迅速变化，而文学作品形式的变化则缓慢得多。旧的内容变化了，旧的形式并不一定立即消失；新的内容产生了，而新的形式并不一定马上出现，所谓的“旧瓶装新酒”即是如此。所以说文学作品形式具有相对稳定性。

文学形式具有一定的历史继承性，不能完全脱离过去的文学形式。事物的发展有一个新旧交替的过程，但在这一过程中，寻找和创造适合于表现新内容的新形式，并不是轻而易举的，有时表现一定历史时代较完美的艺术形式的创造，往往需要经过几代作家的共同探索和长期积累才有可能完成。比如我国律诗的产生，从齐梁到盛唐，经历了二百余年才逐渐完备。同时，新形式也不是从天而降的，还有一个对旧形式继承与革新的问题。跟内容相比，形式本身有更多的继承性。对于一种长期艺术经验的结晶，后人只能继承、革新，却不能将之废弃而从头做起。创造并不是凭空的，新形式往往是通过对旧形式的吸收、改造而产生的。

文学作品形式的相对独立性，还表现为形式对内容也具有制约性。文学作品的形式具有自身的特点和内在的规律，作家创作时既要考虑内容的表达，又要考虑形式自身的特点和要求，这就会受到形式的某些制约。比如，将小说改编为电影剧本，就不能把小说的内容原封不动地搬上银幕，必须根据电影艺术的特点和要求做某些增删改动，才会改编得成功。

文学作品的形式的相对独立性，决定了它必然会对文学作品的内容产生反作用。刘勰在《文心雕龙·情采篇》中论述内容和形式的关系时认为，一是“文附质”，二是“质待文”。这既肯定内容的主导地位，又承认形式的反作用，这种反作用表现为形式的优劣好坏影响着内容的表达和艺术感染力的强弱。比较完美的、适合于内容需要的形式，能够充分表达作品的内容，增强作品的艺术感染力；而粗糙的、不适合于内容的形式，则妨碍作品内容的表达，降低和削弱作品的艺术感染力，甚至可能完全破坏作品的艺术性。

没有内容，就没有形式；没有形式，内容也无从表现。二者是相互依赖、相互制约、相互联结的。没有前者，就不会有后者；没有后者，前者也不能得到表现。但二者或多或少有各自的局限，所以说统一是相对的，尽可能做到内容和形式的统一，这是一种理想。

第二节　文学作品的构成因素

关于文学作品的构成，古今中外的说法各不相同。西方结构主义美学将作品分为符号层、形象层、深层结构层；现象学美学将作品分为语音层、意义单位层、再现客体层、图式化观相层，中国学者一般把作品分为言、象、意三层。除此以外，还包括题材这一因素。

一、言

言即语言层，包括音韵、节奏的意味，字词的暗含意，语气与文体。

语言相当于绘画艺术中的线条、色彩，音乐艺术中的声音、旋律，是构成文学作品的媒介、材料。文学由语言组成，没有语言就没有文学。语言是文学作品的存在方式，是作品的外在形式，也是读者接受作品的媒介、桥梁和通道。

语音和语义是文学艺术性的构成因素。语言美包括音韵和节奏两个方面，文学中字词除了字面意思，往往还有暗含义（双关义、比喻义、象征义、引申义、联想义等）。在语言层面，应该注意把握语气（在叙事作品中表现为叙事语调）和文体。语气能传达发言者或叙述人的情感态度；文体能体现作者的创作个性。

二、象

象即形象层指通过语言描绘、创造生动具体的艺术形象。它在抒情性作品里表现为意象、意境、氛围；在叙事性作品中表现为人物、情节、环境（背景）、景物等。

三、意

意即意蕴层，包括表层意蕴和深层意蕴。

文学作品因素的组合不是自发的，文学作品整体的建构不是自动的，而是作家调动各种表现手法和技巧获得的。表现手法和技巧的使用，是文学作品创作的基本手段，是艺术效果得以产生的重要原因。

艺术的表现方法和技巧是极其丰富而多样的，主要有结构的安排，叙事角度的选择，象征情节的提炼，隐喻、夸张、变形、白描、写意等手法的采用。要透彻地理解作品，还要注意作家使用了哪些表现方法和技巧。

作家要创作出优秀作品，首先要尽可能多接触丰富多彩的社会生活，接触时必须有敏锐的观察力、灵敏的感受力（过于敏感叫神经质，轻则称多愁善感）；其次要对人生有深刻的悟性、有洞察能力、有丰富的想象能力，并善于构思，融思想感情于形象、声音等感官对象中；最后要具备过人的语言塑造能力，熟悉特定体裁的妙处。

文学创作过程，是将生活中的物象积累成为记忆中的表象，再将表象生成能够传达作家审美体验的审美意象，最终把审美意象巧妙转换成文学语言的过程，以传达作家的审美理想、审美趣味、思想情感。

文学鉴赏的过程，是读者将语言解码编辑，根据作品的蓝图调用自己的生活储备（包括语词记忆、表象记忆、情绪记忆），在自己心中重构审美意象，并进行二度审美体验，从而感受、释放与作家同构的情感的过程。

四、题材

（一）题材与素材的区别与联系

客观的社会生活不能以固有的物质形态进入大脑。一方面，宇宙万物都可成为作家的描写对象；而另一方面，就物理性空间、时间角度来说，比起以光年或世纪为计量单位的浩瀚天体或人类史，个体大脑的容积与生命期都不过沧海一粟。但人脑却有能力以印象或文字编码的形式，将它所承接的极度丰富的外界信息浓缩在记忆系统里。无怪雨果咏叹："比海洋更广阔的是天空，比天空更广阔的是人的心灵。"

素材是作家艺术积累中原始的、零碎的生活材料，包括没有意义的生活细节、生活现象等，是纯客观的东西，在形态上是自然的。素材有直接的、内在的素材，也有间接的、外在的素材。直接的，指作家本人目睹或亲身经历过的事实；间接的，指作家耳闻或从文字资料中积累的事实。

题材，是作家在生活积累即素材的基础上，经过选择、加工、比较、改造、发展、组织成为作品内容因素的生活材料。它打上了作家思想感情的烙印，因此它是主客观统一的观念形态的东西，属于精神现象范畴。

魏巍在《我怎样写〈谁是最可爱的人〉》的创作体会中谈到他在朝鲜战场上搜集的一百多个生动感人的战斗故事，这就是他所积累的生活素材。而经过他的选择和提炼，最后写进《谁是最可爱的人》中的"松骨峰战斗""马玉祥三次扑入火窟舍身抢救朝鲜儿童""志愿军战士在防空洞里的日常生活"三个典型生活事件，就成为这篇文艺通讯的题材。由此可见，素材是题材的基础，题材则由素材提炼而成。素材积累得越丰富，作家就越能够把握生活的深刻本质和生动表现，也就越有利于进行艺术的集中、提炼，获得深刻、充实的题材。杰出的作家总是十分注意积累丰富的生活素材，他们常常在生活中观察、体验、研究种种生活情景的人物、细节、事件，作为构成未来作品的题材的原始材料。

(二) 题材的形成

题材的形成，一方面受作家生活实践的制约，另一方面又受作家观念的影响。而人们对题材理解有两个误区：题材决定论，题材无差别论。

多样化是创作的客观要求，有四个因素：

1. 生活的丰富多彩，决定了文学作品的多样性

现实生活的领域无限宽广，提供了丰富多彩的题材，为作品提供了无限的内容。

2. 作家的个体差异性，决定了题材的多样性

作为创作主体的作家，由于各自的思想、感情、个性以及审美理想和世界观的个体差异，对社会生活的认识、选取是不同的。赵树理适合农村题材，老舍适合城市题材。即使同一题材，不同作家对它的处理也不相同。

从这两方面就构成了题材的多样化，鲁迅说："看人生因作者不同，看作品又因读者不同。"

3. 读者的个体审美差异性决定了题材的多样性

受阅历、心理、文化、教育、兴趣、思想感情的影响，受国家、民族、地域、风俗的制约，使读者的个体审美具有差异性，从而决定了题材的多样性。

4. 文艺的多功能和多种作用，决定了题材的多样性

文学不仅有教育功能，更有审美功能，要体现这些价值，文学作品的题材也就要多种多样。

第三节　文学作品的结构系统

作品就像一个坚硬的果实，我们要探取其内在的意义，就必须解剖这个果实，分清它的结构层次然后层层深入，寻找出意义的底蕴。分析作品的结构层次，就是探索意义分析应从哪里开始，从什么地方进入，

依靠什么来获取意义。我国古代文论往往把文学作品分为言（语言）、象（形象）、意（意蕴）、道（思想）四个层面。

一、语言符号层

语言层可分为语音和语义两个层面。语音层主要由音韵和节奏结合，语义层则是语表和语里的巧妙配合。把语言作为一个系统来看，语音是表层，语义是深层，表层的音韵和节奏要受深层语义制约。

语音追求音韵与节奏。文学作品的语言追求音韵的和谐、节奏的鲜明，具有听觉上的美感。当然，文学语言的音韵不是与内容无关的纯形式的东西，它还必须适应表达情意的需要。语言的声音节奏在接受情感影响的同时，还受到文字意义的支配。意义完成时，声音就有停顿；意义有轻重起伏时，声音也要有轻重起伏。而且，文字意义烘托出一个具体的情景，为语言节奏所唤起的情感规定了具体的内容、特殊的对象。读者通过对文字意义理解，才能更深切地感受到语言节奏所包含的情绪。

音韵、节奏及语义等诸种艺术因素的结合，使文学作品的语言层成为透发着审美内容的“有意味的形式”。比如唐代诗人元稹的诗《行宫》：“寥落古行宫，宫花寂寞红。白头宫女在，闲坐说玄宗。”在鉴赏分析此诗时，必然注意它的语言符号形式，不管在阅读时是不是读出声，在读者心中已经领受了它抑扬顿挫，合辙押韵的语音语调以及格律工整的形式。

二、艺术形象层

这一层面主要是由语言形式所组成的艺术形象。文学所提供的形象不是视觉形象，而是通过语言层面唤起的想象形象。它不能让人们直观地看到表象，而只有通过想象来唤起生活的表象。在《行宫》中，通过语言的形象功能，可以看到这样一幅画面：正当红花盛开的季节，在空虚冷落的古行宫中，白发苍苍的老宫女正在闲坐回忆、谈论天宝遗事。

通过语言，读者基本上能感知作品的艺术形象。

三、内在涵义层

在这一层面主要是艺术形象所表示的含义，也是整个文学作品的意义所在。作品形象总是指向、暗示一定的社会历史内容以及思想感情，总是与一定意义相结合，成为有内在含义的意象。《行宫》中的形象表达了什么样的意义呢？年轻时花容月貌、娇姿艳质的宫女，随着时间的推移，逐渐红颜憔悴，白发苍苍，行宫也渐渐地衰落。“白头宫女在”，暗示了许多的人和事都不在了。当年的繁华盛况早已烟消云散，目之所及，只是行宫的寥落，宫女的衰老。因而此诗表达了时世变迁所产生的沧桑感和对红颜易老的感慨。

四、象征意蕴层

象征意蕴就是作品中的形象或意象所含有的象征意味，是一种超越形象意义的带有普遍性和永恒性的心理哲理内涵。也可以说它是作品的深层意义，是作品的最高旨趣和精神价值。《行宫》的意义不仅在于表达了时世盛衰和红颜易老的感慨，而且象征着人生有涯而宇宙无穷。无论是显赫一时的玄宗还是平凡的宫女，都必然受到自然规律的支配。玄宗早已不在人间，而苟活于世的宫女也将走完人生的历程，只有红花还在年复一年地开放。人的生命是短暂的，而事物（红花、行宫）依然存在；进一步说，具体事物的存在也是短暂的（行宫已经寥落，红花也不能永存），而世界则会依然存在；再从宏观上看，地球是短暂的，而宇宙依然存在。这样再回过头来看人的命运和变迁，就会有种种关于人生的哲理感受。优秀的作品总是不满足于对生活现象和现实意义的表现，还含有内在的象征意蕴。黑格尔说：“意蕴总是比直接显现的形象更为深远的一种东西。”象征意蕴使得作品意义超越了具象自身，上升为一种新的精神境界，它是作品的内在生命，是最能表现出审美意义的因素。

第二章　文学鉴赏导论

第一节　文学鉴赏的性质

所谓文学鉴赏，就是读者为了满足自己的审美需要，对文学作品所进行的带有创造性的感知、想象、体验、理解和评价活动，它能使人获得特殊的精神享受。下面从两个方面阐释它的基本性质。

一、文学鉴赏是一种审美享受

文学鉴赏离不开阅读，但阅读不一定就是文学鉴赏。一是阅读可以是文学作品，也可以是非文学作品，而文学鉴赏只能是具有审美特质的文学作品；二是阅读受理智和功利的驱使，以认知为目的，而文学鉴赏以满足人们的审美需要、愉悦身心为归宿；三是阅读受理智的制约，不要求其他心理功能参与，而文学鉴赏因文学形象能唤起读者各种心理机制的积极活动，因而需要各种心理功能的参与。由此可以看出，文学鉴赏是一种审美享受。读者在阅读文学作品的过程中，如果沉浸在作品所描写的世界，整个心灵都被作品中的形象调动起来，处于自由和谐兴奋的状态，从而得到情感上的愉悦和精神上的满足，那么，这样的读者就获得了审美享受。

二、文学鉴赏是一种再创造活动

读者在鉴赏文学作品时，不是简单地重现作品形象、被动地接受作品思想，而是要根据自己的生活经验、审美经验，对艺术形象进行补充、加工、改造。对同一部作品，不同的读者有不同的认识；对同一个艺术形象，不同的读者有不同的评价，甚至同一个读者不同的年龄阅读鉴赏同一部作品，也会有不同的艺术感受。因此与文学创作一样，文学鉴赏也是一种创造。不同的是，文学创作是从生活到形象再到文字；而文学鉴赏则恰好相反，是根据已有的文字到形象再到生活。作家写出作品是一次创造，而读者在文学鉴赏中根据作者的文本发挥想象，这就是文学鉴赏的再创造。这种再创造主要表现在以下两个方面。

其一，对作品形象的补充与丰富。作者只把最重要、最富有特征和暗示的部分描述出来，其他的则留给了读者，为读者留下了再创造的空间。另外，文学是一种语言艺术，其艺术形象具有间接性。因此，读者不仅要通过语言符号把作者已经描述出来的部分在头脑中展现出来，还要根据作者的暗示和诱导，由此及彼、由隐到显去补充与扩展。只有这样，才能完成对艺术形象全面的审美把握。

其二，对作品意义的发现与增添。文学作品总是包含着一定的意义，但其意义隐含在文学形象之中，并不会向读者直接呈现出来。而且其意义是多重的、模糊的、不确定的。读者的每一次鉴赏活动都是对作品意义的一种发现，一种增添，一种创造，文学作品便是在读者不断地再创造中一次又一次地以新的面貌出现，杰出的作品也就具有永远说不尽的意义。鉴赏的再创造对同一对象和主体来说，可以因条件的变化而产生某种新颖感。青年时期读《红楼梦》是一番感受；中年增长了阅历，再读《红楼梦》又有新的感受与发现；老年饱经世事，重读《红楼梦》则可能有更多新的发现和感受。真正优秀的作品，总是经受着不同时代的读者的反复鉴赏，并带来“再创造”的无穷乐趣。

第二节　文学鉴赏的特点

文学艺术中许多表现手法和艺术技巧的运用，都是以鉴赏者在鉴赏活动中能够对艺术形象进行丰富、补充、扩展为条件的。如果没有鉴赏者以想象和体验为基础的“再创造”活动来丰富、补充、扩展形象诉诸感觉的有限性，那么文学艺术就将失去深入反映生活的可能，鉴赏者在鉴赏活动中也不可能获得令人满意的审美效果。

一、文学鉴赏是一种主动积极的艺术再创造活动，而不是被动消极的感知

文学鉴赏虽然是由文学作品引起的一种精神活动，但是鉴赏者对鉴赏对象的感知，不是消极的、被动的接受，而是始终带着主观能动性，带着被作品中的艺术形象所唤起的全部激情和想象，理智和思索，结合自己直接和间接的生活经验以及艺术修养，去感受、认识、补充、丰富作品中的艺术形象，这就是文学鉴赏中的艺术“再创造”活动。这种“再创造”活动，有时甚至可以发现隐藏在形象深处，连作者自己也未曾认识到的东西。文学鉴赏中如果没有这种以作品的客观内容为基础的艺术再创造活动，鉴赏者就很难获得审美的快感。

鉴赏中的艺术再创造活动首先表现在鉴赏活动中，鉴赏者以自己的各种经验、印象、知识，去参与艺术形象的创造。文学鉴赏是客观作用于主观，主观的感受与客观的鉴赏对象相结合的精神活动。鉴赏者在艺术鉴赏之前，对现实生活都有一定的了解和认识，都具有一定的思想感情、趣味爱好、生活经验和艺术修养，这些主观条件在鉴赏过程中都要发挥一定的作用。也就是说，在鉴赏活动中，鉴赏者固然一方面要以鉴赏对象为客观基础，但另一方面又不是被动地消极地感知鉴赏对象，而是通过感受、想象、体验、理解等活动，把作品中的艺术形象“再创造”为自己头脑中的艺术形象。由于文学是语言的艺术，文学形象具有间接性，这个特点就更为明显。如果没有“再创造”活动，我们所能看到的只能是一堆抽象的文字符号。只有通过艺术再创造活动，以一定的联想和想象，调动自己的感受和体验，把作品的文字符号所包含的意义“复现”为自己头脑中的艺术形象。经过鉴赏者“再创造”之后的艺术形象，已不完全相同于作品中原来的艺术形象，比之原来的鉴赏对象已

经有了某些变形或差异。鉴赏者只有在这种“再创造”的活动中，在这种积极的能动的精神状态下，才能更充分深刻地感受和体验艺术形象，从而获得审美乐趣。例如：《红楼梦》四十八回有一段是讲香菱学诗，在读到王维的两句诗：“渡头余落白，墟里上孤烟”时，香菱谈到了自己的鉴赏感受：“这‘余’字和‘上’字，难为他怎么想来，我们那年上京来，那下晚便挽住船，岸上又没有人，只有几棵树，远远的几家人家做晚饭，那个烟竟是青碧连天。谁知我昨儿晚上看了这两句，倒像我又到了那个地方去了。”香菱对这两句诗之所以有如此深切的审美感受，是因为她不是被动地接受鉴赏对象，而是调动了自己的生活经验，积极参与艺术形象的创造，把作品中的艺术形象“再创造”为自己头脑中的艺术形象。而经过鉴赏者参与创造的艺术形象，与作品中原来的艺术形象已经不完全相同了。香菱所能想象和体会的“渡头余落日，墟里上孤烟”与王维所想象和描绘的具体情境已经略有不同了。

补充和丰富艺术形象，通过有限的形象去领会对象的广阔内容。作品中的艺术描写无论如何丰富，也不能包罗万象，面面俱到。每一部文艺作品的创作，都只能以具体有限的形象描绘无限广阔的生活内容。也可以说，是把无限广阔的生活内容凝练地熔铸在有限的具体形象之中。鉴赏活动不仅仅以鉴赏作品中的有限形象为满足，而且要通过作品中直接呈现的有限形象去领会它所包含的更广阔、更深远的内容。这种从有限通向无限，就要通过鉴赏者的“再创造”活动去实现。比如，我们读一首优秀的小诗，就能够在有限的形象中品味出丰富的意趣。看小说也是这样，吃喝拉撒睡不可能全部写出来，否则再长的篇幅也容纳不下。戏剧看起来很真实很具体，是因为演出者一举一动都逃不出观众的眼睛，其实它也要发挥鉴赏者的“再创造”。因为在那样大的空间里发生的事情，它只搬到舞台上这么一小块地方来演；那么长的时间发生的事，它只演两个小时。在演出之外的部分就需要鉴赏者的“再创造”去补充、去“填空”。

二、文学鉴赏的主观性和客观性与文学鉴赏的差异性、多样性和一致性

文学鉴赏是鉴赏者在鉴赏文学作品的精神活动，因此这种活动就带有很强的主观性。文学鉴赏的主观性在鉴赏活动中带来了文学鉴赏的种种不确定性，这些不确定性主要表现为两个方面：一个方面是文学鉴赏的差异性；另一个方面是文学鉴赏的多样性。具体来说，在面对同一对象的情况下，由于鉴赏者的主观条件不同，不同的鉴赏者对同一对象的鉴赏结果是各不相同的，呈现在不同的鉴赏者头脑中的同一鉴赏对象是各有差异的。这就带来了文学鉴赏的差异性。而在面对不同的鉴赏对象的情况下，由于主观条件的不同，不同的鉴赏者就有不同的鉴赏爱好和鉴赏态度，于是文学鉴赏的主观性又带来了文学鉴赏的多样性。

（一）文学鉴赏的主观性与文学鉴赏的差异性

文学鉴赏的主观性是指鉴赏活动中带有浓厚的主观色彩，这种主观性既受时代、民族、阶级等因素的影响，也由鉴赏者的思想感情、生活经历和经验、文化修养等因素所决定。由于主观条件不同而带来的文学鉴赏的差异性，不仅表现在鉴赏者的鉴赏结果与作家所创造的形象有一定的差异，还表现在不同鉴赏者对同一鉴赏对象的感受、理解和评价也是不尽相同的。

首先，不同时代、不同民族、不同阶级的鉴赏者对同一鉴赏对象的感受和认识是不同的。这是因为不同的时代有不同的审美观念和审美需要，比如，“燕瘦环肥”，体现了不同时代的审美观念，其他时代未必以为然。唐代中期已有传奇作品出现，但以诗文为正宗的文人耻于创作和鉴赏它，认为它有伤大雅，有失身份。宋元虽有说话和话本，但也是出现于勾栏、瓦舍，流传于民间，小说真正登上文学的殿堂并得到繁荣发展则是在明清时代。南朝宫体诗盛极于文坛，却遭后代许多文人所唾弃。20 世纪 80 年代的轻音乐和通俗歌曲之争也是如此。不同的民族有不同的鉴赏习惯，不同的阶级也有不同的审美标准。这些时代的、民族

的、阶级的因素，都直接渗透在不同的鉴赏的审美感受之中，制约着鉴赏者的鉴赏活动，使他们对同一鉴赏对象的感受和判断，具有不同程度的差异。

其次，同一时代、同一民族、同一阶级的鉴赏者，对同一鉴赏对象的体验和认识，也因生活经验、思想感情、文化修养、个性特点等等主观条件的不同而各有差异。生活经验和经历不同，就会有不同的形象记忆和情绪记忆，在鉴赏活动中运用联想和想象对鉴赏对象补充和丰富的内容也不同。比如香菱对王维那两句诗有那样真切的感受，是因为她的生活经历使她具有类似的形象记忆。见过大海和没有见过大海的人，对普希金的《致大海》和歌曲《大海啊，我的故乡》的感受可能就不一样。同样，王维的“独在异乡为异客，每逢佳节倍思亲”和李商隐的“君问归期未有期，巴山夜雨涨秋池。何当共剪西窗烛，却话巴山夜雨时”，有相似的经历和类似的情绪记忆的鉴赏者阅读时，当然就会有更为深刻的感受。思想感情不同，在对鉴赏对象的感知和理解中就会产生不同的情感反应。鲁迅说过，鉴赏《红楼梦》时，“单是命意，就因读者的眼光而有种种：经学家看见《易》，道学家看见淫，才子看见缠绵，革命家看见排满，流言家看见宫闱秘事……”文化艺术修养水平的不同，决定着鉴赏者不同的鉴赏准备，因而限制着鉴赏者对作品感受和领会的程度。目不识丁的人只能从直观的形象画面或口头文学中得到乐趣；艺术修养一般的人也很难领会艺术形象的深层意蕴和韵味；而艺术修养高的人不仅能够很好地把握艺术形象的内蕴，甚至可以发现连作者都尚未意识到的东西。

最后，这种由于主观条件不同而带来的鉴赏的差异性，不仅存在于不同的鉴赏者之间，还存在于同一个人面对同一鉴赏对象时由于主观条件的变化而造成审美感受的差异。鉴赏者的生活经验，文化修养、个人心境有了变化，在第二次第三次鉴赏同一作品时，也会有不同于初次鉴赏的发现、感受和评价。郭沫若曾经说过，“同是一部《离骚》，在童稚时我们不曾感得什么，然到目前我们能称道屈原是我国文学史上第一个有天才的作者。”著名电影导演谢晋说：“少年时代读《红楼梦》，爱上了袭人，不理解林黛玉。年岁大了就觉得晴雯、黛玉都可爱。读《三国演义》，小时同学们议论，都愿去投奔刘备，长大了觉得曹操其人实在了不起。”

当一个人处在乐观的心境下，在鉴赏作品时，就容易产生肯定的、愉快的心情和体验，如果鉴赏对象带有悲观消极色彩，就不容易产生相同的感受。相反，当鉴赏者处在忧虑、悲伤的心境下，就很容易对具有相似情调的鉴赏对象产生强烈感受，而对具有欢快的、喜剧性的情调的作品，就不容易产生同感。

（二）文学鉴赏的多样性

文学鉴赏的多样性包含两层意思：一层意思是指不同的鉴赏者由于鉴赏趣味的不同而对不同种类和风格的鉴赏对象有不同的爱好；另一层意思是指同一鉴赏者由于鉴赏需要的丰富而对多种鉴赏对象有共同要求和爱好。

首先，鉴赏者由于鉴赏趣味的不同而对不同种类和风格的作品表现出偏爱。鉴赏趣味是人们在鉴赏活动中以个人主观爱好的方式表现出来的一种鉴赏的倾向性。鉴赏对象是丰富多样的，古今中外各式各样的文艺作品，形态各异的艺术形象，形成了一个色彩斑斓、绚丽多姿的艺术世界，这在客观上就给鉴赏者提供了选择自己所喜欢的鉴赏对象的自由。同时，又由于鉴赏者的生活经验、审美经验、审美能力和性格气质等等的不同，便形成了鉴赏趣味的个人差异性和丰富多样性。文学鉴赏中的个人偏爱现象在鉴赏实践中是随处可见的。有的人爱小说，有的人爱读诗歌，有的人爱看外国作品，有的人爱看中国文学，有的喜欢古代的，有的喜欢现代的，有的喜欢写战争的，有的喜欢武打的、或侦探的、或科幻的、或爱情的等等。

在文学史上，许多具有鲜明创作风格的作家在鉴赏趣味上也有许多不同偏爱，如王安石喜欢杜甫而不太喜欢李白，欧阳修则欣赏李白而不太喜欢杜甫。巴尔扎克不喜欢雨果而很喜欢莎士比亚，伏尔泰却把莎士比亚的作品说成是在粪便中杂有珍珠，歌德写过《说不尽的莎士比亚》，而托尔斯泰则认为莎士比亚一钱不值。正所谓智者乐水，仁者乐山。文学鉴赏中表现出来的种种个人偏爱，只要不发展到极端偏见，都是合乎鉴赏规律的，有其合理的存在价值。

其次，鉴赏者由于鉴赏需要的丰富而对多种鉴赏对象具有共同爱好和需要。这是因为客观世界和艺术世界的丰富性和多样性决定了鉴赏者审美感受的丰富性，人们的审美感受的丰富性又带来了人们精神生活需要的多样性。在文学鉴赏中，人们虽然对某一种类或某一种风格特色的作品有某些特别的偏爱，但人们的鉴赏需要绝不是那样单调和单一的。人们既喜欢壮丽的英雄史诗式的作品，也愿意看婉约细腻的抒情诗，既爱读现实感很强的作品，也喜欢清幽淡泊的田园山水的描绘。那些振聋发聩，哲理性很强的作品不时激荡着鉴赏者的心灵，而那些闪烁着智慧光彩的幽默作品又令人忍俊不禁等等。

文学鉴赏的多样性，人们精神需要的多样性，一方面要靠作家丰富多样的创作来满足；另一方面，鉴赏者多方面的鉴赏需要，也反过来促进了不同种类和风格的艺术作品的产生和发展。

（三）文学鉴赏的客观性

我们肯定文学鉴赏的主观性，承认鉴赏者的主观意识在鉴赏活动中所起的作用，绝不意味着否定文学鉴赏的客观性。文学鉴赏是客观作用于主观，主观的感受与客观的鉴赏对象相结合的精神活动，在鉴赏过程中，鉴赏者的主观活动自始至终都必须以鉴赏对象，也就是作品所提供的艺术形象或生活画面作为客观依据，而不能脱离鉴赏对象漫无节制的任意发挥。文学鉴赏的客观性可以从以下两个方面来认识。

一方面，鉴赏活动直接受鉴赏对象的制约。这种制约表现在作为鉴赏对象的文学作品为鉴赏者提供和展示了一定的艺术形象以及这些形象所包含的特有意蕴，并由这些特定的艺术形象唤起鉴赏者相应的感觉经验、情绪记忆和形象记忆，从而规定鉴赏者的感觉、想象、体验、理解等认识活动的基本趋向和范围。鉴赏活动虽然由于主观条件的不同而具有某种不确定性，但这种不确定性必须依附和维系在某种客观的确定性上面，是一定的确定性制约下的不确定性。文学鉴赏中的主观判断和感情态度，必须大体上与作品中的形象相一致，否则就会歪曲和否定鉴赏对象而不成其为文学鉴赏了。鲁迅指出，读者所推荐的人物，虽然并不一定和作者所设想的完全相同，“不过那性格、言动，一定有些类似，大致不差……要不然，文学这东西便没有普遍性了。”虽然一千个读者有一千个哈姆雷特，但是不管这一千个哈姆雷特有多么不同，这种不同终究只能由一个客观的确定的对象所发生出来，他们只能是哈姆雷特，而不能是其他别的形象，不能是他的叔叔克劳狄斯，也不是奥赛罗、麦克白或李尔王。

另一方面，文学鉴赏的客观性还表现在任何文学作品一经产生，就成为一种客观存在。文学鉴赏不管因个人主观条件的不同而有多大的差异性，这些差异终究不能改变鉴赏的客观性质，鉴赏对象的客观价值也不因鉴赏者主观判断的差异而转移和改变。优秀的文学作品，并不因某些鉴赏者一时不能鉴赏和领略，或肆意歪曲和诋毁而降低它的价值；拙劣的作品，也不会因那些外加的不切实际的吹捧和赞美而抬高身价。比如：鲁迅的作品并不因有些人不喜欢或鉴赏不了而失去其伟大的价值。司汤达的作品，在作者生前也不被理解和接受。他的《红与黑》写出后，出版商勉强同意印刷七百多册，但完全不被人重视。雨果说：“我试着读了一下，但是不能勉强读到四页以上。”然而到了20世纪中叶，无论在法国还是在世界各地，司汤达的作品却成为人们最喜爱的作品之一，因此高尔基说他的书是给未来的读者写的。惠特曼的《草叶集》写出后，被全国大多数的报刊攻击和谩骂，说他对艺术之无知有如猪狗之对于数理，但13年后，却被欧洲各国承认并译为各国文字。而多年来文学界不时出现对一些作品不负责任的炒作，报刊上常见对一些电影的溢美之词，对一些青年演员的近乎肉麻的吹捧，这些对作品的艺术价值毫无增益，也不能抬高某些浅薄演员的身份。

（四）文学鉴赏的一致性

在客观鉴赏对象的制约和作用下，鉴赏者的鉴赏感受和鉴赏趣味往往会出现不同程度的共同性和一致性。

首先，文学鉴赏的一致性与鉴赏的差异性和多样性的辩证关系，是对立统一的关系。说它们的关系是对立的、矛盾的，是因为在鉴赏活动中客观地存在着这些性质不同的现象。说它们的关系是统一的，是因为它们之间的对立和矛盾不是绝对的，它们互相之间还有着一定的内在关系。在鉴赏的差异性和多样性中，体现着鉴赏的一致性；而鉴赏的一致性，则是通过具体的差异性和多样性表现出来，从各不相同的差异性和多样性中去把握。

其次，文学鉴赏的一致性，比较明显地表现在同一时代，同一民族，同一阶级和阶层的鉴赏者之中，也同样在不同的时代、民族、阶级中存在着。文学鉴赏的一致性的突出表现，就是鉴赏中的“共鸣”现象。

（五）文学鉴赏中的“共鸣”现象

共鸣本来是物理学上的一个概念，指一个发音体的音响振动，引起另一个发音体发出频率相同的音响振动的一种现象。在文学鉴赏中人们也借用了这个概念，但文学鉴赏中的“共鸣”现象与物理学上的共鸣现象又不完全一样，它是指由一种情绪引起的另一种相同或相似的情绪。由于鉴赏者主观条件的种种差异，在鉴赏者方面引起的“振动频率”，也就是鉴赏者方面的感情和感受，无论怎么样也不能与鉴赏对象达到完全一致。

文学鉴赏中的共鸣由鉴赏对象引起鉴赏者情绪上的激动，使鉴赏者产生与鉴赏对象相同或相似的情绪和感受，是鉴赏者与鉴赏对象之间在某些方面或在某种程度上达到了思想上的融合，感情上的相通，甚至二者几乎契合无间的一种精神现象，是鉴赏对象作用于鉴赏者产生的一种强烈的艺术效果。

文学鉴赏中的共鸣，不是鉴赏活动中一般意义上的一致性，不是对鉴赏对象一般的理解和喜爱，而是文学鉴赏中的一种更高的境界。艺术作品能否引起鉴赏者的强烈共鸣，也往往是考察作品艺术成就高低的重要标志之一。

共鸣现象的产生，是由于鉴赏者从鉴赏对象中感受到了某种亲身体验过的类似的经历、经验和思想情绪。鉴赏者感觉到，艺术家不是为他人描写和表现的，而正是为鉴赏者自己描写和表现的；作品中的情绪和感受，正好是自己总想表达而又一直未能表达出来的，而且艺术家把鉴赏者自己的“心声”或心仪的形象最恰当最完美地表达出来了。就像托尔斯泰所说的：“感受者和艺术家那样融洽地结合在一起，以致感受者觉得那个艺术作品不是其他什么人所创造的，而是觉得这个作品所表达的一切正是他很早就已经想表达的。”产生共鸣的原因还有鉴赏者对鉴赏对象的情感认同、形象认同、思想认同、趣味认同或艺术魅力的认同。

情感认同，即鉴赏者在欣赏文学作品时产生思想感情的共鸣。如对《琵琶行》（白居易）中琵琶女身世命运的深切同情；对《孔雀东南飞》中男女主人公爱情悲剧的扼腕叹息；对《背影》《给亡妇》（朱自清）中的动人情致的回味。

形象认同，即鉴赏者被作品所描绘的艺术形象深深吸引，产生对某种审美意象及其审美意蕴的极度喜爱。如相思的红豆（王维《相思》），勇敢的海燕（高尔基《海燕之歌》）。或者产生对作品中人物形象的喜欢和爱慕，极度崇敬、深切同情或刻骨仇恨，如歌德《少年维特之烦恼》引起的“维特热”、海明威《老人与海》中古巴老渔夫圣地亚哥的硬汉形象以及20世纪影响了我国几代读者的牛虻（伏尼契《牛虻》）。

思想认同，即对作品中所揭示的社会生活本质有相同的感悟。如对鲁迅《狂人日记》中揭示的旧中国历史的“吃人”本质的认同，对《阿Q正传》《药》所揭示的“国民性”的折服等。

趣味认同，即对某些作家、某类作品的风格或特色等有特别的喜爱。如许多鉴赏者对侦探、推理小说的热衷，对科幻小说、武侠小说、言情小说的着迷。

艺术魅力的认同则多种多样。或者是为之深深陶醉，比如孔子听了韶乐后，沉醉其中，竟然“三月不知肉味”；或者是为之震撼，如契诃夫的戏剧《万尼亚舅舅》，有一家剧院连续演出了三十几场，每一场都是同样的激动人心，台上的演员与台下所有的观众一同哭泣；或者是惊叹、折服，如高尔基读了福楼拜《淳朴的心》，对作品的魅力感到不可思议，认为作品中一定藏着魔术，以至多次把书页对着光亮，试图在字里行间找出魔术的秘密；或者是沉迷其中，进入“忘我”境界，如某地农村演《秦香莲》，当演到包公起先因顶不住皇太后一再施加的压力，为息事宁人，包了二百两银子给秦，想劝她放弃惩处陈世美时，一位老太太气愤地站起来，大声喊道：“香莲，俺们不要他的臭钱!”解放战争时期，解放区演《白毛女》，也曾发生过战士向台上黄世仁的扮演者开枪的事情。

文学鉴赏中的“共鸣”，又可分为个体性的“共鸣”与群体性的“共鸣”。也就是说，人们实际上是在不同的意义和不同层面上谈论文学鉴赏中的“共鸣”现象。

个体性的“共鸣”是指鉴赏者个人对鉴赏对象产生“共鸣”，是鉴赏者个人与作品之间的融洽关系。这种融洽关系很容易产生鉴赏者对鉴赏对象久久不能忘怀的鉴赏陶醉，有些学者把这种难以解释的鉴赏现象称为鉴赏“延留”，即文学接受结束后，其高峰体验的心理延性留存状况。当然，这种延留属于个体性质的延留。

群体性的“共鸣”则是指众多的鉴赏者，即鉴赏者群体对同一作品的融洽关系。发生“共鸣”的鉴赏者与鉴赏对象之间，可以是同一时代、同一民族、同一阶级的。如粉碎“四人帮”之后，新时期伊始的“伤痕文学”、“反思文学”、“改革文学”在当时引起的“轰动效应”，此外各时代都经常可见对某些作品的接受热潮。群体性的“共鸣”，鉴赏者与鉴赏对象之间，也可以是不同时代、不同民族、不同阶级的，它充分体现了人类在文学艺术方面审美感受的共同性。这种现象从鉴赏对象方面来说，体现出卓越的艺术作品经久不衰的艺术生命力和源远流长的艺术影响力；从鉴赏者方面来说，则是接受领域的跨越时空的群体性鉴赏“延留”。

第三节　文学鉴赏的作用

文学鉴赏不单单是指读者的一种阅读活动，它在文学活动中具有举足轻重的地位和作用。文学鉴赏的功能是多方面的，只有通过鉴赏者的鉴赏活动，文学作品才能产生社会作用。在鉴赏活动中，鉴赏对象是文学作品塑造着鉴赏主体。鉴赏活动还会对作家的创作活动产生无形的影响、制约、规范等作用。

一、文学作品通过鉴赏发生社会作用

文学具有认识、教育、培养美感等社会作用。但是文学的社会作用，要靠创作者和鉴赏者共同实现，而不是仅仅由创作者决定。作者创作出文学作品后，作品的社会作用还只是潜在的、可能的，还有待于人们去鉴赏和接受，通过鉴赏者的鉴赏活动去实现作者的目的和意图。

作品进入鉴赏阶段后，如果不被鉴赏者看好和喜欢，不被鉴赏者认可，说明作品的社会作用比较有限。这样的作品很快就会被鉴赏者遗忘，被文学发展和社会发展淘汰。作品的鉴赏者越多，被鉴赏者认可的程度越高，作品的社会意义和社会影响力就越大，其社会作用也越大。

虽然文学的社会作用要通过鉴赏活动来实现，但我们也应注意两点：第一，鉴赏者对作品的鉴赏一定是自觉自愿的。不管作品多么优秀，强迫人们去阅读，肯定难以唤起鉴赏者的审美情绪。鉴赏者对作品所揭示的生活本质的认识，对作品中的功利和道德内容的肯定与接受，只有在为鉴赏者的感觉和感情所肯定和接受的前提下，才能被他在理智上肯定和接受，或者说只有在吸引和激起鉴赏者的鉴赏兴趣和欲望，使他得到审美愉快的前提下，才能被他肯定和接受。第二，文学作品通过

鉴赏者的鉴赏活动所产生社会作用，大多数不是立竿见影的，而是潜移默化的。它作用于人的精神，感染、浸润着人的灵魂。虽然精神的、审美的力量可以转化为物质的力量，但是审美的产品与物质的产品，审美的力量与物质的力量，对接受者、对社会生活产生作用的方式是截然不同的。

二、鉴赏对象创造鉴赏主体

在鉴赏活动和鉴赏过程中，鉴赏对象创造鉴赏主体。马克思说："艺术对象创造出懂得艺术和具有审美能力的大众——任何产品也都是这样。因此生产不仅为主体生产对象，也为对象生产主体。"

鉴赏对象创造鉴赏主体包含三个方面的内容。

首先，鉴赏活动中，艺术作品使鉴赏者得到了认识，受到了教育，获得了审美享受，使鉴赏主体的思想感情和精神境界得到了提高和丰富。

其次，在鉴赏活动中，鉴赏对象培养和提高了鉴赏主体的鉴赏水平和鉴赏能力。鉴赏者的文学鉴赏能力不是与生俱来的，它不仅要依赖鉴赏对象的存在才能产生，而且只有在对艺术作品的鉴赏实践中才能得到培养和提高。鉴赏主体的艺术鉴赏水平，也往往与鉴赏对象的艺术水准相联系。所以，艺术家要不断提高作品的艺术水平，以促使和适应鉴赏主体艺术鉴赏能力的不断提高。

最后，培养和提高鉴赏主体的鉴赏能力和鉴赏水平，目的不单是为了鉴赏者，同时也是为了给鉴赏对象创造和培养高素质高水平的鉴赏主体。马克思说："对于非音乐的耳朵，最美的音乐也毫无意义。"因此，所谓的"为对象产生主体"，就是为艺术作品创造和培养"具有音乐感的耳朵，具有形式美的眼睛"，即具有较高鉴赏水准和艺术眼光，能够充分感受和鉴赏艺术美的鉴赏者。否则鉴赏主体的素质不高，审美能力低下，再好的作品也没人能鉴赏，作品的艺术和社会价值就难以实现。作品中作家的观点、意图、曲笔、埋伏、悬念及艺术技巧和艺术表现的良苦用心等等，如果不被鉴赏者理解和接受，难以寻觅“知音”，就会使优秀的艺术作品受到埋没，给作家的创作带来无形的阻滞和限制。

三、鉴赏主体也创造着一定的鉴赏对象

鉴赏者的鉴赏活动对作家的创作活动具有反作用，同时读者的接受活动对文学发展也有影响。

从鉴赏者对创作的反作用来说，虽然没有鉴赏对象就没有鉴赏主体和鉴赏活动的存在，但是在鉴赏活动中，鉴赏主体不会是消极被动的，反而会自觉或不自觉地反作用于创作活动和艺术作品，把他们的各种审美要求，审美理想、情趣、爱好等，返照到艺术创作活动中去，影响作者的创作。从这个意义上说，一定的鉴赏者也在创造一定的艺术。

从接受者对文学发展的影响来说，以往的文学史和文学研究都是把作家作品当成文学发展的主体。接受美学出现后，人们发现了以往的文学发展观的偏颇和局限，逐渐认识到鉴赏大众对文学发展的重要影响和读者角度对全面而深入地把握和研究文学史的重要性。

那么，鉴赏主体如何创造鉴赏对象呢？

首先，只有在鉴赏活动中文学作品才能成为现实的文学作品。文学作品创作出来后，如果作者不愿给人们鉴赏而“藏之名山”，或者由于种种原因使人们未能得以鉴赏它，那么它对鉴赏主体来说就不是鉴赏对象，也还不是现实的艺术品。只有鉴赏活动才使文学作品成为现实的接受对象。

其次，判定一部作品的成败、优劣，当然要以艺术作品为基础，但这种判定不是由创作者说了算，而是由接受者说了算。不论多么伟大的作家，都不可能不通过鉴赏过程，不顾接受者的接受反映和接受效果，来给自己的作品定性和定位。鉴赏大众从来都是创作者“够资格”或“不够资格”的唯一裁判者。鉴赏者的鉴赏反映越强烈，鉴赏效果越好，往往说明作品越成功，越有价值。鉴赏者的鉴赏“延留”持续越长久，说明作品越有艺术生命力。

最后，虽然艺术作品是由艺术家个人创作的，但艺术创作并不完全是创作者个人的事情，鉴赏者的鉴赏要求和鉴赏效果在一定程度上也制约着作品的创作。作家在创作文学作品时，固然要按照一定的创作规律来真实而深刻地反映生活本质和时代精神，但同时还要从文学鉴赏的规律出发，了解和把握鉴赏者的鉴赏趣味、鉴赏要求、鉴赏习惯和鉴赏能力，考虑如何去诱发鉴赏者进行艺术再创造，从而产生最佳的审美效果，以及考虑到作品可能产生的社会效果和社会作用。总之，创作者要考虑到如何更好地为鉴赏者所鉴赏和接受，从而成为鉴赏主体的现实对象。鉴赏者的各种要求，不管在什么情况下都会通过一定的方式给作品的创作带来不同影响。而创作者在作品中体现自己的审美趣味和审美理想的时候，也就相应地体现了鉴赏者的某些趣味和要求。因此，鉴赏主体的鉴赏活动也创造着一定的鉴赏对象。这种创造虽然不一定为创作者和鉴赏者所自觉意识，但它在创作过程中不以人们的主观意志为转移而客观地存在着。

当然，我们也应当注意到，鉴赏者的状况是相当复杂的，他们的审美要求和趣味并不是完全一致的。其中自然会有健康与庸俗、积极与消极、正确与错误的区别。这些情况必然会对文学创作产生不同的影响。因此，我们既要反对轻视和无视广大的鉴赏者鉴赏要求、趣味和习惯，脱离群众的鉴赏水平而专门去附庸风雅的倾向，又要反对无原则地迎合鉴赏者落后的甚至是低级庸俗的鉴赏趣味的倾向。

第四节　文学鉴赏的心理过程

文学鉴赏是一个极其复杂的心理过程，涉及一系列心理因素和心理运行形式。它们既有各自独特的功能，又彼此依赖、相互诱发、相互渗透，很难划定严格的界限，也难以确定先后分明的阶段。

一、感受与重建

文学鉴赏与其他艺术鉴赏一样，必须由鉴赏主体通过自己的感官去感受鉴赏客体的形象。但是文学形象是非直观的，鉴赏主体必须把语言符号转换成具体的文学形象，才能真正进行文学鉴赏。因此，文学鉴赏首先要感受语言符号，正确把握语义和语境。一定的语义总是与一定的语境相关联，同一个词、句在不同的语境中往往表现出不同的意义。例如，“家”这个词，通常指家庭的住所。但当它出现在《日出》女主人公陈白露的台词中，却能给人以丰富的感受。《日出》第四幕，陈白露听到茶房王福升说，客人们都各自回家了之后，低声自语道：“是啊，谁还能一辈子住旅馆！我大概是真玩够了，够了，我也想回家去了。”在这里，“家”这个词不仅具有一个家庭的固定生活场所的意义，还让我们感受到一种安全、舒适和温暖的生活体验。而这种体验又与陈白露的处境形成鲜明的反差，更能激起人们对这位无家可归的风尘女子极大的同情。因此，在文学鉴赏中，绝不能把词句分割开来，孤立地去理解，而要把词句放在一定的语境中去理解、去玩味，这样才能真切地感受到它们所包含的文学意味。

读者从头至尾把握语言符号的过程，也是文学形象重建的过程。所谓重建，就是读者通过对语言符号的把握逐步转换成意象，使作品的艺术形象在头脑中重新显现出来的心理活动过程。艺术形象的重建主要依靠想象和联想完成。读者调动自己的生活经验，展开想象的翅膀，把语言符号转译为艺术形象，才能产生如临其境、如见其人、如历其事、如闻其声的真切感受。例如我们读白居易《琵琶行》开篇的诗句，很自然地在头脑中出现了月色清幽的浔阳江、“犹抱琵琶半遮面”的琵琶女，还仿佛听到了琵琶女弹奏的声音。

由此可见，感受与重建阶段的主要任务是通过语言符号去把握蕴含在文学作品中的形象。文学作品源源不断地向鉴赏者提供文字信息，鉴赏者通过联想和想象、不断地把这些信息转换为艺术形象，从而达到对整个形象体系的准确把握。

二、体验与共鸣

读者在文学鉴赏中重建作品的艺术形象时，情感必然激动，从而进入对作品的体验阶段。文学鉴赏的体验，是指读者通过设身处地、推己及人、移情于物等方式，对作品所表现的种种情感进行细致入微的体会、品味、揣摩和猜想。文学鉴赏中的体验主要是一种情感体验，文学的本质特征就是其情感性。作家创作的动力是其对生活的情感体验，即“情动于中而形于言”。文学作品的艺术魅力在于其情感内容，文学鉴赏作为一种审美活动，更是需要读者的情感体验。例如，朱自清那蹒跚、肥胖、吃力的“父亲”的“背影”，曹禺那“你是萍……凭什么打我的儿子?”的台词，若不融情体验，就很难发现其美学价值。鉴赏者不是到文学作品中去认识和发现某种内容，而是要对作品进行情感交流与体验，从而获得审美快感和心灵感悟。

共鸣也是文学鉴赏中出现的一种心理现象。所谓共鸣，是指读者被作品中的艺术形象所打动，与艺术形象产生了一定的认同与感应，达到了主客体之间契合一致的情感交流。如《红楼梦》第二十三回描写黛玉听曲的情感状态：黛玉刚走到梨香院墙角外，“只听见墙内笛韵悠扬，歌声婉转”。偶然两句吹到耳朵内，“原来是姹紫嫣红开遍，似这般，都付与断井颓垣”。黛玉听了，也十分感慨缠绵。当听到“良辰美景奈何天”两句之后，黛玉逐步进入《牡丹亭》戏文的情境中，注意力更加集中，情感更加激烈。最后她“如醉如痴”，“心痛神痴，眼中落泪”，不能控制自己内心深处涌动的情感波澜，这就是比较典型的共鸣状态。

三、理解与领悟

文学鉴赏的过程中始终伴随着强烈的情感，但是我们也不能因此把它仅仅看成是鉴赏者的情感活动。文学作品不仅渗透了作家的主观情感，而且也反映了广阔的社会生活，不仅具有娱乐性与审美性，而且具有认识性与教育性。因此，文学鉴赏离不开理解。所谓理解，就是读者对文学作品的各种内外关系及其意义所做的思考与探究。读者鉴赏作品时，不能只停留在具体的、感性的把握阶段，而要对自己所得到的感性材料进行分析、比较和综合，洞悉其深层的内涵和意义。当然，文学鉴赏中的理解也不应脱离艺术形象去引申发挥，而应将理解、感受与认识紧密结合起来。

理解是由表层到深层、由感性到理性，通过分析、比较、综合，逐步达到对艺术形象的内在意蕴的把握。而领悟则大幅度地简化了常态的认识过程，在一瞬间便同时完成了感性直观和理性洞察。文学鉴赏中的领悟，主要是指读者无须借助抽象的思考，在对艺术形象的具体感受中，瞬时之间就能直接把握其内在意蕴。它类似于禅宗的顿悟或西方美学所说的直觉，具有直接性和高速性两个最显著的特点。它虽然伴随着艺术形象的具体感受，却又不黏滞于作品所描绘的个别的具体内容，而是超越了作品表层意义，趋向于深层意蕴的把握。

四、判断与回味

判断，是指读者在感受、体验、理解、领悟的基础上，对文学作品的意义、价值和优缺点所做的审美评价。读者做出审美评价并非一件易事，不仅涉及作品的内容与形式、形象的塑造、意蕴的营造等，还涉及作品的艺术风格、艺术水平、艺术特色、艺术价值等。读者必须对这些方面进行全面的分析，同时对自己阅读作品的感受、领悟等进行分析，并用其他的作品、生活经验进行比较，才能做出较为正确的评价和判断。文学鉴赏中的审美判断具有三个最基本的特征：一是情感性，这种判断不像科学判断只以事实为依据，不能容许任何情感因素，而是读者根据情感的需要对自己所阅读的作品的价值、优缺点所做的个体评判，这种评判必然带有读者的情感态度和兴趣爱好，具有浓厚的情感色彩。二是个体性，文学鉴赏中的判断是读者个体通过阅读文学作品，依据自己的审美需要、艺术趣味所做的判断，并不在意他人的评价和社会的认同，因此它具有个体性。三是差异性，由于读者文化修养、艺术趣味、思想感情、生活经验千差万别，对作品的选择、评价也会千差万别，正如鲁迅先生所说：“看人生因作者而不同，看作品又因读者而不同。”读者初读一部优秀的作品，会获得强烈而新鲜的第一印象。如刘心武的

《班主任》发表后，许多读者看了一遍，就激动地给作者写信，赞扬作者大胆地揭露了发人深省的社会问题，甚至说他们自己身上就有谢惠敏或宋玉琦的影子，可见初读是多么重要。但鉴赏活动并不是到此结束，还会持续进入一种回味状态。所谓回味，就是获得初步的情感愉悦之后，再去品味、体会、玩味。小至寥寥数句的抒情诗，大至洋洋数万言的鸿篇巨制，都需要反复玩味，深入体会。尤其是那种“庭院深深深几许”的艺术宫殿，单凭一次漫游，是很难窥其堂奥的。需要一进、二进乃至多进才能了解其艺术奥秘。

第五节　文学鉴赏的要求

一、以艺术的眼光鉴赏艺术

以艺术的眼光鉴赏艺术，即依照对象固有的特点去认识对象。文学艺术具有自身的特点与规律，我们应以文学的眼光看待文学，以艺术的眼光鉴赏艺术，不然的话，文学鉴赏就成了捕风捉影。马克思说：“对于非音乐的耳朵，最美的音乐也没有意义……”因此，我们应有一对音乐的耳朵去鉴赏音乐，一双文学的双眼去鉴赏文学。但许多人不能以艺术的眼光去鉴赏艺术，主要包括三种“错位”情况。

第一，以科学的眼光鉴赏文学。《梦溪笔谈》的作者沈括读了杜甫《古柏行》的名句“霜皮溜雨四十围，黛色参天二千尺”后，大发感叹：“四十围乃是径七尺，无乃太细长乎？”沈括以科学的眼光只看到“四十围”、“二千尺”这两个数字，从而指责其不真实。杜甫本来是以夸张的手法形容庙中古柏的伟岸挺拔来象征诸葛亮的非凡气概。而沈括用数学算来算去，把其文学性都“算”去了。

第二，以哲学的眼光鉴赏文学。鲁迅在《诗歌之敌》一文中说：“诗歌不能凭仗了哲学和智力来认识，所以感情已经冰结的思想家，即对于诗人往往有谬误的判断和隔膜的揶揄。”文学是形象思维的产物，是作家情感的结晶，“感情冰结”的人无法领略文学的胜境。王安石批评李贺的名句“黑云压城城欲摧，甲光向日金鳞开”，认为悖理：“黑云压城，何有日光?”欧阳修责难张继名句“姑苏城外寒山寺，夜半钟声到客船”，认为夜半不是敲钟时。连王安石、欧阳修这样的大文豪也有失错之时，可见文学鉴赏之不易。因此，我们要在文学鉴赏中去锻炼自己的艺术眼光，去探寻艺术境界的幽胜，去谛听作者跃动的心声。

第三，以庸俗的眼光鉴赏文学。文学反映社会生活，必然会有爱情、性爱之类的描写，但个别人总是以庸俗的眼光去翻阅那些描写爱情的场面、情节，以满足感官的刺激与情欲心理的需要，而不去探寻这些场面、情节对人物塑造的作用，及其所蕴含的美学意义。

凡此种种，都没有以审美的态度去鉴赏文学作品。因此，我们应努力把握文学的基本规律和主要特征，并不断在文学鉴赏的实践中锻炼自己的艺术眼光，探寻艺术境界的奥秘，感受作者热烈的情感，提高自己的审美水平。

二、入乎其内，出乎其外

凡是优秀的文学作品都具有“勾魂摄魄”的艺术魅力，能吸引读者神游于艺术境界之中，喜怒哀乐，应境而生，或因悲哀而失声恸哭，或因喜悦而忘情欢笑，或因愤怒而扼腕，或因恐怖而变色。读者“入乎其内”，进入作品的情境中，就能获得审美的愉悦。反之就没有情感的激动，也无法获得审美的愉快。

文学鉴赏贵在深入，但又不能入而忘返。优秀的作品既能以巨大的魅力吸引人，使读者恍然神夺，忘其为艺术而视其如真实；又能通过艺术节奏的行进与变化，或作者的暗示，点醒读者的幻觉，使他回到清醒的立场上来，这是“出乎其外”。这样就能冷静地进行回味和思索，才会发现美的奥秘，深化审美感受。正如毛泽东所说：“感觉到了的东西，我们不能立刻理解它，只有理解了的东西才更深刻地感觉它。”如果只“入”不“出”，一头钻入作品的情境中，充当一个角色，不但得不到艺术享受，还会碰得“头破血流”。总之，要“入”得进，“出”得来，“入”才能感得真切，“出”更能看得分明。

三、认识背景了解作者

文学作品源于生活，不管作家写的是现实题材，还是历史题材，都反映了当时的社会生活，以及时代精神。巴尔扎克说：“文学是社会的表现。”别林斯基认为：“哪里有生活，哪里就有诗。”我国唐代大诗人白居易在《与元九书》说：“文章合为时而著，歌诗合为事而作。”这些都说明文学是社会生活的反映，是时代精神的产物。因此，读者把握时代背景，有助于更好地理解作品。如了解了唐代的“安史之乱”，就能更好地把握杜甫“三吏”、“三别”的意蕴，了解了我国抗日战争的背景，就知道郭沫若的《屈原》反映、影射抗战时期抗日爱国运动和卖国求荣之间的斗争。该剧借屈原之口无情鞭挞了投降派卖国求荣的罪行，歌颂人民不屈不挠的抗日战争。同时，认识时代背景，还为考察作品所反映的社会生活、人物性格乃至作品细节等真实问题提供了必要的条件。

文学作品都是一定的社会生活在作家头脑中反映的产物，作家的思想情感、审美观、价值观、审美理想等都融入其作品中。因此，我们鉴赏文学作品应该了解作家的经历、思想和创作意图。孟子说过：“颂其诗，读其书，不知其人可乎？是以论其世也。”鲁迅也说：“倘要论文，最好是顾及全篇，并且顾及作者的全人，以及他所处的社会状态，这才较为确凿。要不然，是很容易近乎说梦的。”如冰心从小生长在优裕的生活环境中，童年充盈着爱意和良好的教育，因此冰心的作品总能给人以爱的温馨。沈从文青少年时期生活在交通闭塞、经济落后、民风淳朴的湘西，因此他的湘西系列作品无不呈现出民情民俗和人性美。又如柳宗元被贬永州时写的《江雪》：“千山鸟飞绝，万径人踪灭。孤舟蓑笠翁，独钓寒江雪。”当时柳宗元参加以王叔文为首的革新集团，在保守党的反扑之下，革新遭到失败，柳宗元被贬到荒蛮之地——永州。在此之后保守派仍继续对他进行残酷的政治迫害。所以这首小诗表面看来是写景诗，实际是诗人借景抒情，托物言志，表现自己身处逆境而坚持操守、永不妥协的精神。

四、整体把握局部开掘

一部作品就是一个艺术整体，艺术的美在于整体的和谐与统一。这正如泰戈尔所说："采着花瓣时，得不到花的美丽。"文学鉴赏不能只采花瓣，不见鲜花。在鉴赏中要把握完整的艺术生命，但并不意味着对局部不做深入的剖析。局部是艺术整体的一部分，开掘局部有利于更深入地了解作品的艺术意蕴，有利于了解作者的艺术匠心。

第六节　文学鉴赏能力的构成及其培养

一、文学鉴赏能力的形成与发展

文学鉴赏是一种艺术认识，是审美主体对文学作品的综合感知能力的体现，要鉴赏文学就得具备较高的艺术认识能力和综合感知能力。所谓文学鉴赏能力就是人们对于文学作品欣赏水平的高低和欣赏能力的大小，它是由人的思想水平、生活阅历和文学修养等多种因素决定的。那么，这种能力又是从何而来的呢？

关于文学鉴赏能力的形成，曾经有过很多说法。唯心主义者认为它是神的意志，是神赋予的；或完全是一种主观的东西，是一种天然的禀赋。其实，人人都可以获得文学鉴赏能力，它是人们在长期的社会实践中形成和发展的，完全是人们后天实践的结果。众所周知，人类最初是和动物一样对外在事物混沌不清的，是大自然一个自在的部分。这个时候的人除了有动物一样的本能外，不仅谈不上有什么文学鉴赏能力，而且对朝霞彩虹、鸟语花香等自然景物也毫无兴趣。人类文学鉴赏力的产生，必须具备这样两个条件：一是人的感觉器官必须从一般动物的纯生物性的感觉器官分化出来，发展成为一种人类所独有的“文艺器官”；二是必须有鉴赏的对象，即文学作品的存在。使这两个条件变成现实就只能依靠人类不断的社会实践来完成。马克思主义认为，劳动改造了人本身的自然，使人的感官同一般动物的器官区别开来。在这个漫长的转变过程中，人类的社会实践始终是起决定性作用的。在长期的社会实践中，人渐渐变得聪明灵活起来，感觉器官也愈来愈精细，并从像动物那样对世界做出消极的反映转变为积极能动地认识世界，具有了思维、情感、意志、联想等心理活动，也就是说，具备了鉴赏文学的心理结构。

作为鉴赏主体的心理结构是在长期的社会实践中形成的，而鉴赏客体——文学的产生也与社会实践息息相关，人类最初的文学鉴赏力就是伴随着文学的产生而产生的。如果将文学史剖面展开，我们会看到一部人类以其惊人的智慧和创造力纵向推移着精神生活的历史，这部历史包含着文学创作和文学鉴赏活动两个方面。我国汉代的《淮南子·道应训》里有这样的记载：“今夫举大木者，前呼邪许，后亦应之。此举重劝力之歌也。”鲁迅也曾说过：“我们的祖先的原始人，原是连话也不会说的，为了共同劳作，必须发表意见，才渐渐的练出复杂的声音来。假如那时大家抬木头，都觉得吃力了，却想不到发表，其中一个叫道‘杭育杭育’，那么，这就是创作；大家也要佩服，应用的，这就等于出版；倘若用什么记号留存了下来，这就是文学……”原始人在劳动中所发出的“杭育杭育”这样有节奏的声音，便是人类最早的“举重劝力之歌”，它是随着劳动过程的节奏和音响而产生的。这一事实使我们懂得，人们通过劳动创造了文艺，同时也创造出了懂得文艺和能够鉴赏文艺之美的人民大众。

同样道理，具体到我们每一个人来说也是如此。无论是谁，呱呱坠地的第一声啼哭，是绝不会有什么不同凡响的，其文艺鉴赏力都是在社会实践中逐渐形成。当我们还处在襁褓之中，听奶奶唱着“小宝宝，快睡觉，风不吹，树不摇……”的催眠曲时，这就已经开始受到诗与音乐的熏陶了。虽然我们还不曾懂得奶奶唱些什么，但我们对催眠曲那和谐的节奏会产生一种舒适的感觉，这就是我们对音乐节奏的不自觉的鉴赏了。随着我们的成长，知识不断丰富，文艺修养不断提高，不仅会懂得奶奶的催眠曲是什么意思，慢慢地也能鉴赏更高层次的文艺作品了。这一结果，不是从天而降、陡然具有的，而是伴随着我们的社会实践的过程逐渐形成与发展的。

二、文学鉴赏能力的培养途径

（一）把握内部因素，培养综合能力

文学鉴赏能力是一种综合的本领，一般来讲，文学鉴赏能力包括直觉能力、想象能力、移情能力、思索能力和“见异”能力五大方面。

（1）直觉能力。即鉴赏者在文学审美中的最初直接感受能力。它有两个极其显著的特点：一是直觉与人们以往积淀的各种经验紧密相关，它由生活记忆、知识积累、情感体验等各种因素激发；二是直觉具有顿悟性。它往往是鉴赏者对作品的突然领悟与把握，也是鉴赏客体对主体的最初的新鲜刺激。因此，直觉的获得对于文学鉴赏来说十分重要。很多人都会有这样的体会，一部作品到手，初读一遍之后就会很快获得一种审美直觉，美与不美，似乎完全用不着什么联想，全凭经验来顿悟，并且往往还是较为准确的判断。

（2）想象能力。文学鉴赏需要想象，就像飞鸟需要翅膀。鉴赏主体根据作者的总体构思进行新的组合，才能在头脑中获得一个整体印象。很显然，想象在整个鉴赏过程中始终都伴随着鉴赏者。

（3）移情能力。它指鉴赏主体对客体能够唤起情感共鸣的一种领悟力。鉴赏者如果对作品的反应淡薄，甚至完全不能深入到作品的情感底蕴之中去，这显然是移情能力弱的表现；反之，鉴赏者如果对作品的反应强烈，情动于衷，主体完全与客体同化，物我两忘，这正是移情能力强的表现。现代文艺心理学表明，移情必须具备两个基本条件：一是鉴赏对象首先要有使鉴赏者移情的可能，也就是要能够唤起某种情感体验的类似联想；二是要求鉴赏主体多情善感，并能够凝神敛息地去进行情

感体验，从作品中看出它所表现的情感特征和接受它所表现的情感。达到了这两个条件，文艺鉴赏的移情便可能“一拍即合”地实现。

(4) 思索能力。文艺鉴赏重在形象思维，但从根本上说也是一种认识，不过它与哲学上的认识并不相同。完整的文艺鉴赏活动，总要走完从感性到理性的全过程。如果鉴赏主体不具备很好的思索能力，便难以将直觉体会到的感性经验转化为理性上的认识。

(5)“见异”能力。只有别具慧眼，善于“见异”，才能成为作者的“知音”，这是刘勰在《文心雕龙》里提出来的一条重要的鉴赏美学观点。所谓“见异”能力，就是发现作品“异彩”或“个性”的能力。作家所致力的，应是如何使作品具有“异彩”，具有风格；鉴赏者所致力的，乃是如何发现作品的“异彩”。正如刘勰所说，只有见识深远的人才能看到作品的精微之处，才会感受到内心的喜悦。

(二) 了解创作规律，提高文学修养

尽管文学的样式有种种不同，但其内部构造规律却有相通之处。要提高自己的文学鉴赏力，就得系统地研究一般的文学创作规律，提高文学修养。具体包括对一般文学理论和文学史的初步了解，也包括对各种文学体裁的美学特征的熟悉和了解。

(三) 丰富文化知识，增强鉴赏兴趣

文学鉴赏力的培养与提高离不开一定的历史、文化知识，掌握广泛的历史、文化知识对于艺术鉴赏活动有着很大的影响。假若不了解中国哲学史上的一个重要流派——魏晋玄学，就无法对这个时期的诗歌等作品中深层的意蕴加以领略和鉴赏。从一定意义上来讲，文化修养广博精深的人，他的文学鉴赏力也会有较高的水平。要想提高自己的文化水平和文学鉴赏能力，就要不断地坚持自学，不断地储存知识信息，不断地刺激自己的兴趣。

(四) 积累生活经验，培养文学感情

文学是主情的，创作主体以表达人类的丰富情感——思想、观念、

情绪、趣味等——为己任，我们从作品中最希望获得的也正是情感寄托。因此，文学鉴赏实际上是一种情感交流，丰富自己内心的文学情感是必要的步骤。文学鉴赏的艺术情感，主要还是在日常生活中来培养。文学创作离不开社会生活，文学鉴赏也同样离不开社会生活。鉴赏主体总是在自己生活经验的基础上去感受、体验和理解文学作品，鉴赏者的生活经验越丰富、感悟越深刻，越有助于丰富自己的艺术情感，有助于对文学作品的审美欣赏。文学是情感的存在形式，情感的培养不是在书本上能够学得到的，也不是单凭他人可以指点的，纷繁复杂的生活才是产生情感的源泉。作为一个文学鉴赏者，我们应当自觉地、有意识地去体察生活，生活中的种种物质形式与人类的种种内在情感积累起来，便成为文学鉴赏最宝贵的东西。

（五）品味古今名作，重视实践经验

名作之所以成为名作，就是因为它们比一般作品要更完美、更精粹，都是代表一定时代最高水平的作品。认真研究古今名作，探讨它们的各种手法，吸取它们的成功经验，对提升自己的文学修养、提高自己对文学的鉴赏力都会有很大的帮助。歌德说："鉴赏力不是靠观赏中等作品，而是要靠观赏最好作品才能培养成的。所以我只让你看最好的作品，等你在最好的作品中打下牢固的基础，你就有了用来衡量其他作品的标准，估价不至于过高，而是恰如其分。"

第三章　文学鉴赏的基本原则

文学作品是一种微妙的精神产品，文学鉴赏是一种特殊的精神活动，需要遵循必要的基本原则。文学鉴赏的总原则，简单说来就是用艺术眼光欣赏文学，主要分为以下四条基本原则。

第一节　不可当真

一、痴迷的读者

读者一般在欣赏文学作品时，面对逼真的艺术描绘，往往不由自主地猜想：这是真的吗？世界上真有此人此事吗？这事可能吗？这人后来如何，等等。有的人则干脆直接把作品中所描绘的对象当作真实的存在。

这种以文学作品中的故事为真实的例子，古今中外文学鉴赏史上比比皆是。这是一种思维惯性，一种心理冲动，是人们的认识需求在起作用——他们从生活经验出发，以习惯的眼光确认面前的鉴赏内容是不是真的、实的。

二、艺术不等于生活

文学作品是以类生活、拟生活的形态呈现于鉴赏者面前的，所以极易引发鉴赏者进入艺术幻境，产生与实际生活相比照、相联系的冲动。但是艺术不是生活本身，艺术自有艺术的规律，艺术自有艺术的特性，必须用艺术的眼光鉴赏艺术，必须把艺术当作艺术看。

艺术不是生活的拷贝，不是实在生活的照搬、照抄和影印。艺术是艺术家根据自己的精神需要创造出来的精神产品，是艺术家思想感情、生活体验、审美趣味的物态化。就其表现形态而言，可能是类现实、类生活的，但其实质却是精神性的、虚幻的。

艺术家创造出来的艺术作品有两个基本特征，第一个是主体性，即在艺术作品中渗透着艺术家的主观精神世界，而不再是纯客观的、与现实世界等同的世界。第二个是假定性。艺术创造的一个基本原则就是想象和虚构，无论哪种类型、哪种样式的艺术作品都离不开想象和虚构。而想象和虚构就决定着文艺作品意象体系只能构成一种非现实的、假定性的世界。在艺术世界里，一切都以虚构的假定的条件、环境、氛围、关系以及这些假定性因素所交织成的假定性逻辑为转移的。正是以上两个特征，决定了艺术的真实只能是一种具有主体性和假定性的真实，而不是纯客观的、实存实有的真实。既然如此，把艺术等同于生活，把精神性、虚幻性的存在当成现实的、客观的存在当然是错误的了。

艺术不等于生活，由此基本前提出发，应当确立文艺鉴赏的第一条基本原则——不可当真。对此原则，读者在鉴赏以幻为真型（如《西游记》《聊斋志异》）、夸张变形型（如契诃夫的《变色龙》、王蒙的《雄辩症》《冬天的话题》）、象征寓意型（如唐代传奇《枕中记》《南柯太守传》）等表意性较强的作品时，比较容易接受；但是，当遇到拟实性较强，尤其是纪实性较强的作品时，迷惑就产生了，不可当真的原则就动摇了。以《三国演义》为例，小说中的刘备、曹操、诸葛亮等确实是历史上的真人，里面的“官渡之战”“赤壁之战”等也确实是历史上发生过的真事，但这里所谓的“真人”“真事”只是小说创作的原型和素材。作家在创作时，通过想象和虚构，对此进行了全面的艺术加工和改造——选择、剪裁、集中、概括、连缀、整合、夸张、移植等。这些所谓的“真人”“真事”已经艺术化了，已不可与生活原型同日而语了，所以称为“演义”。

三、艺术并不要求把它的作品当作现实

艺术就是艺术，艺术不等于生活，不等于现实，艺术是艺术家受到

现实的启发创造出来的精神产品。因此，鉴赏者就应当从精神意向的角度，而不是从直接现实的角度来认识艺术；应当从艺术的角度，而不是从生活本身的角度来确认艺术的真实性。

第二节　保持适当心理距离

一、鉴赏艺术适当的心理距离

要想鉴赏作品的美，必须与作品保持适当的心理距离，不能太远或太近。太远了，主客体之间不发生关系，从而产生不了审美效应；太近了，分不清主客体之间的区别，或者只见局部不见整体，只及一点不及其余。只有不远不近才能产生最佳的审美效应。文艺鉴赏也是一种审美活动，主客体之间的距离不能太远或太近。对于鉴赏活动来说，距离太近一般是指带着日常的、实用的、功利的眼光去看艺术，把艺术等同于生活；太远则是指对作品感到陌生，感到隔阂、疏远，因而不能投入感情，态度冷淡，心不在焉。只有不远不近，不即不离，即一方面中断了现实的日常心态，切断了主体与现实的功利关系，把艺术当作艺术看；另一方面主体又通过移情的方式进入鉴赏对象，与对象融为一体，这样既入乎其内又出乎其外，既沉浸又超脱，才能充分领略鉴赏对象的美。

适当的心理距离是鉴赏活动得以进行的前提，是正确鉴赏态度的基本要求。鲁迅一贯主张文艺应对社会、人生发生作用，但他也认为鉴赏文艺必须与对象保持一定的心理距离。他说："小说乃是写的人生，非真的人生。故看小说第一不应把自己跑入小说里面。……看小说犹之看铁槛中的狮虎，有槛才可以细细地看，由细看推知其在山中生活情况。故文艺者，乃借小说——槛——以理会人生也。槛中的狮虎，非其全部状貌，但乃狮虎状貌之一片段。小说中的人生，亦一片段。故看小说看人生都应站在槛外地位，切不可钻入，一钻入就要生病了。”[①] “站在槛外地位”者，即保持适当的心理距离也。

二、如何保持适当的心理距离

具体说来，大致要注意以下三个方面。

（一）动情而不忘情

文艺作品饱含着人物的感情和作家的感情，所以极易激发、调动鉴赏者的感情，吸引其不由自主地投入其中。没有鉴赏者的感情投入，主客双方互不关联，也就谈不上鉴赏。所以只有鉴赏者愉快地投入了感情，主客体双方实现了交流和沟通，客体才能占有主体，主体才能把握客体。这是一种理想的鉴赏境界。

但是，鉴赏活动中的感情投入应该是有分寸有限度的，即动情而不忘情。鉴赏者此时的心理活动应该是双重的：想象并且知道自己在想象，体验并且知道自己在体验。这时鉴赏者拥有两个自我，一个是想象和体验着的自我，一个是思考着的自我；思考着的自我始终控制着、监察着想象和体验着的自我。这就是说，鉴赏者的自我意识并没有彻底丧失。只有这样，才保证了鉴赏者在想象和体验对象时，尽管可能相当激动，相当高兴或相当痛苦，但还是手捧书本默默地读，静静地看，而没有像角色那样或大喊大叫，或痛哭失声。

当然，由于鉴赏者心理素质不同，有的可能是分享型，有的可能是旁观型，各人的鉴赏心理活动并不完全一样。前者在鉴赏中“进入”程度深，后者则浅。但不论哪种类型，其鉴赏心理都应该是动情而不忘情，不应该完全丧失了自我。

（二）进入角色而不硬充角色

在小说鉴赏过程中，有的读者看到自己喜欢的人物，尤其是与自己的身份、年龄、气质、性格等方面相接近的人物时，常常不知不觉地进

---

① 许广平．鲁迅回忆录［M］．北京：作家出版社，1962．

入角色，把自己的感情移入角色，或者说把角色的感情移入自己，与角色同欢同乐，同悲同苦，心心相印。这是艺术鉴赏的佳境，进入这种境界是一种艺术享受。

但是所谓进入角色，仍然是相对的。进入角色只是为了寻找主客体之间在心理上的契合点，从而增加心理体验的深度，而不是要把自己等同于角色，更不是对号入座，硬充角色。进入角色有助于鉴赏艺术，硬充角色只能阻碍鉴赏艺术。因为硬充角色是典型的功利主义和实用主义，而功利主义和实用主义与艺术鉴赏相敌对。关于这一点，早在几十年前鲁迅先生就已经指出过。鲁迅说，《红楼梦》在中国小说中实在是不可多得的，但问世以后反对者却很多，以为将给青年以不好的影响，所以始终不能认识《红楼梦》的价值。其中的原因，就是“因为中国人看小说，不能用赏鉴的态度去鉴赏它，却自己钻入书中，硬去充一个其中的角色。所以青年人看《红楼梦》，便以宝玉、黛玉自居；而老人看去，又多占据了贾政管束宝玉的身份，满心是利害的打算，别的什么也看不见了。”[①] 鲁迅的话点出了硬充角色的要害是“满心是利害的打算”，即狭隘的功利主义和粗鄙的实用主义。这是正确鉴赏态度的大敌。

（三）不可直接模仿

看到文艺作品中自己喜爱的人，就不自觉地产生一种模仿的冲动，这也是一种相当普遍的鉴赏心理倾向。模仿是人类的天性。心理学家麦独孤认为，人类生来就有模仿他人的冲动。这种冲动在青少年时达到顶峰，从无意识转向有意识。文艺作品作为鉴赏对象，无形中对于鉴赏者具有一种暗示和诱导作用。尤其是那些与鉴赏主体在气质、性格、年龄、经历、兴趣、爱好等方面相似或接近的艺术形象，由于主客体之间具有可比性，所以更容易引起鉴赏者的认同心理，诱发从行为上加以模仿的倾向。通过鉴赏文艺作品产生模仿的冲动是必然的，可以理解的，也未必就是坏事，但问题是应该怎样模仿。

---

① 鲁迅．鲁迅全集第九卷［M］．北京：人民文学出版社，1982．

文艺作品不是现实人生的实录，不是人生的行为指南，从本质上说，它是作家、艺术家人生体验的一种外化形式，它是精神的符号，心灵的象征，是一种虚幻性的存在。既如此，就应当按同样的思路去理解它，把握它，就应当着重理解其中所寄寓的精神、思想、心灵，就应该着重领会作者的精神意向，从而丰富自己的内心世界，向更高的境界趋近或靠拢。这是一种宽泛的模仿，而不是狭隘的模仿；是间接的（即精神的）模仿，而不是直接的（即行为）模仿。

这一过程可以用三个环节表示，即鉴赏对象（模仿对象）——鉴赏者对作品从精神上全面领悟，使心灵得到净化，情操得到陶冶，思想境界得到提升——鉴赏者实际行为。这三个环节是文艺作品产生社会效应的完整过程，其中起关键作用的是第二个环节，它是整个过程的中介，起着由前向后过渡的调节和缓冲作用。有了这一环节，就可以纠正对艺术情节、艺术形象简单化的直接模仿倾向。

第三节　用心灵拥抱对象

黄河能燃烧？不能，但在文学作品中，在人物形象的心理感觉中，黄河是能燃烧的。请看张承志在《北方的河》中的一段描写：

“他抬起头来。黄河正在他的全部视野中疾驰而下，满河映着红色。黄河燃烧起来啦，他想。沉入陕北高原侧后的夕阳先点燃了一条长云，红霞又撒向河谷。整条黄河都变红啦，它燃烧起来啦。他想，没准这是在为我而燃烧。铜红色的黄河浪头现在是线条鲜明的，沉重地卷起来，又卷起来。他觉得眼睛被这一派红色的火焰灼痛了。”

看，黄河不仅燃烧起来了，而且好像是在为“我”——感知主体——而燃烧。在这里，黄河已经不是自然的黄河了，黄河已经人化了，情感化了，心灵化了，成为情感的符号、心灵的象征了。黄河发生“质”变了。

在艺术里，发生“质”变的当然不只是黄河，而是“一切”。客观世界的日月星辰、草木虫鱼、风云雷电，乃至于社会生活中的世态人情，一旦进了艺术的大门，就沐浴了心灵的灵光。文艺作品是艺术家心灵的创造，它对客观世界的反映经过主体心灵的观照，变成了脱离自然形态的心灵化的“第二自然”。一切优秀的作品，都是作家的主观精神世界与客观社会生活热情拥抱、相互渗透、有机融合的结果。正如黑格尔所说，在艺术里，感性的东西心灵化了，而心灵的东西也借感性化的东西表现出来。这里的“心灵”，包括作家的心灵和作品中人物的心灵。那么，应该以怎样的态度去接受，自然也就不言自明了：用心灵去拥抱对象。

用心灵拥抱对象也就是用艺术的眼光鉴赏艺术，所指很宽泛，似乎一下子很难全面地道尽其内涵。这里择其要者，理出三个方面。

一、衡量艺术不能拘泥于常识

缺乏必要的生活常识，很难深入地理解艺术；但若拘泥于生活常识，又会妨碍鉴赏艺术。比如有一幅漫画，画面上两个人于晨色熹微之中，猫着腰鬼鬼祟祟地出发了。看见一个东西像轿子，高高兴兴抬起就走，天亮了一看，原来是个垃圾桶。题为《抬轿子》。又一幅漫画，漆黑的夜晚，猫与老鼠立于墙头之上悄悄谈话。猫告诉老鼠：“最近上边查的很紧。”老鼠一副心领神会的样子。题为《墙头夜话》。以上两个作品，其形象、题材本身从日常经验与生活真实角度看来，自然是子虚乌有的。但从艺术角度看，没有人不称赞它们是绝妙的、真实的。再如齐白石画的虾，神态生动，趣味盎然，似乎正在水中游弋，但细细地数一数，虾的腿和须比真的虾少得多。李苦禅画鹰很出名，但鹰的嘴本来是尖锐带钩的，而他为了突出鹰嘴的神韵，却把它画成差不多是长方形的。以上的漫画和国画，强调表现性、写意性，自然不能以生活形象本身框之。即使强调再现性、写实性的西方传统油画，也不能以生活本身框之。

又如戏曲，舞台上某角色坐在椅子上，一只手支着稍偏的头在唱：

一更里怎么，二更里怎么，一会儿五更唱完了，一夜也就过去了。这一角色在剧情中是在“睡觉”，他（或她）不是躺着睡，而是坐着睡；更奇怪的是他（或她）“睡着了”还在唱。或者在舞台上那块地方，梁山伯与祝英台边唱边走，一会儿走了十八里。舞台上一个灯笼也没有，但小两口正月十五出门观灯，边看边唱这是什么灯、那是什么灯，好像满台都是灯……这一切既不真实又非常真实，艺术之妙全在其中。

文学属于艺术，也应作如是观，不能用非艺术的眼光要求它。如对杜牧的诗《江南春》（“千里莺啼绿映红，水村山郭酒旗风。南朝四百八十寺，多少楼台烟雨中”），我们不能问：千里莺啼，谁人听得？千里绿映红，谁人见得？也不能问：四百八十寺，统计得准确吗？难道不会是四百八十一或四百七十九吗？其他如“白发三千丈，缘愁似个长”（李白），“燕山雪花大如席”（李白），“霜皮溜雨四十围，黛色参天二千尺”（杜甫）等，在文学史上曾引起笔墨官司的诗句，如用艺术的眼光看，一切争议都显得可笑了。

二、鉴赏艺术不能拘泥于常理

常理即通常流行的对事物的感受和理解，是符合理智、理性、逻辑思维的理解。常理是人们日常生活的行为准则，却不能用来作为评判文艺作品的标准。否则诗意将荡然无存，艺术也将不成为艺术。

如“打起黄莺儿，莫教枝上啼。啼时惊妾梦，不得到辽西。”（金昌绪《春怨》）按常理，黄莺啼与你何关，打它作甚？“当年怀归日，是妾断肠时。春风不相识，何事入罗帏？”（李白《春思》）丈夫迎春思归，妻子应当高兴，缘何痛至“断肠”——于理不合；“春风”乃无知无情之物，质问春风，岂不痴人！“从来夸有龙泉剑，试割相思得断无。”（唐张氏《寄夫》）“相思”能用剑割断吗——痴人说梦！“你，一会看我，一会看云。我觉得，你看我时很远，你看云时很近。”（顾城《远和近》）“云”比“我”离你还近吗——这绝不可能！这一切，均违背“常理”，简直匪夷所思！但如果挥舞常理的大刀一路砍将下去，只会将艺术的百花园砍得枝叶凋零，生命枯萎，最后落得个白茫茫一片大地真干净。

三、不能以科学眼光阐释艺术

用科学的眼光看，月亮是太阳系中的一颗星球，绕地球而运行，借太阳而发光。但到了艺术家笔下，就成为人类多种审美情感、审美心态的象征符号了。如“江畔何人初见月？江月何年初照人？”——由月想到宇宙的永恒和神秘；“人生代代无穷已，江月年年望相似”——月亮阴晴圆缺，周而复始，循环不已，暗合了人类代代相传、绵延不绝、生生不息的生命意识；“今人不见古时月，今月曾照古时人”——古时月尚在，古时人不存，月之永恒反衬出人生之有限，令人生发无穷感叹；“人有悲欢离合，月有阴晴圆缺，此事古难全”——月亮阴晴圆缺的变化象征了人生的悲欢离合，命运的升沉荣辱；“海上生明月，天涯共此时”——牵动游子思乡情。总之，人世间一切痛苦烦恼，一切欢欣愉快，一切隐约幽微的心情都可以借月相证，由月勾起，月亮成了人们寄托和交流共同感情的艺术媒介。月亮不仅是某一民族、某一国家的艺术表现对象，而且是全人类交流感情的共同符号，还可以传达某一特殊个体的特殊心境，即月亮又因人而异，因心境而异。例如，在李白的笔下，月亮是他的好友“举杯邀明月，对影成三人……我歌月徘徊，我舞影零乱”（《月下独酌》）；“暮从碧山下，山月随人归”（《下终南山过斛斯山人宿置酒》）；在哲中笔下，“月亮像个文静的少女亭亭玉立在前面的天上”（《一个神秘世界的见闻》）；在玛拉沁夫笔下，月亮“像一位等待观众平静下来才姗姗出台的仙女”（《鄂伦春组曲》）。

艺术不等于科学，这一道理说起来可能谁都清楚，可一遇到具体作品却又往往糊涂。早在20世纪，鲁迅就以诗歌鉴赏为例，说明不能用科学的眼光鉴赏艺术。他说：“诗歌不能凭仗了哲学和智力来认识，所以感情已经冰结的思想家，即对于诗人往往有谬误的判断和隔膜的揶揄。”这些人所以不懂得诗美，是“因为他们精细地钻研着一点有限的视野，便绝不能和博大的诗人的感得全人间世，而同时又领会天国之极乐和地狱之大苦恼的精神相通。”[①] 鲁迅还进一步指出鉴赏艺术同鉴赏一切美的事物一样是情感的愉悦和交流，是心灵的沟通和感应，而不能用伦理学等科学的眼光来穷根究底，否则就体会不到美的情趣。如听柳荫下黄鹂鸣叫，我们感受到天地间春气横溢；见流萤明灭于丛草里，使人顿怀秋心。如果学究似的进一步追问黄鹂为什么鸣叫呢？流萤为什么明灭于草丛呢？花为什么开呢？这样一追一问，就要用科学去回答。原来莺歌萤照都是为了觅得配偶，而一切花原来是植物的生殖器，百花盛开都是为了传粉受精。这样一来，从科学方面得到了解释，而美的趣味则丧失殆尽。所以鲁迅主张，对于诗美，必须从艺术的角度来鉴赏，而不能凭仗哲学和智力，不能用科学来阐释。

第四节　只可意会，不求甚解

我国老一辈诗词专家浦江青先生认为，鉴赏古代诗词，不能像理解散文那样处处找寻文章的理路脉络，找出句与句之间的逻辑关系，将句句情事、意思都落到实处。他说，如果那样的话等于把诗词翻译成散文，这是一件最笨的工作。那么，应该怎样鉴赏诗词呢？他认为应该像古人那样只可意会而不可求甚解。为什么呢？浦先生解释说，因为诗词的组织与散文的组织，各有各的路子，本来是不相同的。在散文里面，句与句的递承靠着思想的连贯，靠着叙事与描写其中事物应有的次序和安排连接，句与句、段与段之间有明显的逻辑关系。诗词句与句之间的组织结构不像散文那样一线贯穿，有逻辑可循，而是句与句之间往往距离较远，中间留有空档（空白），有大幅度的思想的跳跃。但好的诗词又从不给人以脱节、散漫的感觉。原因何在？因为诗词有自己独特的连接方法（组织方式），归纳起来主要有两方面：一是音律，二是情调。

---

① 鲁迅．鲁迅全集第七卷［M］．北京：人民文学出版社，1982．

诗词是有韵的语言，这韵的本身即有黏合的力量，有连接的能力。诗词里的句子，论它们的内容和意义，往往各自成立，中间没有思想的贯穿，但有一定的韵脚（或一韵到底或转韵换韵）和统一的情调联络贯穿，使散漫的句子黏合在一起。如马致远的《天净沙·秋思》，其中的“枯藤”等“意象”之间没有必然的联系但通过音韵和情调浑然统一为一个整体。因此，诗词的意境往往比较朦胧，如阴晦天气立身于山头之上，远远望去，云遮雾掩，但见若干高峰出没于云海之中，若断若续，至于山峰与山峰之间的联络，凭感觉意会而已。

以上见解是浦江青先生在讲解无名氏词（一说为李白所作）《忆秦娥》时有感而发的。这首词原文如下：

箫声咽，秦娥梦断秦楼月。秦楼月，年年柳色，灞陵伤别。乐游原上清秋节，咸阳古道音尘绝。音尘绝，西风残照，汉家陵阙。

“箫声咽。秦娥梦断秦楼月。”这是秦娥梦醒时听到了呜咽的箫声吗？是箫声呜咽惊醒了秦楼中秦娥的美梦吗？是酒席宴上伴唱的箫声吹起，听歌者由箫声引起联想，想到了秦楼上的秦娥吗？……因为没有“不但”“而且”“因为”“所以”之类的关联词，看不出这两句之间的“实在”联系，因而不可确指。“秦楼”，只是长安的一座楼。而后来“秦楼楚馆”中的“秦楼”，位于长安的北里，乃冶游繁华之区；“秦娥”（泛说一长安女子，可单数亦可复数）多半是倡楼之女，再不然便是“昔为倡家女，今为荡子妇”的身份。她蓦地半夜梦醒见楼头之明月，听别院之箫声，从繁华中感到冷清。词作提笔带来凄凉意味，定下了全词的情绪基调。

“秦楼月”再重复一句，并无实义，只是为了音调上的需要，对上句尽了和声的作用，同时唤出下一个韵脚，好像有甲乙两人联吟递唱之意味。这里充满了神韵，仔细吟味即可感知。“年年柳色，灞陵伤别。”灞陵者，汉文帝之陵墓也，在灞水流经的白鹿原上，离长安二十里。汉代凡东出函潼，必自灞陵始，送行者于此折柳为别。“灞桥折柳”成了送别的代称。从秦楼到灞陵，地点换了，人物也变了，前后似连（楼上女子半夜梦醒莫非要送客远行吗？回忆往日的离别吗？）似不连（“灞陵伤别”完全可以作为一个典型的人生情境来看），没有必然的逻辑联系可寻，因而也不必强寻联系，强求“甚解”。

“乐游原上清秋节。”乐游原在唐代长安城的东南角上，有汉宣帝乐游庙的故址。此处地势甚高，登之可望全城，附近有游览名胜之区。清秋节为九月九日，游人甚众，非常热闹。但马上来了个冷清的对照——“咸阳古道音尘绝。”通咸阳的官道在长安西北，这一跳又是几十里路程。两句之间靠“节”“绝”两字的共鸣作用，以及排句的句法连接。“音尘绝”意义深远：或指道路悠远望不见尽头，有相望隔音尘之意；或指路上冷清无车马的音尘；或指征人远去无音信回来……总之，三字给人以悠远及冷清的印象。

借“音尘绝”的重复再逼唤出下面一韵，是在构成音律上的连锁而不是意义上的需要。但是这三个字音再重复一遍，打入人们心坎，唤起新的情绪，新的意念。其意曰：咸阳古道的道路悠远是空间上的阻隔，人从咸阳古道西去，虽然暂隔音尘，也还有个回来的日子。夫古人已矣，但见陵墓丘墟，更其冷清得可怕，君不见汉家陵阙，独在西风残照之中乎？这是古今之隔，永绝音尘，更显深刻而悲哀。汉代诸位皇帝的陵墓排列在长安与咸阳之间，所以一提到咸阳古道，便自然转到古代帝王陵墓上来，以吊古的情怀作结：“西风残照，汉家陵阙。”这又是一幅更苍凉悲壮的画面：西风残照之中，但见陵墓丘墟，冷清得可怕。昔日帝业之显赫尊贵已一去不返，化为一抔黄土了。人们顿悟帝业之空虚，人生之渺小，于是悲壮慷慨情绪油然而生。这一句反省人生、感叹人生的意味极浓极深，气象宏大，极为深沉感人。王国维对此八字推崇备至，赞之曰：“寥寥八字，遂关千古登临之口。”

这首词连带重复过渡之句共十句，用韵律粘连起来五处长安场景。这几处场景从情事上讲没有必然联系，但它们都是与长安有关的几处典型景物，都是能代表长安历史、长安精神的场景。作者用类似电影蒙太奇的手法将几处场景排列组合在一起，产生了韵外之旨——读者从中感受到一种苍凉悲壮的情调，进入一种深厚深沉的意境，精神凌空而上，鸟瞰历史的变迁，沉入一种缥缈悠远的神游之中。此种精神效应的产生，不是从字字句句的表面意义推演而来，而是从总体情调韵味而来。

由此可知，所谓“不求甚解”，并不是怂恿读者对文艺作品的鉴赏可以不下功夫，只停留于“似懂非懂”即可。而是说要转换思路，从意象、意境、画面的排列、转换和音节韵律的设计上体验其中的情调与意味，而不必“因为”“所以”地推出一个确定、确凿的解说（“甚解”）来。正如明人谢榛在《诗家直说》中所说：“诗有可解、不可解、不必解，若水月镜花，勿泥其迹可也。”

以上我们以诗词为例讨论“只可意会而不可求甚解”这一鉴赏原则。作为一条鉴赏原则，它同样适用于散文、小说等其他文体的鉴赏，尤其是适用于抒情性、表意性较强的作品的鉴赏。

第四章　诗歌鉴赏

中国是一个诗歌的国度。诗歌的发展已有数千年的历史，从《诗经》《楚辞》开始，到后来渐渐形成乐府、律诗、绝句、词、曲等纷呈各异的诗歌形式。自五四新文化运动以来，新诗即自由体诗，成为中国的主流诗歌，诗歌体式进入现代诗的新阶段。

诗歌运用凝练而富于音乐美的语言，通过丰富的想象和强烈的抒情，高度集中地反映社会生活，表达作者审美情感。鉴赏诗歌，要在反复的阅读中感受语言的韵致，体味诗歌的意象和意境，体验辩悟诗法，体会诗歌言简意赅、意近旨远的内蕴。

第一节　诗歌发展概述

一、古代诗歌发展概述

一般把编定于公元前 6 世纪的《诗经》看作是我国诗歌史的起点。《诗经》是我国古代第一部诗歌总集，汉代以后被尊为“经”。它搜集了从西周初年到春秋中期诗歌 305 篇，内容包括《风》《雅》《颂》三部分，有些反映了上古时代民族的形成和发展情况，有些表现了西周国家政事的兴衰，有的反映了古代的礼乐制度和婚丧嫁娶的习俗，也有的反映阶级剥削、农事生活、家庭与爱情生活的苦乐悲欢。《诗经》以四言为主，亦有杂言，创造了重章叠句、回环复沓的结构特点和赋、比、兴的表现手法，它以丰富的思想内容和优美的艺术形式，开创了中国诗歌具有现实主义传统的先河，对后世产生了深远的影响。

战国时期，在我国南方楚地出现了一种新的诗歌形式——“楚辞”，开创了我国诗歌的浪漫主义传统。“楚辞”以个人为创作主体，突破了四言为主的诗歌形式，创造了一种句法参差的新诗体，“书楚语、作楚声、记楚地、名楚物”，具有鲜明的地方特点和浓郁的抒情色彩。汉代的刘向和王逸把“楚辞”类作品编集在一起，定名为《楚辞》。楚辞的代表作家屈原是一位伟大的爱国主义诗人，他处在社会急剧变化、国内政治斗争十分激烈的时代。屈原抱有进步的政治理想，但受猜疑而长期遭放逐，写下了许多抒发忧愤、表达爱国理想的诗篇。包括古典文学中最长的抒情诗《离骚》，以及《九章》《九歌》《天问》等。

两汉诗歌形式主要是五言。早在春秋战国时期，民歌中已经偶见五言的形式，出现了五言片段。如春秋末期楚国民歌《孺子歌》：“沧浪之水清兮，可以濯我缨；沧浪之水浊兮，可以濯我足。”在西汉时期的一些歌谣和乐府民歌中，五言的句式也有很多，如汉武帝时李延年所作的《李夫人歌》：“北方有佳人，绝世而独立。一顾倾人城，再顾倾人国。宁不知倾城与倾国，佳人难再得。”（《汉书·外戚传》）到东汉乐府民歌就出现了成熟的五言诗，如《陌上桑》《十五从军征》《上山采蘼芜》《长歌行》等。

两汉诗歌以乐府诗成就最高，其内容主要来自民间，贴近现实生活，反映了下层人民的生活状况和思想感情。叙事技巧成熟，语言质朴，句式以五言和杂言为主，其中以叙事诗成就更为突出。如长篇叙事诗《孔雀东南飞》是乐府诗歌中的瑰宝。此后，“乐府古题”成为历代诗人反复创作的重要母题和形式，它“感于哀乐，缘事而发”的现实主义精神和《诗经》一脉相承，更直接影响了后世的文人诗歌创作，成为唐代“新乐府”的源头。东汉时期，文人五言诗逐渐孕育成形，东汉末年出现的《古诗十九首》，是文人五言诗成熟的标志。这组无名作家的作品，展示了闺怨、友情、怀乡、游宦、行役、劝慰等多方面的生活内容，非常大胆地表现强烈的生命意识和个体意识。它常融叙事、写景、抒情为一体，语言质朴自然而又洗练概括，极富艺术感染力。此后，五言诗在相当长一段时期成为文人诗歌创作的主要形式。

汉末魏初，出现了以曹操父子为代表、以“建安七子”为羽翼的邺下文人集团，他们掀起了诗歌史上第一次文人个人独立创作诗歌的高潮，推动文学进入自觉的时代。曹操的《短歌行》《蒿里行》《龟虽寿》《观沧海》，曹植的《杂诗》，曹丕的《燕歌行》，王粲的《七哀诗》，蔡琰的《悲愤诗》等都是光耀文学史册的杰作。他们继承了汉乐府关怀现实的传统，以诗歌反映时代的动荡离乱和个人的命运遭际，抒发自己高昂的政治理想，感怀人生的短促和民众的苦难，格调高亢，情味深沉，形成了慷慨悲凉的时代风格，被称为“建安风骨”。这种诗风为后世的文人所景慕，成为他们反对淫靡柔弱诗风的一面旗帜。

西晋太康诗坛比较繁荣，出现了三张［张载、张协、张华（又说张亢）］、二陆（陆机、陆云）、两潘（潘岳、潘尼）、一左（左思）的诗人队伍。这个时期诗歌的创作开始有脱离现实生活倾向，重技巧，轻内容，追求辞藻华美和对偶工整，走向形式主义，反映了文人诗歌向讲求技巧的方向发展的新趋势。这一时期的诗人中，左思卓尔不群，曾作《三都赋》，使“洛阳纸贵”，他的八首《咏史诗》集中抒发了寒士的不平，对门阀制度提出了强烈的抗议，犹存建安风骨，被后人誉为“左思风力”。

东晋时陶渊明超拔流俗，以卓然不群的人格和创作，给文坛带来了务实、冲淡的独特风情。陶渊明曾短时间做过县令、参军，官场的污浊腐败使他毅然辞官归隐。他安贫乐道，崇尚自然，并能把老庄哲学和日常生活结合起来，从中发掘出诗意，开创了田园诗这片崭新的天地。《归园田居》《饮酒》组诗，反映了他的人生态度和社会理想，开拓了一个以冲淡为美的诗歌天地。

南北朝时期，文人诗歌在思想内容和艺术形式上都发生了许多变化。南朝宋代最著名的诗人谢灵运、鲍照和颜延之并称为“元嘉三大家”（元嘉为宋文帝年号），他们进一步拓宽了诗歌题材和形式。谢灵运是第一个大力写作山水诗的诗人，他注重字句锤炼，善于用富丽精准的语言描摹自然景物，如《登池上楼》《初去郡》《岁暮》等，但有些诗作也有过分雕琢的痕迹。鲍照出身贫寒，郁郁不得志，他的诗歌表现了对世家大族垄断政权的强烈不满，表达了对下层人民遭受的压迫和剥削的极大同情。《拟行路难》十八首，对七言古诗加以大胆变革，直接影响唐代七言歌行的创作。其诗风奔放，情感强烈，南朝文学批评家钟嵘评价为“发唱惊挺，操调险急”。齐梁时代刘勰的《文心雕龙》和钟嵘的《诗品》，是两部文学理论批评的专门著作，《文心雕龙》对文学的创作方法、文体的源流演变以及作家作品的优劣进行了全面系统的论述，《诗品》则把汉代以来的五言体诗分为上、中、下三品，追源溯流，进行了中肯的评论。诗歌评论的诞生，标志着诗歌创作进入一个自觉的时代。

南齐永明年间（齐武帝年号），沈约、王融、谢朓等人，把四声的发现应用到诗歌创作中来，形成了讲求格律和对偶的新体诗，称为“永明体”。谢朓继承了谢灵运山水诗清丽精工的特点，把写景和抒情有机地结合起来，做到情景交融，形成了清新流丽的风格，是这一时期最杰出的诗人，他的《晚登三山还望京邑》《之宣城郡出新林浦向板桥》都是脍炙人口的名作。

梁、陈两代，形成了一些以宫廷文人为中心的文人集团，作家众多，应酬唱和蔚然成风。诗歌主要以咏物和描写女性作为题材，内容相对贫乏，风格柔靡，追求声律、对偶和辞藻之美，成为文坛普遍的风尚。这类诗歌人们称之为“宫体”，这种风气一直延续到初唐。

南北朝乐府民歌取得了很大成就。其内容绝大多数是表现男女之情的，语言清新自然，且多用双关比喻；大多篇幅短小，多为五言四句。其中《西洲曲》成就最高。北朝乐府民歌内容广泛，有反映北国风光的《敕勒川》；有反映北方民族的游牧生活和尚武精神的《折杨柳歌辞》；有反映战争及其带来的苦难的《陇上歌》《木兰诗》等，语言质朴有力，抒情真率直爽，格调苍劲豪迈。

唐代是我国历史上又一个强盛繁荣的时代，也是我国古典文学，特别是古典诗歌大放异彩的时代。闻一多先生曾说：“诗唐者，诗的唐朝也。懂得了诗的唐朝，才能鉴赏唐朝的诗。”唐代繁荣稳定的社会环境为文学的发展提供了良好的土壤。唐代诗歌作品数量极多，作者身份空前复杂。据清代康熙年间编纂的《全唐诗》所录，就有诗人2200余人，诗作48900余首。上至帝王将相、后妃宫女，下至贩夫走卒、和尚道士，社会各个阶层都参与其中。此外，唐诗题材多样，内容丰富。大到政治风云变幻、社会民生疾苦，小至个人生活感受，士卒征戍、边塞风光、贬谪流徙、游宴别离、爱情闺怨、民俗风情、山水田园等，无不入诗。题材之广阔，内容之丰富，主题之深刻，情感之多变，大大超过了前人，形成了唐代社会生活绚丽多彩的画卷。唐代诗歌体裁已经完备与成熟。从诗歌形式来看，诗体至唐而大备，有了五言、六言、七言、杂言等多种形式，近体律诗和七言歌行体都取得极大成就。

唐代的诗歌发展可分为初唐、盛唐、中唐和晚唐四个时期。王勃、杨炯、卢照邻、骆宾王被誉为“初唐四杰”，他们努力改革宫体诗风，使诗歌题材从亭台楼阁、风花雪月的狭小领域扩展到江河山川、边塞大漠的辽阔空间，赋予诗以新的生命力。另外陈子昂提出诗歌革新的口号，使诗歌走上健康发展的道路。其中最有代表性的是《感遇》诗三十八首，《蓟丘览古赠卢居士藏用》七首和《登幽州台歌》。其诗风骨劲朗，寓意深远。沈佺期、宋之问继承前人在声律方面的创新，诗句大多以五言、七言为主，更讲究平仄和韵律。他们对诗的格律加以规范，使律诗趋于成熟定型。盛唐是唐诗的繁荣期，出现了浪漫主义诗人李白和现实主义诗人杜甫，形成了王维、孟浩然为代表的山水田园诗派，高适、岑参为代表的边塞诗派。这些诗人以他们的丰富创作，全面反映了盛唐风貌。他们创作的诗歌，几乎到了尽人皆知的地步，足见对后世影响之大。中唐是唐诗发展史上创作最为丰富的时期，白居易等人所倡导的新乐府运动主张“歌诗合为事而作”，沿杜甫所开辟的道路，进一步从理论和创作上掀起了波澜壮阔的现实主义诗歌高潮。晚唐是唐诗发展的衰落期，先有杰出诗人李商隐、杜牧，揭示社会黑暗，表达对国运的隐忧；后有现实主义诗人皮日休、聂夷中、杜荀鹤等，他们的诗揭露黑暗、抨击暴政，在晚唐诗坛十分突出。

宋代文人以文为诗，以议论为诗，以才学为诗，逐渐形成了自己的特色。北宋初期，一些诗人效法白居易的诗风，形成“白体”。王禹偁的诗平易流畅，简雅古淡，继承杜甫、白居易的现实主义精神，在宋初“白体”诗中独树一帜。以林逋为代表的诗人，尊崇晚唐李商隐、杜牧等诗人的风格，主要内容是吟咏湖山胜景和抒写隐居不仕、孤芳自赏的心情，歌咏隐逸生活。宋初馆阁文臣的唱和风气到宋真宗而臻于极盛，杨亿将他们的唱酬之作编成《西昆酬唱集》“西昆体”风行一时，成为当时诗坛上独领风骚的诗歌流派。王安石写诗与作文一样，有重视实际功用的倾向。但是他也把诗歌看作是抒情述志的工具，偏重抒写个人的情怀，反映的生活内容也更为丰富，所以其诗歌的艺术成就超过了他的散文。而苏轼以文为诗，纵横议论，卓然特立于北宋诗坛。北宋后期，黄庭坚提倡“点铁成金”，另创一格，成为“江西诗派”的代表。南宋的杨万里创“诚斋体”，范成大发展了田园诗。陆游是产量最丰的爱国诗人，他的诗揭露了外族入侵、统治者腐败无能给国家民族带来的苦难，富有现实主义精神。宋末，文天祥的诗慷慨悲壮，正气浩然，一曲《正气歌》流传千古。

词产生于唐代，兴盛于宋代，它原是在宴会上配乐演唱的，所以称写词为填词。词比诗歌更讲究平仄音韵。晚唐时期，词作大多婉丽，到了宋代则呈现出婉约与豪放两种风格。婉约派以柳永、李清照、姜夔等为代表，词作大多抒发个人怀抱，词风缠绵细腻。豪放词以苏轼、辛弃疾为代表，词作大多把个人命运同国家命运联系起来，形式上突破了格律的束缚，词风雄浑、开阔、奔放。

元代诗歌不景气，作家多为从政文人，题材狭窄，表现出明显的模仿唐宋诗文的倾向。延祐年间出现的诗人虞集、杨载、范梈、揭傒斯被后世誉为“元诗四大家”。他们的诗歌典型地体现出当时流行的文学观念和风尚，诗歌大多内容空泛，艺术上追求典雅，虽名重一时，但实际成就不高。王冕是元代最杰出的诗画家，他有不少同情人民疾苦、反映社会现实的诗篇，以《对景吟》《吴姬曲》《墨梅》《江南妇》等比较著名。

元代在诗歌上又出现了一种新的形式——散曲，它包括小令和套曲两种形式。散曲的体式和词相近，较为自由，用韵比较密集，平仄要求不像词那么严格，可以添加衬字，较多使用口语。散曲以关汉卿的《窦娥冤》、王实甫的《西厢记》、马致远的《汉宫秋》、白朴的《墙头马上》为代表，作品内容贴近社会现实，风格质朴、刚健，语言朴素自然也不失典雅。明清两代的诗歌逐渐衰落，以诗文为代表的传统文学让位于以小说、戏曲为代表的通俗文学形式，诗歌无论是在表现形式、艺术手法，还是思想内容上都承袭前代，创新不多。明初诗坛比较沉寂，诗歌已经成为某种社会意识的传声筒，忽略了诗歌艺术的追求和探索。相比之下，刘基、高启的诗歌成就较高，反映了元末社会的离乱、人民的疾苦，也抒发个人的情怀。明末于谦的诗歌表现爱国情怀和个人气节，其《石灰吟》广为传颂。

清初诗坛的盟主是明末已负盛名的钱谦益、吴伟业、王士祯、陈维崧、纳兰性德、朱彝尊等。吴伟业诗词皆工，擅长在诗歌中歌咏明清之际时事，代表作有《圆圆曲》《扬州》四首、《杂感》二十一首。王士祯标榜神韵，其诗歌雅致隽永，在当时影响很大。纳兰性德擅长填词，词风清淡朴素，唯美深情。以袁枚为首的“性灵说”诗人，则主张写个人的性情遭际，认为写诗要抒发人的真性情，这对封建正统文学观是一种有力的冲击，在清代诗坛独树一帜。曹雪芹在《红楼梦》里写下了两百多首诗词，成为架构故事、安排情节和塑造人物的重要手段，丰富了《红楼梦》的艺术魅力。曹雪芹也通过人物的吟咏酬唱、筹社组班、争冠夺魁、品评臧否等活动，发表了许多对诗歌的看法，创造出一套自成系统的诗论。

近代由于社会危机的加深，诗歌创作开始向志士文学的方向转化或衍变，志士们救国救民、改良社会的呼声占领了诗坛。龚自珍创作《己亥杂诗》《夜坐》等，一方面表现革除时弊的愿望，另一方面反映民生疾苦，风格慷慨激昂。梁启超提出了“诗界革命”的口号，强调诗歌要有“新意境”“新语句”“古风格”，掀起了诗歌革新运动。黄遵宪以他活跃的创作成就和进步理论成为“诗界革命”的一面旗帜，有“诗界革新导师”之称，所作诗集《人境庐诗草》《日本国志》《日本杂事诗》。随着“诗界革命”的发展，兴起了革命诗潮，唱出了中华、民权、自由、革命、抛头颅、洒热血的主题。女革命家秋瑾所作的《秋风曲》《宝刀歌》《感时二首》等，忧国伤时，诗歌情绪激昂豪迈，在当时产生了极大的影响。

从以上简单的概述来看，中国古代诗歌的发展，就是一部螺旋向上发展的历史。先秦《诗经》中的“小雅”以及“十五国风”，以四言为主，古朴泼辣，大多属于古代白话诗。《楚辞》是在楚地民歌的基础上创造出来的，句子长短不一，句式灵活。东汉末，五言兴起，形式日趋齐整；至齐梁间，出现了格律诗的雏形。隋唐以后，格律诗一跃成为文坛最主要的诗歌形式，从此雄踞诗坛一千多年。其间，宋词显然是对唐诗的一种突破、一种发展，而元曲则是在唐诗宋词基础上的又一次突破和发展。“五四运动”前后，现代白话诗兴起，与先秦古代白话诗遥相衔接，历史又在更高的起点上前进。

二、现代诗歌发展概述

中国现代文学产生于五四新文化运动，它脱胎于传统文学的母体，又汲取了外国文学的养料，历经社会变迁而强盛地成长起来。1917 年 1 月，胡适在《新青年》发表《文学改良刍议》，提出他的文学改革主张；紧接着在 1917 年 2 月，陈独秀发表《文学革命论》，真正高举文学革命的大旗，文学史上以此为现代文学的开始。1949 年 7 月，中华全国第一次文代会在北平召开，标志着现代文学的终结。从实质上讲，中国现代文学就是用现代文学语言与文学形式，表达现代中国人的思想、感情、心理的文学，又被称为新民主主义时期的文学。中国现代文学经历了三个明显的发展阶段，即三个十年：第一个十年（1917—1927 年）；

第二个十年（1928—1938年）；第三个十年（1939—1949年）。

在五四新文化运动前后，中国的现代诗歌诞生了。1917年胡适在《新青年》上发表了白话诗，并提出“诗体大解放”的主张，倡导不拘格律、不拘平仄、不拘长短的“胡适之体”诗。在新诗诞生过程中，刘半农、刘大白、康白情、俞平伯是创作主力。经过他们的努力，新诗形成了没有一定格律，不拘泥于音韵，不讲雕琢，不尚典雅，只求质朴，以白话入行的特点。创作实践上，最早出版的新诗集有胡适的《尝试集》、俞平伯的《冬夜》、康白情的《草儿》和郭沫若的《女神》等。郭沫若的《女神》带着狂飙突进的五四精神，带着不同于其他白话诗的鲜明艺术性，为新诗奠定了浪漫主义的基础。同时《女神》也是新诗真正取代旧诗的标志，它成功地创造、运用了自由体形式，将新诗推向新的水平。

“文学研究会”是新文学运动中成立最早、影响和贡献最大的文学社团之一。发起人包括周作人、沈雁冰、郑振铎、叶绍钧等，他们创作了大量的自由体诗，多以抒情为主，表现了觉醒后的知识分子的追求与苦闷。而文学研究会中自成一家的冰心，受泰戈尔《飞鸟集》的影响，创作出版了《繁星》《春水》两部诗集。她的“繁星体”诗多表现母爱、童真和自然之情，满蕴温柔、忧愁之风。

在新诗创作中，爱情诗这一领域当属湖畔诗社的诗最引人注目，汪静之、应修人、潘漠华和冯雪峰是其中的主力。他们的诗歌描写爱情大胆而坦诚，表现出质朴、单纯的美。此外冯至也是很有成就的诗人，他的诗既写爱情，也写亲情和友情，出版有《昨日之歌》《北游及其他》等诗集。

提倡格律诗的是“新月派”。代表诗人闻一多提出建设诗歌的音乐美、绘画美、建筑美，并为此进行了艰苦的创作实践。出版两部诗集《红烛》和《死水》中，爱国主义情感贯穿始终。而徐志摩是“新月社”的另一重要诗人，他的诗主要表达对光明的追求、对理想的希冀、对现实的不满，以及个性解放、追求爱情。诗作多收于《志摩的诗》《翡冷翠的一夜》《猛虎集》《云游》等诗集中。

几乎在新月派活跃的同时，“象征派”的诗也出现在中国的诗坛上。“象征派”的诗既不真实描写，也不直抒胸臆，而是采用不同于常态的联想、隐喻、幻觉、暗示等手段制造朦胧、神秘的色彩。李金发是其中的代表人物，被人称为“诗怪”，著有《微雨》《为幸福而歌》等诗集。他的诗反映了五四之后一些知识分子面临茫然的前途时而产生的悲观情绪。其他成绩较为突出的“象征派”诗人还有王独清、穆木天和冯乃超。

戴望舒是“现代诗派”的主要诗人，他因1928年发表《雨巷》一诗而获“雨巷诗人”的美名，曾出版过《我的记忆》《望舒草》等诗集。他的诗作集中表现了知识分子在大革命失败后的幻灭感和孤独感，其中大量采用象征意象，譬喻新鲜而贴切，富于节奏感。

20世纪30年代的左翼诗派以高昂的战斗激情和革命斗志独领诗坛风骚。殷夫是重要的政治抒情诗人，他的诗热情地颂扬无产阶级革命，生动地描绘工人运动的战斗场面。艺术风格朴实、粗犷，代表作品有《血字》《1929年的5月1日》《我们的诗》等。左翼诗派的重要代表团体是“中国诗歌会”，他们主张诗歌大众化，倡导诗歌面向下层人民，歌唱抗日救亡运动，代表诗人有蒲风等。另外，臧克家在20世纪30年代出版了诗集《烙印》《泥土的歌》，名重一时。

抗日战争时期和解放战争时期诗坛上最重要的诗派是“七月派”。“七月派”的重要诗人是胡风、艾青、田间、鲁藜、邹获帆、牛汉、曾卓等，以编辑刊发《七月》杂志而得名。他们的诗作主要收集在《七月诗丛》《七月新丛》《七月文丛》等诗集中，在他们的创作中，政治抒情诗占有很大比重，内容多充满爱国主义激情，呼唤人们的抗敌斗志。“七月派”在艺术上注重以炽烈的激情去撞击人们的心灵，而不讲究文学的雕琢、修辞，质朴、粗犷、奔放是七月派诗人共有的艺术特色。

1948年6月，以杭约赫、辛笛、陈敬容等为编委，在上海创办《中国新诗》丛刊，他们与北方的穆旦、杜运燮、郑敏、袁可嘉等汇合，自称是“一群自觉的现代主义者”，掀起一股现代主义诗潮。1981年这几位老诗人结集出版了他们的诗选《九叶集》，“九叶诗派”这个名称逐步在海内外流行。

20世纪40年代后半期，被后来称为民歌体的新诗在解放区农村趋于成熟。民歌体新诗的突出成就表现在李季与阮章竞的叙事诗中，而李季的民歌体叙事诗《王贵与李香香》流传甚广。马凡陀是袁水拍于20世纪40年代中期发表讽刺诗的笔名，他在这一时期的诗结集为《马凡陀的山歌》，是当时国统区最有影响的政治讽刺诗集。

三、当代诗歌发展概述

当代诗歌可分为两个时期，即中华人民共和国成立初30年诗歌创作期（1949—1978年）与新时期诗歌创作期（1979年至现在）。在前期的30年中，由于新中国成立，诗歌的主旋律基本是歌颂新中国、歌颂中国共产党、歌颂伟大的领袖、歌颂人民当家作主的新生活。

新中国成立后的诗歌创作进入了一个崭新的阶段，艾青是其中的代表人物。他的诗歌格调焕然一新，风格多样，揭示丰富深刻的生活内蕴，如《我想念我的祖国》《春姑娘》《西湖》《礁石》《维也纳》等诗作，都是非常优秀的作品，他在新中国成立后出版的诗集有《欢呼集》《宝石的红星》《春天》等。另一代表诗人闻捷的诗歌题材广阔，从多方面赞美了爱情和新生活。代表作品有《我思念北京》《天山牧歌》《吐鲁番情歌》等。20世纪60年代前期的代表诗人有郭小川、贺敬之、李瑛、张志民等。其中一部分诗人在诗歌创作中逐渐加深了对诗歌优美意境的追求；一部分诗人随着当时强调阶级斗争的潮流，走上了写政治抒情诗的道路。郭小川的《林区三唱》《厦门风姿》等吸收了辞赋的特点，创造了长廊句式，被誉为“新辞赋体”。贺敬之的《回延安》感情激荡，大量采用比兴、夸张、对偶、排比等手法，淋漓尽致地抒写了对母亲延安无比深厚的感情。

新时期诗歌呈现出百花齐放的局面。诗歌创作的阵容庞大，代表诗人有经历了长久磨难与坎坷的一批老诗人，如艾青、公刘、白桦、流沙河、牛汉、绿原、邵燕祥等；还有逐渐成长起来的新诗人，如雷抒雁、杨牧等。他们的诗歌各有特点，艾青的《光的赞歌》《古罗马的大斗技场》，公刘的《为灵魂辩护》，雷抒雁的《小草在歌唱》，邵燕祥的《假如生活重新开始》等作品，都显示出鲜明的时代特色。

新时期成长起来的一批青年诗人则表现出鲜明的现代主义倾向，这批诗人有舒婷、顾城、梁小斌、杨炼、徐敬亚、王小妮等。他们的诗歌大多个性张扬，具有真实表现自己的内心世界，描写自己独特的体验等特点。他们的作品被称为朦胧诗，如舒婷的《致橡树》《祖国啊，我亲爱的祖国》，顾城的《永别了，墓地》《远与近》，梁小斌的《雪的墙》《中国，我的钥匙丢了》等，都是朦胧诗的代表作品。而在这批朦胧诗人后出现的一代更年轻的诗人则被称为“新生代诗人”或“先锋派”，影响较大的有海子、韩东、于坚、徐敬亚、欧阳江河等。海子以优异的才华创作了《亚洲铜》《面朝大海，春暖花开》《祖国（或以梦为马）》等抒情诗篇。欧阳江河创作了《傍晚穿过广场》《咖啡馆》《玻璃工厂》等代表作品。

在大陆当代诗歌发展的同时，中国港台也涌现出了一批有成就的诗人。台湾著名的诗人有纪弦、覃子豪、余光中、痖弦、舒兰、白荻、洛夫、郑愁予、商禽、涂静怡、席慕蓉等。纪弦主要作品有诗集《槟榔树》《纪弦诗集》《晚景》等。覃子豪于20世纪50年代主持了“中华文艺函授学校”的新诗讲习班为台湾诗坛作出极大贡献，培养了大批诗人，成为台湾诗坛青年诗人们共同拥戴的领袖，代表作有《追求》《金色的面具》《黑水仙》等。余光中出版了《舟子的悲歌》《白玉苦瓜》等十多部诗集。他的诗歌具有浓重的中国意识和深厚的历史感，多写游子思乡心态，构思精巧，文字朴实，意象新丽，情意浓烈，《乡愁》《春天，遂想起》是他的代表诗作。痖弦的代表作有《痖弦诗抄》《深渊》《盐》等。白荻的代表作有诗集《蛾之死》《风的蔷薇》《天空象征》《香颂》《诗广场》等。洛夫是台湾现代诗坛最杰出和最具震撼力的诗人，代表作有《石室之死亡》《洛夫诗歌全集》《魔歌》《汽车后视镜所见》《时间之伤》等，以及2001年出版的3000行长诗《漂木》，获得诺贝尔文学奖提名，震惊世界华语诗坛。郑愁予有诗集《梦土上》《窗外的女奴》等。商禽的代表作有《长颈鹿》以及诗集《梦或者黎明》《用脚思想》。女性诗人席慕蓉出版了《无怨的青春》《时光九篇》等诗集，在大陆影响很广。

第二节 诗歌的审美特征

一、情感强烈，想象丰富

一切诗歌都以情感作为自己始终不渝的表达对象，正如诗人郭小川说："诗要有感情，没有感情，就没有诗。"诗歌表达的情感或慷慨悲歌，或辗转反侧，或欣喜若狂，或悲痛欲绝，或愁苦无绪，都显得强烈而浓郁，缠绵而悠长。即使是叙事诗，也是诗人用激情编织故事而进行的歌唱。不过，诗歌的情感总是与"志"、"义"紧紧地融合在一起。诗人的思想感情不能直接显露出来，而是隐含在文学形象之中。如杜甫的七律《登高》：

风急天高猿啸哀，渚清沙白鸟飞回。
无边落木萧萧下，不尽长江滚滚来。
万里悲秋常作客，百年多病独登台。
艰难苦恨繁霜鬓，潦倒新停浊酒杯。

诗人写作此诗时流寓夔州，他年事已高，壮志未酬，穷困潦倒，身又多病，面对无边的萧瑟的秋声秋色，心中可谓是万般思绪，无限感伤。但作者并没有将这些思绪感伤直接地说出来，而是通过万里悲秋图、百年多病身两个主要的形象体系间接地暗示情感。

诗歌还具有丰富的想象。诗人艾青在《和诗歌爱好者谈诗》中说："没有想象就没有诗。"赫士列特说："如果没有想象的渲染，都不足以构成诗歌最终的目的和目标。”雪莱更直截了当地说：“在通常的意义下，诗可以界说为‘想象的表现’。”诗人在创作时，炽热的情感助推着诗人丰富的想象。例如，公刘的《运杨柳的骆驼》：

大路上走过来一队骆驼，
骆驼骆驼背上驮的是什么？
青绿青绿的是杨柳条儿吗？
千枝万枝要把春天插遍沙漠。
明年骆驼再从这条大路经过，
一路之上把柳絮杨花抖落，
没有风沙，也没有苦涩的气味，
人们会相信：跟着它走准能把春天追着。

诗人妙想联翩，由眼前景而想到来年荒漠中杨柳春风的美景，并巧意安排“骆驼驮杨柳”的意象，启发人们从有限的形象去联想到无限的天地。诗人浮想奇思，神游世界，同时，丰富的想象又将情感提升到新的高度。于是，日月星辰，风雨雷电任诗人驾驭，江河大海，高山峻岭可以飞腾起舞，草木花卉，鱼虫兽禽也能传情达意。

二、集中凝练，创造意境

诗歌是用极其精练的文学语言最集中地反映社会生活和表达思想感情的文学样式，是“以一概万”的艺术。它不像小说、戏剧那样去精心刻画人物的外部特征和内心世界，去铺叙故事情节和矛盾冲突，而是要做到“咫尺万里”。诗歌不仅要锤炼字句，压缩篇幅，更重要的是它要求诗人精选生活材料，抓住感受最深、表现力最强的生活现象和自然景物，寓丰富于单纯，寄深意于一瞬，以个别表现一般，以片段显示整体，以局部概括全貌，从而在简短的篇幅中创造出广阔而深远的艺术天地。

意境，又叫“境界”，是诗歌典型化原则在创作中的具体运用。王国维说：“文学中有二原质焉：曰景，曰情。前者以描写自然及人生事实为主；后者则吾人对此种事实之精神态度也。故前者，客观的也；后者，主观的也。”意境的所谓“意”，是指诗人的思想情感；所谓“境”是指诗人所描绘的客观事物，即鲜明的生活图画。前者偏重主观，后者偏重客观，两者相互渗透、融合，就形成了主客观和谐的统一体。因此，意境就是诗人所要表达的思想感情与诗中所描绘的生活图画有机融合而形成的艺术境界。意境的创造，是由诗歌的表现特点所决定的。诗歌不能像小说、戏剧那样用充分的笔墨去铺开广阔的画面，展开复杂曲折的情节，只能用集中凝练的笔触，将诗人的思想情感浓缩在有限的、典型的生活画面中，使人通过画面的形象感受到诗人的思想感情。

三、节奏鲜明，韵律和谐

节奏即间歇、停顿，相当于音乐的节拍。诗人恰当地安排发音不同的字词，使其高低、轻重、快慢、强弱与诗的内在情绪相适应，从而构成了诗歌的语言节奏。韵律指诗歌的平仄格式和押韵规则，主要体现在诗句的末尾用韵母相同的字，这称为韵脚。韵律使诗歌的语言形成一种和谐的关系，前后的诗句相互呼应，既有约束语言的作用，也便于记诵，更有利于情感的表达，从而强化诗歌的效果与力量。

四、结构的跳跃性语言的陌生化

诗歌呈现一种跳跃性结构特征。它不遵循自然时空顺序，而是遵循情感、想象的逻辑，超越了时间的樊篱，空间的鸿沟，在时空上任意跳跃伸缩，忽此忽彼，忽前忽后，跳荡不已，有意留下艺术空白，且省略有关过程和过渡性的句、段及关联词。以断续表现连贯，以局部概括整体，以空白替代充实。

诗歌的语言不仅要精练、生动、形象，而且讲究陌生化。诗歌运用语言注重对日常语言的扭曲和变形，使之陌生化，以获得新奇、独特的效果，从而产生强烈的艺术魅力。例如，江淹的《别赋》“是以别方不定，别理千名。有别必怨，有怨必盈。使人意夺神骇，心折骨惊”中的

“心折骨惊”，李清照的“莫道不消魂，帘卷西风，人比黄花瘦”中的“人比黄花瘦”，马致远的《秋思》中的“枯藤老树昏鸦，小桥流水人家”，杜甫《秋兴八首》的名句“香稻啄余鹦鹉粒，碧梧栖老凤凰枝”（正常语序应是“鹦鹉啄余香稻粒，凤凰栖老碧梧枝”）现代诗人李瑛的《谒托马斯·曼墓》的“雨水打湿了墓地的钟声”，等等。或使词性发生变化，或使语序错位，或使用古字、冷僻字、外来语、典故等，或诗句语法不合规范，或省略关联词等，从而使语言陌生化加强艺术魅力。

第三节　诗歌的鉴赏方法

一、感受诗歌的情感美

诗歌的独特性在于抒情，诗歌存在的必要性在于抒情，诗歌的价值还在于抒情。没有情感的激动，就没有诗人，也就没有诗歌。在古代诗论中，陆机高扬“诗缘情而绮靡”的大旗，白居易也非常精练地指出“诗者，根情”。诗人总是通过诗歌来表现郁积于自己胸中的情愫。因此，鉴赏诗歌就必须去感受诗人炽热的情怀，去感知诗歌热烈的情思。如当代诗人贺敬之的诗作处处漫着真挚的感情，从“亲人见了亲人面，欢喜的眼泪眼眶里转”（《回延安》），到“满含着热泪和感激，仰望你呵，扑向你”（《八一之歌》），再到“我要唱啊我要写……用压不住的我滚滚的热血”（《中国的十月》），无不饱含着深情。而诗人除了在诗歌中直抒胸臆外，往往借助形象、节奏来表达情感。例如，李煜《虞美人》：

春花秋月何时了，往事知多少，小楼昨夜又东风，故国不堪回首月明中。

雕栏玉砌应犹在，只是朱颜改，问君能有几多愁，恰似一江春水向东流。

“春花秋月”是多么美好温馨！而诗人却毫无留恋之意，一句“何时了”，感叹美景怎么还不结束呢？把这良辰美景抛掷一边，可见愁苦万分。诗人何以如此悲观、愁苦？只因南唐王朝灭亡了，过去的君主已成为别人的阶下囚。“雕栏玉砌”虽还在，但失去了昔日的光彩，物是人非，何不愁苦？最后以一个比喻结束全诗，“问君能有几多愁，恰似一江春水向东流”。全诗借助意象、比喻，表达了李后主的真情实感，句句流淌着血泪，字字凝结着愁苦。正如王国维所说的，“……后主词，真所谓血书者也”。又如徐志摩的《再别康桥》：

轻轻的我走了，
正如我轻轻的来。
我轻轻地招手，
作别西天的云彩。
……
悄悄的我走了，
正如我悄悄的来。
我挥一挥衣袖，
不带走一片云彩。

全诗讲究内在韵律与节奏，抑扬顿挫、跌宕起伏，细致地表达了诗人依依惜别的深情，创造了梦幻般的意境。与之相同的，李白《蜀道难》开篇两句：“噫吁嚱！危乎高哉！蜀道之难，难于上青天！”利用节奏的起伏变化，生动地表现了诗人见蜀道高危的惊惧情绪。

二、品味诗歌的意境美

意境理论是在我国诗、画的土壤中生长出来的，是我国诗画创作的最高境界。这种艺术境界是由主观思想感情和客观景物环境交融而成的意蕴或形象。品味诗歌的意境美，应注意三点。

其一，情景交融，情为主导。南宋严羽的《沧浪诗话》：“诗者，吟咏情性也。”因此，诗歌总是以客观景物作为主观情思的寄托，形成一种情景交融、和谐统一的艺术境界。景物因为有情感融入，才会贯注生命；情感因为有景物附丽，才会形象生动。诗人凭借丰富的生活经验和敏锐的感受能力，通过典型的图景或典型的细节描绘，将自己的真情实感渗透在形象之中，做到情中有景，景中有情，情景交融。情景交融的方式有三：一是景中藏情。诗人通过逼真的景物描写，将情感深藏其中，虽不言情，但更显得情深意浓。例如，王维《使至塞上》中"大漠孤烟直，长河落日圆"描绘的苍茫雄浑的画面，不仅再现了塞外辽阔空寂的独特风光，还表现了作者昂扬与伤感、豪放与孤寂交汇的情感。二是情中见景。诗人往往直抒胸臆，但景却历历在目。例如，陈子昂的《登幽州台歌》："前不见古人，后不见来者。念天地之悠悠，独怆然而涕下。"诗中虽不见景物描写，但细细品味，却见一幅饱含血泪的图画：一片浩渺无际的天宇，一座兀然独立的高台，一位独立怆然的诗人……情中见景，情景两融。三是情景并茂。既抒情又写景，抒情、写景浑然一体。例如，杜甫的《秋兴八首（其一）》：

玉露凋伤枫树林，巫山巫峡气萧森。

江间波浪兼天涌，塞上风云接地阴。

丛菊两开他日泪，孤舟一系故园心。

寒衣处处催刀尺，白帝城高急暮砧。

此诗作于杜甫晚年寄居夔州之时。诗人通过对巫山巫峡秋声秋色的形象描绘，烘托出阴沉萧森、动荡不安的气氛，令人感到秋声秋色扑面惊心，抒发了诗人忧国之情和孤独抑郁之感。全诗绘景抒情融洽无间，情于景中，景于情中，含不尽之意见于言外。

其二，虚实结合，境生象外。宋人梅尧臣说："必能状难写之景，如在目前，含不尽之意，见于言外，然后为至矣。"梅尧臣强调"如在目前"的"实"应与"见于言外"的"虚"相结合。意境中较实的部分，称为"实境"，较虚的部分称为"虚境"。实境是逼真描写景、物、事的形态，而虚境则是由实境诱发和开拓的审美想象空间。它是原有画面在联想中的延伸和扩大，并伴随着这种联想而产生的对情、神、意的体味与感悟。只有将"虚"与"实"有机结合，才能升华为含蓄蕴藉的艺术最高境界。例如，叶绍翁的《游园不值》：

应怜屐齿印苍苔，小扣柴扉久不开。

春色满园关不住，一枝红杏出墙来。

由苍苔、柴扉等景物的描写，诗人不得进门的扫兴，一枝红杏引发的喜悦，推测满园万紫千红、生机勃勃的春色，这是由实境升华为审美想象的空间，并进一步引导人们进入哲理的思考，开拓出更深层的意蕴：美好的事物是关不住的。

其三，含蓄蕴藉，韵味无穷。诗歌的含蓄，就是将丰富深广的社会生活和思想感情的内容，蕴含在鲜明生动的艺术形象之中。作者不是笨拙地直接宣扬或解说自己的观点，而是调动人们的想象力，使人们通过艺术形象的鉴赏而得到思想感情的陶冶和美的享受。例如，元稹的《古行宫》：

寥落古行宫，宫花寂寞红。

白头宫女在，闲坐说玄宗。

诗人用简练的笔法描绘了一个不大的空间：一座寥落的行宫，数株寂寞的宫花，几个白头的宫女。与之相对，诗人抒写的时间和情事却分外悠长，“闲坐说玄宗”，“说”什么，妙在诗人没有明言，却诱发人们思考：是说开元天宝的盛世，还是说安史之乱流离的社会生活；是说玄宗的宠爱，还是说皇上的薄情等等，含蓄隽永，余味无穷。韵味是指意境中所蕴含的余味无穷的情致、情趣、情意，这是指意境的审美特征。当然，意境的深层蕴意并不直接袒露在表层意象中，而存在于意象与意象之间构成的艺术之中，借助比喻、象征、暗示等手法，委婉道出，使人感会神悟，思而得之。例如，杜牧的《江南春》：

千里莺啼绿映红，水村山郭酒旗风。

南朝四百八十寺，多少楼台烟雨中。

诗的第一、二句描绘了一幅江南春景图：绿叶映红花，黄莺在花丛中欢唱；碧水绕村庄，酒旗在城郭里飞舞。从而构成了画面立体的美、和谐的美、艳丽的美。诗的第三、四句描写了云雾笼罩、屋宇重重的佛寺，给人以一种朦胧的美感。全诗渲染了江南春天的美景，透过这美景，可触摸到诗人不平静的心：南朝各代帝王大兴佛寺，企望永久荣华、长命富贵。但如今美梦一一破灭了，只剩下“多少楼台烟雨中”，而现实的绿叶红花，酒旗飞舞的盛世又将维持多久呢？从中我们可以感到诗人对唐王朝的担忧之心在隐隐作痛。这种含有言外之意、弦外之音、景外之景、象外之象意境的诗歌，让我们从有限感知到无限，得到一种韵味无穷的艺术享受。

三、吟诵诗歌的音乐美

诗歌较其他文体更具音乐性。黑格尔说：“至于诗则绝对要有音节或韵，因为音节和韵是诗的原始的唯一的愉悦感官的芬芳气息，甚至比所谓富于意象的富丽辞藻还更为重要。”我们鉴赏诗歌就应全心感受诗歌的音乐美。例如，徐志摩的《沪杭车中》：

匆匆匆！催催催！
一卷烟，一片山，几点云彩，
一道水，一条桥，一声橹声，
一林松，一丛竹，红叶纷纷；
艳色的田野，艳色的秋景，
梦境似的分明，模糊，消隐，
催催催！是车轮还是光阴？
催老了秋容，催老了人生！

“匆匆匆！催催催！”以模仿车轮行进的声音开场，不仅富有节奏感，而且形成一种动感。第一节力在写景，但景中有情，第二节重在抒情，但情中有景。轻快流畅、错落有致的韵律与飘忽流逝的意象和谐统一为一体，很好地表达了诗人的思想情感。又如李清照名作《声声慢》开篇的七组叠字的运用：“寻寻觅觅，冷冷清清，凄凄惨惨戚戚……”这七组叠音词由七个均等的音步造成一种缓慢的节奏，用轻长发音的平声字“寻寻”起音，和声调略高，发音短促的“觅觅”组成一个音群，然后在音调略高的“冷冷清清”的音群上进行过渡，最后连用三组发音绵长但音调渐次降低的叠音词。这样的韵律组合，有如压抑不住的哽咽抽泣，又如茫然无依的低回叹息，不知不觉就进入到凄苦落寞的情境中，感受到那种孤苦悲凉的情味。

四、探究诗歌的技巧美

诗歌也和其他的文学样式一样，有自己的特殊技法。了解和掌握这些诗歌技巧，有利于把握诗歌的意蕴，也有利于对诗歌进行艺术鉴赏。下面我们将对常见技法进行初步探讨。

巧比妙喻是诗歌最常见也是最重要的技法。在我国先秦时期就提出了“风、雅、颂、赋、比、兴”的诗之“六义”。这“六义”中的“比”，就是“以彼物比此物”的比喻。只不过诗歌的比喻不只是语言上的一种修辞方法，而是一种诗歌形象的构成方法。诗歌为了追求含蓄蕴藉，充分拓展读者的想象空间，常常运用比喻强调本体与喻体之间的“远距”与“异质”。例如法国兰波的诗句：“我梦见雪光闪耀的绿幽幽的夜，一个个亲吻在大海面者徐徐飞旋。”将飘落大海的雪花比喻成了情人的亲吻。由于喻体和本体的“质异”，“距远”，更能激起读者的想象，韵味无穷。那幽静海面上飘落的雪花，似乎也如亲吻般热烈而情意绵绵。诗歌运用比喻有多种方法。一是贯联比，对一个本体用多个喻体进行比喻。如苏轼《百步洪》诗云：“长虹（洪）斗落生跳波，轻舟南下如投梭。水师绝叫凫雁起，乱石一线争磋磨。有如兔走鹰隼落，骏马下注千丈坡。断弦离柱箭脱手，飞电过隙珠翻荷。……”诗歌描写轻舟前进之速，用了一连串的比喻：像穿梭，像兔走，像鹰落，像马下坡，像箭脱手，像断弦离柱，像飞电过隙，像露珠翻荷……比喻错综利落，形象地表现了轻舟行驶速度之飞快。二是联想比，本体和喻体未达到相似点，要通过联想才能找到相似点。例如李贺《秦王饮酒》“洞庭雨脚如吹笙”这句诗意在说明笙的声音如同洞庭湖上下雨的声音，相似点在“声”、但这里只写了雨脚的形状与吹笙的动作，没有相似点，要通过联想才能找到相似点——“声音”。这种比喻新奇独特，引人联想。三是衬托比，即不是单纯指明相似点，而是利用作比的形象来衬托气氛。李商隐《无题》诗有这样两句：“飒飒东风细雨来，芙蓉塘外有轻雷。”“轻雷”化用了司马相如《长门赋》：“雷殷殷而起兮，声象君之车音。”——以雷声比喻车声，又以春雨的环境来烘托感情。以上简单介绍了比喻的三种方法，事实上诗歌运用比喻之法，远不止这些，甚至每种方法又可细分多种方法。下面简单介绍两种方法。

(1) 视听通感。通感本为一种由不同感觉的相互作用形成的一种心理现象，心理学亦称为联觉。指一种已经产生的感觉引起另一种感觉的兴奋而产生感觉的“挪移”，或一种感觉的作用借助另一种感觉的同时兴奋而得到加强的心理现象。钱钟书在《通感》一文中进行通俗的阐释：“在日常经验里，视觉、听觉、触觉、嗅觉、味觉往往可以彼此打通或交通，眼、耳、舌、鼻、身各个官能的领域可以不分界限。颜色似乎会有温度，声音似乎会有形象，冷暖似乎会重量，气味似乎会有体质。诸如此类，在普通语言经常出现。”在审美反映中，通感的作用是巨大的，诗人往往依靠通感更顺利地完成向客体的渗透，更准确地体现自己的审美情趣。比如马雅可夫斯基《穿裤子的云》“天空红得像马赛曲”，诗人借满天红云表达了对革命的渴望与呼唤。又如贾岛《客思》“促织声尖尖似针，更深刺着旅人心”，杨万里的《又和二绝句》“剪剪轻风未是轻，犹吹花片作红声”。贾岛的“促织声尖尖似针”由听觉感知到的声音有了针一样的形象，并还有可见可触的质感；而杨万里的“犹吹花片作红声”，则是由视觉感知的红色向听觉转移成为有声。这种感觉的沟通，熔铸成生动新奇的诗句，让读者体验到诗句的无穷韵味。值得注意的是运用艺术通感来描摹形象，在其他的文学样式中也同样存在，这里就不一一列举了。

(2) 化静为动。诗歌常常写景，但景物有静景，也有动景。诗人笔下的静景可以写得生机勃勃，活动跳脱。这种处理方法，我们称之为“化静为动”。化静为动，其法有二：一是客体给予主体的流动感。如宋朝林逋《山园小梅》有这样的名句："疏影横斜水清浅，暗香浮动月黄昏。"其中"横斜"、"浮动"四字化静为动。"横斜"犹如绘画中三角形、对角线、曲线的构图法，以斜线和曲线这种形式给景物以流动感，使静物显示出动态，而"浮动"也使梅香动态化。还有"水清浅"、"月黄昏"的背景，衬托了梅花的清秀高洁，生动活泼。二是主体赋予客体活动感。诗人将主观色彩渗透在静态的景物上，静景也就呈现出活动状态了。例如，李白的"相看两不厌，只有敬亭山"（《独坐敬亭山》）。诗人将山拟人化，让它像人一样动起来，神情专注地"看"人。这不仅增加了诗的情趣，而且勾画出诗人的孤寂沉闷的心情。苏轼《书晁说之考牧图后》："川平牛背稳，如驾百斛舟。舟行无人岸自移，我卧读书牛不知。"诗人先以牛背比作船，又以船行岸移形容牛前进的感觉。船和岸上景物的相对运动，在视觉上造成心理错觉，使静态的景物看起来似乎在运动。杨巨源《练秀才杨柳》诗曰："惟有春风最相惜，殷勤更向手中吹。"春风吹动手中的柳枝，这是自然状态，但在诗人笔下，却成为有情状态，无情的动化为有情的动。以上说的是化静为动，此外，也有化动为静。例如，王维的《鸟鸣涧》："人闲桂花落，夜静春山空。月出惊山鸟，时鸣深涧中。"花落、月出以动态写静，鸟鸣是以声音写静，非常生动而深刻地表现出山居的清幽闲静。

第四节　诗歌作品赏析

【作品一】

死水

闻一多

这是一沟绝望的死水，
清风吹不起半点漪沦。
不如多扔些破铜烂铁，
爽性泼你的剩菜残羹。

也许铜的要绿成翡翠，
铁罐上绣出几瓣桃花；
再让油腻织一层罗绮，
霉菌给他蒸出些云霞。
让死水酵成一沟绿酒，
飘满了珍珠似的白沫；
小珠们笑声变成大珠，
又被偷酒的花蚊咬破。
那么一沟绝望的死水，
也就夸得上几分鲜明。
如果青蛙耐不住寂寞，
又算死水叫出了歌声。
这是一沟绝望的死水，
这里断不是美的所在，
不如让给丑恶来开垦，
看他造出个什么世界。

【赏析】

闻一多（1899—1946），原名闻家骅，湖北浠水人，中国现代著名诗人、学者和民主战士。他创作的诗集主要有《红烛》《死水》。他的诗歌表现了对帝国主义和反动军阀的痛恨，抒写了对祖国和人民命运的深切关注，洋溢着热烈的爱国主义精神。在艺术上，他的诗歌想象奇特，结构整饬，形式整齐，音节和谐，具有较高的艺术成就。

该诗把军阀统治下黑暗陈腐的旧中国比作“一沟绝望的死水”，对其进行了强烈的鞭挞与诅咒，表现了诗人深沉的爱国热情。全诗共五个诗节，可分为三部分。第一部分（第一节），表达了诗人对“死水”一般的旧中国腐败现实的激愤之情。第二部分（第二、三、四节），诗人对“死水”进行了细致描绘，具体形象地揭露出了旧中国腐朽颓败的社会现状，表达了对旧中国憎恶、愤怒、嘲讽的感情。在这部分内容中，诗人用色彩鲜明、形色美好的“翡翠”“桃花”“罗绮”“云霞”“珍珠”等意象来描绘污浊、肮脏的死水，犹如给恶魔穿上了精美典雅的外衣。这是用虚假的美来反衬真实的丑，使丑类变得更为丑恶。以美写丑，丑更丑，诗人用这种独特的方法，更鲜明地表现出死水腐臭的本质，同时也使诗歌具有了强烈的讽刺意味。第三部分（最后一节），表达了诗人迫切希望改变现实的强烈愿望。

闻一多是最早提倡和实践新格律诗的诗人，这首诗也是实践其新格律诗主张的范例。闻一多在《诗的格律》中主张“诗的实力不独包括音乐的美（音节），绘画的美（辞藻），并且还有建筑的美（节的匀称和句的均齐）”。这首诗完全符合他的主张。

首先，从音节上看该诗具有音节的和谐美，这主要表现在诗的节奏上。这首诗的节奏非常整齐，每一行诗都有四个停顿，如，这是/一沟/绝望的/死水，清风/吹不起/半点/漪沦。不如/多扔些/破铜/烂铁，爽性/泼你的/剩菜/残羹。这里每四个停顿又是由三个“二字尺”、一个“三字尺”组成，这样整齐的停顿使这首诗的音节十分和谐，就如同四拍子的歌曲一样，其节奏具有了格律化的音乐美。这首诗的音乐美还表现在韵律上。全诗除第一节外，第二、三、四、五节都采用隔句韵的形式，并且每节换一次韵，在统一中有所变化，使声律整齐而不呆板。这也就使新格律诗与旧格律诗在形式上有了明显的区别。另外，这首诗的首尾两节都用“这是一沟绝望的死水”做首句，不仅在意义上是一种强调和呼应，在韵律上也有回环往复之美。

其次，这首诗的建筑美也是显而易见的。所谓诗的建筑美，是指诗行与诗节的排列均齐。这首诗共五节，每节均四句，每句九字，做到了节的匀称，句的均齐。每节诗都四四方方，整整齐齐，好像一座有棱有角、刚劲挺拔的大厦，具有建筑美。

再次，这首诗也具有较强的绘画美，这主要表现为诗的辞藻美。诗人在描写死水时，特别注意选取那些易于引起人们视觉联想的辞藻，以加强诗句的绘画美感。如诗中既有色彩丰富、鲜明的“翡翠”绿，又有

"桃花"红、"珍珠"白，再加上"罗绮""云霞""绿酒"等描写，使死水显现出繁复的色彩来，这无疑极大增强了诗歌的绘画美。诗人用美丽的色彩来描绘死水的"表"，正是为了有力地揭示它那丑恶的"里"。表与里的鲜明对比，形成强烈的反讽效果，犹如漫画中的夸张、修辞中的反语。

【作品二】

雨巷

戴望舒

撑着油纸伞，独自
彷徨在悠长，悠长
又寂寥的雨巷，
我希望逢着
一个丁香一样地
结着愁怨的姑娘。
她是有
丁香一样的颜色，
丁香一样的芬芳，
丁香一样的忧愁，
在雨中哀怨，
哀怨又彷徨。
她彷徨在这寂寥的雨巷，
撑着油纸伞
像我一样，
像我一样地
默默彳亍着，
冷漠，凄清，又惆怅。
她静默地走近
走近，又投出

太息一般的眼光，
她飘过
像梦一般地，
像梦一般地凄婉迷茫。
像梦中飘过
一枝丁香地，
我身旁飘过这女郎；
她静默地远了，远了，
到了颓圮的篱墙，
走尽这雨巷。
在雨的哀曲里，
消了她的颜色，
散了她的芬芳，
消散了，甚至她的
太息般的眼光，
丁香般的惆怅。
撑着油纸伞，独自
彷徨在悠长，悠长
又寂寥的雨巷，
我希望飘过
一个丁香一样地
结着愁怨的姑娘。

【赏析】

戴望舒（1905—1950），浙江杭县人，中国现代著名诗人。诗集有《我底记忆》《望舒草》《望舒诗稿》和《灾难的岁月》。早期诗歌多写个人的孤寂心境，感伤气息较重，因受西方象征派的影响，意象朦胧、含蓄。后期诗歌表现出热爱祖国、憎恨侵略者的强烈感情和对美好未来的热烈向往，诗风明朗、沉挚。

《雨巷》是戴望舒的成名作和前期的代表作，他曾因此而赢得了“雨巷诗人”的雅号。这首诗写于1927年夏天，当时全国处于白色恐怖之中，戴望舒因参加进步活动而不得不避居于松江的友人家中，在孤寂中咀嚼着大革命失败后的幻灭与痛苦，心中充满了迷惘的情绪和朦胧的希望。《雨巷》一诗就是他的这种心情的表现，其中交织着失望和希望、幻灭和追求的双重情调。这种情怀在当时是有一定的普遍性的。

诗人在《雨巷》中创造了一个丁香一样的结着愁怨的姑娘，这显然是受古代诗词中一些作品的启发。用丁香结来象征人们的愁心，是中国古代诗词中一个传统的表现方法。如李商隐的《代赠》诗中就有过“芭蕉不展丁香结，同向春风各自愁”的诗句。南唐李璟更是把丁香结和雨中惆怅连在一起了。他有一首《浣溪沙》：“手卷真珠上玉钩，依前春恨锁重楼。风里落花谁是主？思悠悠！青鸟不传云外信，丁香空结雨中愁。回首绿波三楚暮，接天流。”这首词就是用雨中丁香结作为人们愁心的象征。戴望舒从这些诗词中吸取了描写愁情的意境和方法，用来构成《雨巷》的意境和形象。这种吸收和借鉴是很明显的，但是不能说《雨巷》的意境和形象就是旧诗名句“丁香空结雨中愁”的现代白话版的扩充和解释。在构成《雨巷》的意境和形象时，诗人既吸取了前人的成果，又有自己的创造。

第一，古人在诗里以丁香结本身象征愁心，《雨巷》则想象了一个如丁香一样结着愁怨的姑娘。她有丁香瞬忽即失的形象，与古典诗词中套用陈词旧典不同，也与诗人早期写的其他充满旧诗词调子的作品迥异，表现了更多的新时代气息。“丁香空结雨中愁”不像“丁香一样的结着愁怨的姑娘”更能唤起人们希望和幻灭的情绪，在表现时代忧愁的领域里，这个形象是一个难得的创造。第二，在古代诗词里，雨中丁香结是以真实的生活景物来寄托诗人的感情的。诗人依据生活的经验而又加上了自己想象的创造，它是比生活更美的艺术想象的产物。

《雨巷》运用了象征性的抒情手法。诗中那狭窄阴沉的雨巷，在雨巷中徘徊的独行者，以及那个像丁香一样结着愁怨的姑娘，都是象征性的意象。这些意象共同构成了一种象征性的意境，含蓄地暗示作者迷惘感伤又有期待的情怀，并给人一种朦胧而又幽深的美感。

富于音乐性是《雨巷》的另一个突出的艺术特色。诗中运用了复沓、叠句、重唱等手法，造成了回环往复的旋律和婉转悦耳的乐感。因此，叶圣陶先生称赞这首诗为中国新诗的音节开创了一个“新纪元”。

【作品三】

神女峰

舒婷

在向你挥舞的各色花帕中
是谁的手突然收回
紧紧捂住了自己的眼睛
当人们四散离去，谁
还站在船尾
衣裙漫飞，如翻涌不息的云
江涛
高一声
低一声
美丽的梦留下美丽的忧伤
人间天上，代代相传
但是，心
真能变成石头吗
为眺望远天的杳鹤
错过无数次春江月明
沿着江岸
金光菊和女贞子的洪流
正煽动新的背叛
与其在悬崖上展览千年
不如在爱人肩头痛哭一晚

【赏析】

舒婷发表《致橡树》以后四年，又有《神女峰》面世。《致橡树》通过“木棉”对“橡树”的倾诉，表达了对独立平等、既尊重对方存在又珍惜自身价值的爱情观念的呼唤。而《神女峰》则更多地表现出对爱情婚姻中“正统”道德的反思与批判。在这里，诗人对中华文化中的一个千年痼疾思索得那样深沉，针砭得那样中肯。它像一支忧伤而又悠扬的调子，能洗涤人的心灵，激发人的顿悟，并为道德重塑提供了一个惊世骇俗的创意。

诗歌一开始就展现的意象是船到神女峰前，游客们向石像挥舞起各色手帕，对这一偶像狂热的崇敬，表现出在传统道德的强大磁场中，人们思维习惯和感情趋向的顽固惯性。然而觉悟者还是有的，她收回挥舞的手臂，捂住眼睛擦拭泪水——她分明觉察了神女偶像的可悲性。人们离去后，她继续苦苦思索：那么多女人总是通过苦守贞洁来追求一种道德价值的实现，她们热衷于把美丽的梦想安排在一条可怕道路的尽头。她们的悲惨充斥在社会生活和神话故事里，以致悲剧“代代相传”，被铸造成道德楷模，被铺设成文化传统，多么可悲！“但是，心真能变成石头吗?”这是困惑，更是质疑。那神女，那许多的妇女，本来有着鲜活的生命和正常的需求，怎么能甘心变成石头呢？她们为着一个没有价值的期待，错过许多俯拾即是、本该属于自己的幸福机遇，多么荒谬！

下文的“金光菊”和“女贞子”是巫峡中的常见植物，它们聚凑成迎船而来的“洪流”。它们生机蓬勃，自由活泼，体现着生命属于自己，应由自己支配的哲理，启发人们抛弃那为“规范”而生活的旧的伦理枷锁。最后两句指出“神女”们为了一种道德虚荣，在寂寞痛苦中挣扎，甘做一个毫无意义的展览品，实在不值得。不如步入世俗生活，向心爱的人倾诉心声，宣泄委屈，这才是幸福。诗人吟咏至此，已把贞节观这副压抑妇女几千年的沉重的十字架彻底掀翻、打碎，获得铲除梦魇、大快人心的效果。

《神女峰》的艺术特色首先表现在观察角度的新奇和剪裁生活的精

当上。对于一个困扰人们几千年的老问题，诗人让一个自然奇景和文化胜迹来承载，可谓独具法眼、另辟蹊径。而问题的展现，又是凭借游船上一个刹那间的生活片段。诗人一按灵感快门，便摄取了巨大的时空，使一瞬间的情景，回荡着一串千年浩叹，映照出旧道德的黯淡与新道德的闪光。其次是善于把具有鲜明反差的意象组合在一起，如众人狂热的欢呼与一人忧伤的思索，对远天梦想的眺望与对眼前幸福的错过，悬崖上可笑的千年展览与俯在爱人肩头上痛哭的酣畅淋漓。这种组合，使形象更加鲜明，更能突出问题的悲哀与沉重。另外，诗人的映衬手法与象征手法也是很出色的。衣裙在风中飘动，既是以动衬静，突出思索者雕塑一般的伫立，又是以动衬动，暗示她心灵的激烈颤抖。“浪涛高一声低一声”，象征着悲剧故事的“代代相传”。而“金光菊与女贞子的洪流”既映衬贞节主义的陈陋，又象征着新道德的觉醒。这些手法的运用，增强了诗歌的艺术感染力。

【作品四】

亚洲铜

海子

亚洲铜，亚洲铜

祖父死在这里，父亲死在这里，我也将死在这里

你是唯一的一块埋人的地方

亚洲铜，亚洲铜

爱怀疑和爱飞翔的是鸟，淹没一切的是海水

你的主人却是青草，住在自己细小的腰上，

守住野花的手掌和秘密

亚洲铜，亚洲铜

看见了吗？那两只白鸽子，它是屈原遗落在沙滩上的白鞋子让我们——

我们和河流一起，穿上它吧

亚洲铜，亚洲铜

击鼓之后，我们把在黑暗中跳舞的心脏叫做月亮

这月亮主要由你构成

【赏析】

《亚洲铜》是海子的成名作，也是最早为海子带来广泛声誉且奠定他日后在中国诗坛重要地位的杰出诗篇。全诗所包蕴的深邃丰富的历史文化及生命情感内涵，使它在海子数量众多的充满纯粹抒情色彩的诗篇中显得卓尔不凡。作为一个统领全篇的核心意象，“亚洲铜”具有双重象征含义，它既是祖国形象的精妙比喻，又是民族传统文化的形象命名与概括，表达了诗人对于民族苦难生存景况的深沉广阔的文化反思。

全诗分四节。在第一节中，诗人点出“亚洲铜”（黄土地）是接纳着“祖父”“父亲”和“我”的“唯一的一块埋人的地方”，暗示出贫瘠的黄土地是我们世世代代无法逃避的生存背景，它饱含了我们命运中的全部苦难、屈辱与辛酸；第二节则用“青草”在海水“淹没一切”的荒凉背景中“守住野花的手掌和秘密”这一自然意象，传达了诗人对于民族苦难命运内在的深沉思索以及隐秘的反抗意向；第三节，通过将“白鸽子”转化成“屈原遗落在沙滩上的白鞋子”的大胆联想，以及“穿上它们”的热烈追求，流露出诗人对于以屈原为代表的、为着祖国的幸福前途而不惮殉身的崇高人格的由衷敬慕与礼赞；第四节对前三节所表达的思想感情进一步的深化，它通过一场想象中的“击鼓”舞蹈（仪式舞）所呈现出来的表面狂欢图景，于内在深层的痛苦中传达出我们对于生命和生存的虔诚祈祷与美好憧憬，有力地揭示了作品的深刻主题。

该诗在艺术性上也值得称道。诗作意象鲜明生动，联想丰富大胆，视域广阔，节奏张弛有效，极具情绪感染效果，与作品深刻的思想性互映生辉。

【作品五】

乡愁

余光中

小时候

乡愁是一枚小小的邮票

我在这头

母亲在那头

长大后
乡愁是一张窄窄的船票
我在这头
新娘在那头
后来啊
乡愁是一方矮矮的坟墓
我在外头
母亲在里头
而现在
乡愁是一弯浅浅的海峡
我在这头
大陆在那头

【赏析】

乡愁是中国诗歌一个普遍的主题。余光中多年来写了许多以乡愁为主题的诗篇，《乡愁》就是其中情深意长、音调动人的一曲。

正像中国大地上许多江河都是黄河与长江的支流一样，余光中虽然身居海岛，但是作为一个挚爱祖国及其文化传统的中国诗人，他的乡愁诗从内在感情上继承了我国古典诗歌中的民族感情传统，具有深厚的历史感。同时，台湾和大陆人为的长期隔绝，漂流到孤岛上去的千千万万人的思乡情怀客观上具有以往任何时代的乡愁所不可比拟的特定的广阔内容。余光中作为一个离开大陆三十多年的当代诗人，他的作品必然会烙上深刻的时代印记。《乡愁》一诗侧重写个人在大陆的经历，那年少时的一枚邮票，那青年时的一张船票，甚至那未来的一方坟墓，都寄寓了诗人绵长的乡关之思，而这一切在诗的结尾升华到了一个新的高度："而现在/乡愁是一湾浅浅的海峡/我在这头/大陆在那头。"有如百川奔向东海，有如千峰朝向泰山，诗人个人的悲欢与巨大的祖国之爱、民族之恋交融在一起，而诗人经历的倾诉，也因为结尾的感情的燃烧而更为撩人愁思了。这样的《乡愁》是我国民族传统的乡愁诗在新的时代和特殊的地理条件下的变奏，具有以往的乡愁诗所不可比拟的广度和深度。

该诗在意象的撷取和提炼上，具有单纯而丰富之美。乡愁本来是大家所普遍体验却难以捕捉的情绪，如果找不到与之对应的独特的美的意象来表现，那就会流于一般化的平庸或堕入抽象化的空泛。《乡愁》从广远的时空中提炼了四个意象：邮票、船票、坟墓、海峡。它们是单纯的，所谓单纯，绝不是简单，而是明朗、集中、强烈的，没有旁逸斜出意多文乱的芜蔓之感；它们又是丰富的，所谓丰富，也绝不是堆砌，而是含蓄、有张力的，能诱发读者多方面的联想。在意象的组合方面，《乡愁》以时间的发展来综合意象，可称为意象递进。“小时候”“长大后”“后来啊”“而现在”，这种时序像一条红线贯穿全诗，概括了诗人漫长的生活历程和对祖国的绵绵怀念。

该诗的形式美也令人瞩目。它的形式美不仅表现为结构美，而且表现为音乐美。《乡愁》在结构上呈现出寓变化于传统的美，既统一又富于变化。统一，就是相对地均衡、匀称；段式、句式比较整齐，段与段、句与句之间又比较和谐对称。变化，就是避免统一走向极端，追逐那种活泼、流动而生机蓬勃之美。《乡愁》共四节，每节四行，节与节之间相当均衡对称，但是诗人运用了长句与短句的变化调节，从而使诗的外形整齐中有参差之美。《乡愁》的音乐美主要表现在回旋往复、一唱三叹的美的旋律，其中的“乡愁是”与“在这头……在那/里头”的四次重复，加之四段中“小小的”“窄窄的”“矮矮的”“浅浅的”在同一位置上的重叠词运用，使得全诗低回掩抑，如怨如诉。而“一枚”“一张”“一方”“一湾”的数量词的运用，不仅表现了诗人的语言功力，也加强了全诗的音韵之美。

《乡愁》有如音乐中柔美而略带哀伤的“回忆曲”，是游子深情而美的恋歌。

第五章　散文鉴赏

第一节　散文理论概述

一、散文的历史发展

广义的散文，是指和诗、词、曲等韵文相对而言的文章；狭义的散文，是指一种取材灵活、讲究意境、语言隽永、长于抒情的文学体裁。

中国散文的发展大体上经历了以下六个阶段。

（1）先秦时期。先秦散文由简而繁，从片段的文辞到语录体、对话体，再到较为系统的长篇大论，经历了漫长的历程。春秋战国时期，是散文发展的黄金时代。这一时期出现了我国第一部散文集《尚书》，产生了以《老子》《论语》为代表的诸子散文，以《左传》《战国策》为代表的历史散文。章学诚曾说过“至战国而后世之文体备”，当时的散文已善于运用比喻、讽刺和描写等手法，以激发读者感情，或者运用寓言、神话、故事等文学样式，以充实其内容，使文章表达生动活泼。

（2）两汉时期。这一时期的散文最先发展起来的是政论文，作者或针砭时弊，分析社会实际存在的矛盾；或总结秦王朝短期覆亡的原因，借古喻今，具有很强的说服力和感染力。被誉为“史家之绝唱，无韵之离骚”的《史记》代表了两汉散文的最高成就。两汉时期还出现了一种新的文体——“赋”，它讲究文采、韵节，兼具诗歌和散文的双重性质。班固的《两都赋》、张衡的《二京赋》都是其名篇。

（3）魏晋南北朝时期。这一时期的文章多讲求声律，讲求遣词造句的艺术技巧，体裁愈益多样化，形成骈俪文体，并且越来越臻于成熟，以至于骈文盛行，散文衰落。但在郦道元的《水经注》和杨衒之的《洛阳伽蓝记》等学术著作中仍有一些质朴的叙事、抒情、写景的优美文字。

（4）唐宋时期。由于骈文过于追求对偶和韵律，无论叙事、状物，还是抒情、说理，都令人感到晦涩死板。唐代韩愈、柳宗元领导了古文运动，把散文从骈词俪句中解脱出来，在理论和创作实践上使散文达到全盛阶段。由此树立了一种摆脱陈言俗套、自由抒写的新文风，大大提高了散文抒情、叙事、议论、讽刺的艺术功能。北宋时，欧阳修力倡古文，苏氏父子等人互相应和，古文日渐占领文坛。他们自成体系的古文理论，旗帜鲜明，论辩有力，给人们提供了古文的范本。这一时期的散文平易自然，富有情韵之美，不偏重辞藻，使文章更能发挥表情达意的作用，在中国文学史上有独特的地位，引起了人们的重视。

（5）元明清时期。这一时期的散文基本上继承和发展了唐宋古文运动的精神，出现了不少优秀篇章。它们取材广泛，形式活泼，能直抒胸臆，做到文从字顺，朴素自然。尤其晚明小品，是中国散文发展史上的一项重大突破，从散文观念到创作实践都有显著的变化，它们摆脱了古代散文规矩的束缚，往往格局短小，无论是叙事抒情还是说理谈天，都信笔直书，流畅隽俏，夹杂着不少“怡人耳目、悦人心情”的诙谐和幽默。明代产生了前后七子的复古派、反对复古的唐宋派、主张性灵的公安派等。清代散文，上承秦汉唐宋，形成了自己的时代风格和特点，作家辈出，佳作甚多，流派分明，在古代散文史上有重要地位。影响最大的当数桐城派，代表人物有方苞、刘大櫆和姚鼐。桐城派古文作品选材用语只重阐明立意，而不期堆砌材料，因而文章一般简洁自然，缺乏生气，然其删汰浮辞，避免枝蔓、冗杂的“雅洁”文风，对中国古典散文的发展有一定的贡献。

（6）新文学时期。新文学革命反对仿古拟古的骈体散文，痛击桐城古文，为新型散文的出现做好了铺垫。新文学诞生的初期，在报刊上发表议论散文影响最大的有陈独秀、李大钊、鲁迅、周作人、钱玄同、刘半农等人。他们的作品以随感录为主要形式，内容包罗广泛，重点在思想革命和文学革命上。这一时期的议论性散文担任了反封建的先锋，它所议论的对象紧贴生活，具体而且细微；它的形式自由，可长可短；它的语言可刚烈悲壮，也可幽默讽喻。继议论散文之后，记叙性散文、小品文也相继问世，现代散文进入蓬勃发展阶段。当时几乎所有作家、诗人都同时创作散文，以至散文的成绩远远超出其他文体的收获。这些作家们选取外国散文的笔调体式，又在传统散文中寻找创新根基，很巧妙地化古融今，颇受读者欢迎。就形式而言，有记叙、写景、抒怀、言志、评述等；风格上形成了鲁迅的峻冷峭拔，周作人的平和冲淡，朱自清、冰心等的清新雅致，郭沫若、郁达夫等的豪迈挥洒，叶圣陶、许地山的朴素平直，徐志摩的浓艳绚丽，等等。

中华人民共和国成立以后，特别是 1957 年以后，散文创作再次受到各界重视，作品无论数量还是质量都大大超过了上一时期，名家俊作竞相涌现。冰心、巴金、叶圣陶等老作家孜孜不倦地求索，达到了炉火纯青的艺术境界；更为可喜的是，以杨朔、刘白羽和秦牧为代表的中青年散文家日渐成熟，形成了各自的艺术风格。杨朔的散文似轻风拂柳般清新优美、婉转动人，刘白羽的散文如熔岩爆发般恣肆汪洋、炽热如火，秦牧的散文则将知识性、趣味性融合起来，如数家常般娓娓道来。其他的散文家也各具特色，个性鲜明，如碧野的明艳动人、陈残云的轻盈秀丽、邓拓的深刻犀利、吴伯箫的简练真诚、曹靖华的平易朴素、峻青的高远深阔、李若冰的豪迈冷峻、陶铸的坦率峭拔、菡子的温婉细腻、宗璞的娟雅清秀……

二、散文的特征

鉴赏古往今来的那些出自大家手笔的典章精品，的确是一种富有启示而又充满乐趣的精神享受。当我们开始在散文的世界里徜徉时，首先要了解散文的特征。散文的特征概括起来大致有以下三点。

（一）题材广阔

散文是一种文学样式，是作家以艺术的语言对自己的日常生活经历进行的审美的提取。惊心动魄的搏斗，日新月异的创造，秀山丽水的探秘，身边琐事的絮语，花鸟鱼虫的观赏，都可以写进这个天地，人生有多丰富，散文就有多丰富。无论写浩劫巨变，还是琐事轶闻，作者大多从大处着眼，小处落笔。鲁迅写“三一八”惨案，却从记忆中刘和珍的笑容写起；冰心写黑暗时代将要结束，却在一盏小橘灯上留意；杨朔要表现劳动人民的勤劳、无私奉献，却在一只小蜜蜂上展示。这些都蕴蓄着作者高妙的文思，也加强了题材质地上的真实感和审美体验上的切近感，所谓“一粒沙里见世界，半瓣花上说人情”正是如此。懂得这一点就应该在阅读作品时把握切入点，跟随作者去“小中见大”。

（二）写法灵活

散文与诗歌、小说、戏剧等文学样式比较，写法是最灵巧活泼、潇洒自如的。它可以根据作者的主观意愿，想怎么写就怎么写。叙述、抒情、议论及说明等表达方式自由运用，结构不拘一格，无论是人物、事件的片段，还是时间、空间的转移，或是人的思想意识的变化，只要符合内容的需要，就可以尽心布局。例如，巴金先生是从夜行人如何借助远方的一点微弱的灯光增强了胆识勇气而挖掘出“人不是单靠吃米活着”这样一个重大的人生哲理；贾平凹以家信的形式，用叙述的表达方式，把自己从小时候读书，到后来写书的经历作为全文的结构安排，表达“位低而人品不微，贫困而志向不贱”的人生价值观念；培根的《谈读书》以议论为主，文章不是单纯谈怎么读书，而是从唯物论的立场出发，围绕读书列举了许多读书以外的现象，说明读书的任务主要在于去更好地认识自然界及其规律，不断地创新的道理。

（三）直接抒情，语言真切

由于散文的素材大多数来自作者的亲身经历或耳闻目睹的生活片段，借此表达作者的某种感受，所以散文用第一人称的写法较普遍。这种写法可以与读者面对面地直抒胸臆，使读者感到亲切自然，情不自禁地被作品感染。例如巴金的《秋夜》、茅盾的《沙滩上的脚迹》、德莱塞的《我的梦中城市》等，都是以“我”的直接抒情打动无数读者的。再如茅盾笔谈“风景”，朱自清享受无边的“荷塘月色”，郁达夫鉴赏的“故都的秋”，都有着这种真挚的情思和意趣。这种命笔含情、追求意境的特点，也是不可忽视的。懂得了这一点，在读《世间最美的坟墓》时，就会懂得茨威格对托尔斯泰的崇敬之情，就会知道这个“小小长方形土丘”何以在作者的笔下是那样令人动情，何以那样使人的内心受到剧烈震撼。

三、散文鉴赏的方法

散文的题材包罗万象，可以写人叙事，也可以写景咏物、念亲怀友、访旧思故；散文很少鸿篇巨制，大多短小精悍、散文的结构自由灵活，人们常用“形散而神不散”来概括散文的特征。这里的“形散”是指散文形式上的外在特征，指作者运笔自由，不受拘束；“神不散”是指散文有贯穿全文的思想主旨，散而有序。鉴赏散文必须把握散文“形散神聚”的主要特点，体会散文文本中蕴含的形式美和内在美。

那么，如何抓住散文的“神”来鉴赏散文呢？“文学是人学”，各类文学作品都是以人的形象创造为旨归，散文也不例外，但散文塑造的人的形象，不像小说那样是虚构的。散文展示的是创作主体的自我形象，是真实形象，所以，解读散文的一个主要目的是要走进创作主体的内在世界，体会散文中蕴含的情意美与智慧美等内质的美。

散文无论写景状物，还是记人叙事，最直观的呈现是物境，即一个个的物象、一个个的场景、一个个的人物形象构成的具体的实境，因此鉴赏散文应先感受散文体现出的物境美。例如苏轼在《赤壁赋》中描写夜游赤壁的情景，文中人有苏子、客，物有舟、酒、箫，背景则是浩渺的江水、明亮的月光，将一个文人抒怀吟哦的环境表现出来。读者阅读时会觉得自己处于一个清风和明月交织、露珠和水色辉映的充满诗情画意的幽美境界，聆听着一个哲人阐述的人生的道理。袁宏道在《虎丘记》中浓墨重彩地描写了游人聚饮的拥挤、喧哗，虎丘斗歌的热闹、恣意，一往情深地描绘了“月影横斜”之际的一曲清歌。

鉴赏散文的关键是品味散文蕴含的情意美。如果说物境是承载的船，那么情意便是张扬的帆。登上载物的船，首先要观赏的是船的美形、美态，然后就要扬起风帆，沿着作者的心路航程，乘船远航，探求作品中的美情、美意。鉴赏散文即依据散文的文学特性和散文创作的艺术形式和技巧，深入品评作品，捕捉作者借此营构的内在心象，走进作者设置的情感氛围中，深切体会物境中所渗透着的情感美，鉴赏言外之旨、韵外之意，把握文本深层的艺术价值。如苏轼在《赤壁赋》中，借主客问答的形式表达了人生短暂、壮志难酬、纵情山水的思想情绪和生活态度，在当时难以忍耐的苦难环境中，作者到大自然中去寻求精神上的寄托，体现了一种超然乐观、旷达洒脱的胸怀和气度。《虎丘记》中袁宏道借“月影横斜”之际的一曲清歌，鲜明地体现了他为之神驰的不是喧哗与狂欢，而是幽静与雅丽，他为之击节的不是钟鼓齐鸣的交响乐，而是轻悠亮澈的小夜曲。当白昼过去，喧嚣之后，如水的月光下，清幽的歌声中，作者内视自己灵魂深处的梦幻、诗情、渴望、欲念，他在谋求心灵的平静。掩卷而思，这种复杂的情感态度，有一种品之有味、味之不尽的意韵。朱自清曾说，好的散文作品乍看是淡淡的，缓缓咀嚼一番，便会有浓蜜的滋味从口角流出。正因为如此，才使得鉴赏者有了如饮美酒，陶醉其中而又情动心动，燃起参与再创造的热情与渴望，激发起参与再创造的灵感与才思。

第二节　散文的审美特征

一、写真纪实，袒露个性

散文是作家直接面对读者袒露自己个性的文体，也是在各种文学体裁中最讲究真实性的文体。散文的写真纪实，体现在它所表现的作家感情的真、性情的真。散文具有较强的抒情性，无论是写景还是叙事，都必须有感情的灌注，只有这样，景和事才会显出它的美来。没有情感的渗入，散文就不会有动人的魅力。散文写景、叙事、记人，目的在于抒发作者对生活的感受，表达作者内心由这景、事、人引发的那一缕情思和情韵。散文是作者和读者的正面交流，好的散文总是能以其坦诚而平易自然的交谈将读者带入作者的内心去，去体会他对社会、人生、自然的见解，分享他的欢乐，感受他的苦闷，和他一道思索。

作者在借散文与读者坦诚交谈的过程中，实际上也把自身个性、性情展露给了读者，读者可以从中看出作者的个性、趣味、爱好，看到他的谈吐、风度乃至他的学识、修养。散文除了情感的因素之外，还应该有作者对于世事人生真切而深刻的体验和感悟，以及由这体验和感悟而来的对于世事人生的真理性发现，使读者获得一种深深的启迪。

二、优美质朴，雅趣共生

一篇好的散文，总能让读者感受到浓郁的诗情画意，品评到盎然的奇思妙趣，让读者在为作者的真知灼见所折服的同时，也获得一种韵味悠长的美的享受。

散文的语言优美凝练，富于文采。语言优美主要体现在它清新明丽、生动活泼，富于音乐感，行文如涓涓流水，叮咚有声，娓娓而谈，情真意切。同时，散文的语言又是一种本色的语言，它简洁质朴，自然流畅，寥寥数语就可以描绘出生动的形象，勾勒出动人的场景，显示出深远的意境。

散文力求写景如在眼前，写情沁人心脾。优美的散文，往往富有哲理、诗情、画意。杰出散文家的语言极具个性，具有不同的语言风格：鲁迅的语言精练深邃，茅盾的语言细腻深刻，郭沫若的语言气势磅礴，巴金的语言朴素优美，朱自清的语言清新隽永，冰心的语言委婉明丽，孙犁的语言质朴，刘白羽的语言奔放、杨朔的语言精巧……而同一作家的语言风格又常因作品内容的不同而各异，例如鲁迅的散文，《记念刘和珍君》的语言锋利如匕首，《风筝》的语言凝重如深潭。体味散文的语言风格，可以对散文的内容理解得更加深刻。

好的散文具有情味韵致的美，即散文的美雅之“趣”。散文写景是实景，叙事是真事，论理是真理，状物大都是实物，但无论写景、叙事，还是论理、状物，都要体现出一个“趣”字：写景见情趣，叙事有事趣，论理、状物又充满理趣、物趣。在苏轼的《记承天寺夜游》中，“庭下如积水空明，水中藻、荇交横，盖竹柏影也”，寥寥数笔，便点化出一个澄澈空明的诗意境界。文中写景叙事融为一体，意境幽深，写出一派闲情、闲趣、闲致。

三、率性自然，自由灵活

散文的选材范围自由广泛。天地万物、古往今来、自然社会都可以成为散文描写的对象。大到社会宇宙、日月星辰，小到沙石草木、花鸟虫鱼，甚至山川地理、历史人文，都可以写入散文之中。它可以描写实实在在的家长里短，表现虚无缥缈的精神世界，展现奇幻莫测的传说与神话，叙述历史事件与人物，抒发内心的真情实感，阐述或深刻或浅显的哲理，可以模山范水，也可以议论风生。上下几千年，纵横几万里，天地之大，芥豆之微，都在散文的选材范围之内。

散文的表现方式极为灵活，率性自然，没有形式格律，因而行文自如。这主要表现在笔法和章法两方面。笔法上，散文自由运用叙述、描写、抒情、议论、说明等各种表达方式，可以正面表现，也可以寓托暗示。在章法上，散文没有固定的结构法则，其结构中心多种多样，既可以人物为中心，也可以典型细节为中心；既可以景物为中心，也可以象征性事物为中心，还可以抽象的情思为中心。结构形式也不拘一格，时空的转换，情绪的递进，认识的深化，都可以成为组织材料的依据。总之，散文反映生活、表情达意的手法十分自由灵活。

第三节　散文的鉴赏方法

散文是一种取材灵活，讲究意境，语言隽永，长于抒情的文学体裁。鉴赏散文可从以下四个方面入手。

一、感受散文的情感美

一切文章皆须有情。散文以抒情为主，也可以说理、叙事。散文说理，必须寓理于情趣之中；散文叙事，必须饱含着感情，具有特殊的韵味，使人回味无穷。优秀的散文中，景、事、理皆为情服务，常常表现为寓情于景、寓情于事、寓情于理。因此，感受散文的情感美，可以从以下三个方面入手。

其一，从景中感受情。散文总是寓情于景，即通过写景来抒发作家的感情。读郁达夫的《故都的秋》，联系当时作者的处境与心境，就会品味出作者对故都北平秋景“清、静、悲凉”的细腻描摹中流露出的眷恋和落寞之情，读出作者笔下故都之秋浓重的“主观色彩”。而台湾作家李乐薇的《我的空中楼阁》是一篇十分别致、精美的写景散文，文中“轻灵而自由”的小屋，“独立而宁静”的环境，都是作者心造的幻境，寄寓着作者对“独立而宁静”生活的向往以及对大自然的热爱情怀。

例如朱自清在《荷塘月色》中对月下荷塘精妙的描写：

“月光如流水一般，静静地泻在这一片叶子和花上。薄薄的青雾浮起在荷塘里。叶子和花仿佛在牛乳中洗过一样；又像笼着轻纱的梦。虽然是满月，天上却有一层淡淡的云，所以不能朗照；但我以为这恰是到了好处——酣眠固不可彻，小睡也别有风味的。月光是隔了树照过来的，高处丛生的灌木，落下参差的斑驳的黑影，峭楞楞如鬼一般；弯弯的杨柳的稀疏的倩影，却又像是画在荷叶上。塘中的月色并不均匀；但光与影有着和谐的旋律，如梵婀铃上奏着的名曲。”

文中没有一句直接抒情的语言，正如王国维所说“一切景语皆情语”，作家在对荷塘月色充满诗情画意的描写中，将那种幻想超脱纷扰尘世，在自然美景中寻求一种宁静心境的心理和情感展露无遗。

其二，从事中感受情。散文必须寓情于事，即作家通过看似冷静的叙事来抒发自己内心深处的情感。在鉴赏叙事散文时，要善于透过所叙之事去体会、感受作者丰富和复杂的情感蕴含。如朱自清的《背影》，看似偏重写事，写父亲送他去车站，为他买橘子。但这些事情的背后，都洋溢着一股对逐渐老去的父亲深沉的爱。在《给亡妇》中，作者的目的并不是为了向读者叙述妻子得病、病逝的过程，而是为了抒发夫妻之间那份一往情深的情感。虽然语言质朴自然，但作者的嗔怪、惊讶、惋惜、伤痛之情却弥漫于字里行间。

孙犁的《亡人逸事》也是悼念妻子的作品，其中有这样一段别具风格的文字：

“我们结婚四十年，我有许多事情对不起她，可以说她没有一件事情是对不起我的。在夫妻的情分上，我做得很差。正因为如此，她对我们之间的恩爱，记忆很深。我在北平当小职员时，曾经买过两丈花布，直接寄至她家。临终之前，她还向我提起这一件小事，问道：“你那时为什么把布寄到我娘家去啊？”我说：“为的是叫你做衣服方便呀！”她闭上眼睛，久病的脸上，展现了一丝幸福的笑容。”

旧式的家庭，传统的夫妻关系，不用看文字的表达，只留意叙述就能感觉得到。一句“为的是叫你做衣服方便”，干瘪而无味，但在听者看来，远比直接的爱情表白真切得多。

由此可见，在散文的叙事中，作家并不追求叙事的完整、生动，而是把它作为抒情的手段。

其三，从理中感受情。散文也寓情于理，即作家通过说理来抒发自己的内心情感。在鉴赏这类作品时，要注重从情中悟理，在理中染情，进入情理交融的艺术境界。这样既能够被作品中的理所折服，也能够被作品中的情所打动。

例如魏巍的《冰与火》：

“在朝鲜战场上，愚蠢的敌人，以为用他的铁和火可以征服这个穿白衣的民族。但他们不知道，他们扔下的每一颗炸弹，从他们的弹片上滴落的每一滴血，都变成了无边的仇恨。朝鲜人心里的仇恨的火焰，比侵略者的燃烧弹更要强烈得多。就是这种火，推动着每一个人民军和志愿军的战士，不顾生死地前进。就是这种火，使得无数的朝鲜妇女和老人，穿着单薄的衣服和草鞋，在冰天雪地里修路、运输、来支援军队、歼灭美国侵略者。就是这种火，使得千千万万朝鲜的母亲们，献出她们的儿子。”

作家显然是在论说敌人的铁与火只能培养仇恨。从这段文字中，我们可以看出，散文的议论、作家的议论目的不是为了树立论点，批驳论点，而是为了表达感情。

二、品味散文的含蓄美

一般而言，散文写景咏物均有所寄托，但所托之意、所含之情往往并不明说，而是采用借景抒情、托物言志等艺术表现手法委婉地表达出来，从而使散文呈现出一种含蓄之美。对此钱钟书先生认为抒情“从不明说，全凭暗示”，即作者不是在作品中直接说明自己的用意，而是用形象来说话，将深广的思想内容寓于具体的形象中，给读者提供一个多元的、自由想象的鉴赏空间。因此要真正享受到散文的含蓄美，首先应了解散文含蓄美的实现手段：一是托物言情、借物言志；二是寓情于景，虚实相生，借设想、想象曲折表达好恶爱憎的情感；三是运用象征或调动多种修辞手法使真意婉转而出。

鉴赏散文的含蓄美可从以下两个方面入手。

首先，分析形象，体悟情感。含蓄之美在于作者用形象来说话，形象的特征、色彩往往寄托着作者的喜怒哀乐、爱恨情仇。把握形象最突出的特征，调动生活经验、情感和积累去体悟寄寓于形象中的作者的精神世界，才能引发情感的共鸣。如茅盾的《白杨礼赞》，作者用白杨树的高大、伟岸、挺拔、正直，来赞美北方人民坚定豪迈、英勇不屈的革命斗争精神；杨朔的《茶花赋》，作者借用火红烂漫的茶花来赞美祖国欣欣向荣的面貌，歌颂祖国的劳动人民。这些散文托物言情、借物言志，用形象说话，寄托着作者的情感，体现了散文的含蓄美。

其次，掌握技法，领略意境。含蓄之美是一种“意在笔端，神余言外”的意境，有一种“若隐若现，欲露不露”的效果。这些效果是作者运用一些技巧达到的，如象征、比喻、拟人、双关、反问、夸张、反复等，这些修辞手法对特定语句的深层含义起着强化作用，能帮助我们深刻品味意境和探寻丰富深远的内蕴，获得美感享受。如朱自清的《荷塘月色》，全篇着力于“淡淡的情趣”与顺路走来、伫立凝想的线索，通过描绘使小路、荷塘、花姿、月色、树影、雾气、灯光等可见可感；使叶香、蛙鸣、蝉声，又可品可闻。再加上心情的抒写，巧妙的譬喻，创造出一种淡雅、娴静、情景交融的优美意境，给人以美的享受。

在说理散文中，含蓄可以给议论营造一种蕴藉隐藏、含而不露的艺术效果。林希的散文《石缝间的生命》中，野草证明生机不可扼制，山花告诉人们生命就是拼搏，松柏则显示出拼搏的生命不仅完备了驾驭环境的能力，而且使自己在一代代的繁衍中变得愈加坚强，它们使高山有了灵气，使一切的生命在它们的面前显得苍白逊色。全文通过对野草、山花、松柏这些石缝间的生命的描述，赞美了石缝间的生命倔强和崇高的品格，阐述了生命的内涵就是拼搏的道理，从不同的层面揭示出生命的意义，寄寓了一种深切的人生感悟。石缝间的顽强的生命以自己的形象感动着读者，以这种生命所显示出来的理性力量震撼着读者。

总之，优秀的散文犹如橄榄，越嚼越有味道。鉴赏者要透过覆盖在表面的文字，领悟文字背后的言外之意、弦外之音。

三、鉴赏散文的构思美

散文往往通过生活中偶发的、片段的事项，去反映其复杂的背景和深广的内涵，做到“一粒沙里见世界，半瓣花上说人情”。要达到这种境界，构思是关键。构思是作者对生活素材进行去粗存精、去伪存真、由表及里的加工提炼过程。作者要在构思中为散文的思想内容寻找尽量完美的艺术形式，使思想性与艺术性达到和谐的统一。因此，构思要解决立意、选材、创造意境、谋篇布局等问题。

要鉴赏散文的构思美，首先要理出文章的线索。或以情为线索，或以理为线索，或以物为线索，并且要分析文章的结构，把握其独特的艺术表现角度，这样才能感受到作者构思的妙处。杨朔的散文《荔枝蜜》就是利用感情线索，把儿时记忆、温泉疗养、荔枝树林、苏轼诗词、喜尝蜂蜜、参观蜂场、赞扬蜜蜂、农民劳动和夜晚梦蜂等事件串联起来，内容层层深入，结构紧凑，使作者的思想感情抒发得更加酣畅、深沉。朱自清的《给亡妇》通过一条至诚醇厚的怀亲颂妻的情感线索，把一些日常琐事的片段粘连在一起，杂而不乱，散中见整。

其次，还要从文字的散与整，材料的疏与密，文笔的繁与简，布局的开与合、收与放的关系上来鉴赏散文的构思美。朱自清的《绿》是一篇善用工笔细描的写景散文，简笔略写和繁笔详写相结合，写作中又注重了疏密之分。文章的重心是写梅雨潭水之“绿”，因此繁写潭水，简写瀑布。详写潭水时，先从正面展现，又从旁联想开来，用他处质色各异之“绿”来衬托、渲染，开放的格局中又有疏密相间之美。文章整个结构多姿多彩，把抽象的“绿”写得夺人心魄，使人为之心醉神迷。这样的形式处理与作者对梅雨潭生机勃勃的绿的赞美已浑然一体，语言的张力与内在情感逻辑的推动相辅相成，形成了美的结构。

朱自清的《春》更是以构思精巧、意境和谐、韵味隽永著称。作者落笔，不是就春景写春景，而是别出心裁，借孩子的眼睛对春做了细致的观察，把自然界的春天与人类生命的春天融汇在一起，使文章充溢着浓郁的诗情画意，呈现出盎然的早春生机。然后，又以清新含蓄的白描手法，不用一个“春”字，而是通过小草、花树、风雨，形象地描绘出早春的情态，使无穷的春意扑面而来，文章的境界由此又深入一层。最后，作者饱含感情，一连三个排比句，从刚落地的娃娃到花枝招展的小姑娘，再到健壮的青年，歌颂了春天的美好，点明了对光明未来的向往。全篇以新颖的构思，简洁的文字，活灵活现地刻画了春天的踪迹，宣泄出无穷春意，充分显示出作者构思别致、出神入化的艺术功力，读后让人感到阵阵春意扑面而来，从中感受到悠悠不尽的美的情思。

茅盾的《香市》、朱自清的《背影》、许地山的《落花生》、郁达夫的《故都的秋》、杨朔的《香山红叶》、贾平凹的《丑石》等，或用对比手法，或用象征手法，或以小见大，或由生活现象生发开去，都是构思巧妙、独具匠心的散文精品。

四、探究散文的语言美

散文的魅力，很大程度上来自语言的魅力。感受散文的语言美，要通过默读、朗读，结合语境推敲字句、辨析词义、体会词语感情色彩等多种途径，反复体味其语言，品味文中修辞的表达效果，随处留心佳语美句的妙处，从而获得精神的充实和艺术的享受。

鉴赏散文的语言美应从以下三个方面去仔细品味。

首先，通过联想和想象领悟语言的表达效果。如朱自清的《绿》：

“这平铺着、厚积着的绿，着实可爱。她松松的皱缬着，像少妇拖着的裙幅；她轻轻的摆弄着，像跳动的初恋的处女的心；她滑滑的明亮着，像涂了“明油”一般，有鸡蛋清那样软，那样嫩，令人想着所曾融过的最嫩的皮肤；她又不杂些儿法滓，宛然一块温润的碧玉，只清清的一色——但你却看不透她！”

这段文字描写优美，作者运用了联想和想象，读者也只有通过联想和想象再现那难以言喻的梅雨潭的奇异的美，调动起个人的生活经验来感受梅雨潭的“立体感”形象，才能体会作者那浓浓的喜悦之情。

其次，注意品味文中词语和修辞的表达效果。任何好的作品，从表达角度来说，作者只有在遣词用句上下一番功夫，选用鲜明、生动、具体可感的形象性词语，才能完美地表情达意；从阅读角度来说，读者只有认真品味这些词语，才能更好地领会文章的内容和语言。如《绿》的开头：“我第二次到仙岩的时候，我惊诧于梅雨潭的绿了。”“惊诧”二字，耐人寻味，它除了有“惊奇、诧异”的意思之外，还有深深的情味，作者用它衬托了梅雨潭的奇异之美，表达了作者对梅雨潭的赞美和喜爱，抒发了作者浓郁的喜悦之情。又如《荷塘月色》，作者善于用动态的词写活静态事物，如“月光如流水一般，静静地泻在这一片叶子和花上”，描绘出在月光笼罩下整个荷塘的静穆景象，给人以立体感。文中多用重叠词，如迷迷糊糊、蓊蓊郁郁、曲曲折折、隐隐约约、悄悄、田田、亭亭、阴阴等，增强了语言的音乐性。比喻、拟人、通感等修辞手法的运用，使语言精练准确、朴实自然、清新隽永、优美动人，具有立体感、朴素美和声韵美等特点。

最后，培养对散文作品的审美情趣。散文的语言在人物、事物、景物的描写上常常形成一种意境，在总体形象上为读者描绘出一种情景交融的画面，给人以强烈的诗情画意之感。如朱自清的《春》，全文描绘了“春草”“春花”“春雨”“迎春”等生动画面，作者以诗意的笔触描绘春天，赞美春天。鉴赏时，读者必须抓住语言中具有美感的因素进行挖掘，在挖掘中深入体会情感，要对语言文字有敏锐的感受。有了这语感，才可以与作者的心情相契合，才能培养自己的审美情趣，提高对散文作品的鉴赏能力。

第四节　散文作品赏析

【作品一】

翡冷翠山居闲话

徐志摩

在这里出门散步去，上山或是下山，在一个晴好的五月的向晚，正像是去赴一个美的宴会，比如去一果子园，那边每株树上都是满挂着诗情最秀逸的果实，假如你单是站着看还不满意时，只要你一伸手就可以采取，可以恣尝鲜味，足够你性灵的迷醉。阳光正好暖和，决不过暖；风息是温驯的，而且往往因为他是从繁花的山林里吹度过来，他带来一股幽远的淡香，连着一息滋润的水气，摩挲着你的颜面，轻绕着你的肩腰，就这单纯的呼吸已是无穷的愉快；空气总是明净的，近谷内不生烟，远山上不起霭，那美秀风景的全部正像画片似的展露在你的眼前，供你闲暇的鉴赏。

作客山中的妙处，尤在你永不须踌躇你的服色与体态；你不妨摇曳着一头的蓬草，不妨纵容你满腮的苔藓；你爱穿什么就穿什么；扮一个牧童，扮一个渔翁，装一个农夫，装一个走江湖的桀卜闪，装一个猎户；你再不必提心整理你的领结，你尽可以不用领结，给你的颈根与胸膛一半日的自由，你可以拿一条这边颜色的长巾包在你的头上，学一个太平军的头目，或是拜伦那埃及装的姿态；但最要紧的是穿上你最旧的旧鞋，别管他模样不佳，他们是顶可爱的好友，他们承着你的体重却不叫你记起你还有一双脚在你的底下。

这样的玩顶好是不要约伴，我竟想严格的取缔，只许你独身；因为有了伴多少总得叫你分心，尤其是年轻的女伴，那是最危险最专制不过的旅伴，你应得躲避她像你躲避青草里一条美丽的花蛇！平常我们从自己家里走到朋友的家里，或是我们执事的地方，那无非是在同一个大牢里从一间狱室移到另一间狱室去，拘束永远跟着我们，自由永远寻不到我们；但在这春夏间美秀的山中或乡间你要是有机会独身闲逛时，那才是你福星高照的时候，那才是你实际领受，亲口尝味，自由与自在的时候，那才是你肉体与灵魂行动一致的时候；朋友们，我们多长一岁年纪往往只是加重我们头上的枷，加紧我们脚胫上的链，我们见小孩子在草里在沙堆里在浅水里打滚作乐，或是看见小猫追他自己的尾巴，何尝没有羡慕的时候，但我们的枷，我们的链永远是制定我们行动的上司！所以只有你单身奔赴大自然的怀抱时，像一个裸体的小孩扑入他母亲的怀抱时，你才知道灵魂的愉快是怎样的，单是活着的快乐是怎样的，单就呼吸单就走道单就张眼看耸耳听的幸福是怎样的。因此你得严格的为己，极端的自私，只许你，体魄与性灵，与自然同在一个脉搏里跳动，同在一个音波里起伏，同在一个神奇的宇宙里自得。我们浑朴的天真是像含羞草似的娇柔，一经同伴的抵触，他就卷了起来，但在澄静的日光下，和风中，他的姿态是自然的，他的生活是无阻碍的。

你一个人漫游的时候，你就会在青草里坐地仰卧，甚至有时打滚，因为草的和暖的颜色自然的唤起你童稚的活泼；在静僻的道上你就会不自主的狂舞，看着你自己的身影幻出种种诡异的变相，因为道旁树木的阴影在他们纡徐的婆娑里暗示你舞蹈的快乐；你也会得信口的歌唱，偶尔记起断片的音调，与你自己随口的小曲，因为树林中的莺燕告诉你春光是应得赞美的；更不必说你的胸襟自然会跟着漫长的山径开拓，你的心地会看着澄蓝的天空静定，你的思想和着山壑间的水声，山罅里的泉响，有时一澄到底的清澈，有时激起成章的波动，流，流，流入凉爽的橄榄林中，流入妩媚的阿诺河去……

并且你不但不须应伴，每逢这样的游行，你也不必带书。书是理想的伴侣，但你应得带书，是在火车上，在你住处的客室里，不是在你独身漫步的时候。什么伟大的深沉的鼓舞的清明的优美的思想的根源不是可以在风籁中，云彩里，山势与地形的起伏里，花草的颜色与香息里寻得？自然是最伟大的一部书，葛德说，在他每一页的字句里我们读得最深奥的消息。并且这书上的文字是人人懂得的；阿尔帕斯与五老峰，雪西里与普陀山，来因河与扬子江，梨梦湖与西子湖，建兰与琼花，杭州西溪的芦雪与威尼市夕照的红潮，百灵与夜莺，更不提一般黄的黄麦，一般紫的紫藤，一般青的青草同在大地上生长，同在和风中波动——他们应用的符号是永远一致的，他们的意义是永远明显的，只要你自己心灵上不长疮瘢，眼不盲，耳不塞，这无形迹的最高等教育便永远是你的名分，这不取费的最珍贵的补剂便永远供你的受用；只要你认识了这一部书，你在这世界上寂寞时便不寂寞，穷困时不穷困，苦恼时有安慰，挫折时有鼓励，软弱时有督责，迷失时有南针。

【赏析】

崇拜自然，浪迹自然，寄情自然，是徐志摩散文的重要内容之一。这篇《翡冷翠山居闲话》就是描述作者在意大利文化名城翡冷翠（今译佛罗伦萨）山居时的心境的，作者用飘逸、秀美、抒情的笔调给我们描绘出了一个不加雕饰，不受拘束，没有羁绊的自然纯美的世界。全文以和隐含的读者“你”交谈“闲话”的口吻和叙述方式展开写景和抒情，又带有些急于让“你”与之共享的迫不及待。作者始终紧扣“自然是最伟大的一部书”的中心主题，从个体内心感受的角度和方式着意渲染，抒写独自做客于翡冷翠山中的妙处和快乐的心境。这篇散文特色有三个方面。

（1）层进构思，浓情渲染。全文5段，由自然及人生，由自身及他人，由“形”及“灵”依次展开。第一自然段描绘自然的纯美动人，第二、三、四自然段描述人生的洒脱自由，散文一至四自然段侧重说“形”不必受到任何约束，第五自然段则侧重说“灵”也不必受到任何羁绊。作者就是这样层层递进地描写和歌颂了自然、纯真、质朴的美，表达了自己热爱自然、崇尚自由、挥洒性灵的心声。

（2）诗情画意，交相辉映。作者用诗的语言、诗的旋律反复咏叹，创造了一个浑朴纯真、自然纯美的意境。作者的一切描绘，一切叙述，一切抒情，都是着眼于诗情画意的创设。如写自然美时，强调了阳光的适度、风息的温驯、空气的明净。写遨游其中的人时，强调他们的放情与自在，无牵无碍，从形体到灵魂与自然融为一体。又如写一个人漫游时，既强调了人的逍遥自得，心神愉悦，又尽情挥洒浓郁的画意，将闲情与画意、诗情与性灵有机结合起来。青草和暖的颜色，道旁树木的阴影，林中欢唱的莺燕，僻静漫长的山径，澄蓝高远的天空，潺潺流淌的山泉，坐地仰卧、打滚欢呼的姿态，纵情狂舞、变幻不定的身影，信口放歌、自成曲调的欢唱……凡此种种，或静或动，或明或暗，或虚或实，或歌或舞，一个意象就是一幅画，一个意象就是一首诗，一个意象就是一曲歌，众多意象共同构成了一个深邃幽远、欢快明朗的意境。启发读者的无限想象，增添散文的诗情画意，深深地感染着读者的心。

（3）语言灵动，修辞巧妙。这篇散文既不过分雕琢辞藻，又不流于朴拙拘泥。文风秀美，自然灵动，如行云流水，似一气呵成，在自然流畅的语言中又浸透着俊俏秀丽的风格。如第一自然段写风的片段："风息是温驯的，而且往往因为他是从繁花的山林里吹度过来，他带来一股幽远的淡香，连着一息滋润的水汽，摩挲着你的颜面，轻绕着你的肩腰，就这单纯的呼吸已是无穷的愉快。"风是无影无踪、无形无味的，可是作者却拟风为人，赋予晚风以人的性格情态，把山居晚风写得有声有色，有滋有味，有形有影，有情有态，可闻可唤，可感可触。沐浴晚风，简直令人心花怒放！又如："我们浑朴的天真是像含羞草似的娇柔，一经同伴的抵触，他就卷了起来，但在澄静的月光下，和风中，他的姿态是自然的，他的生活是无阻碍的。""浑朴的天真"一词，妙想天成，夺目生辉。把"天真"比作含羞草，娇柔脆嫩，容不得半点"抵触"和破坏，它需要在阳光下、和风中，无阻无碍地生活，才能保持它的自然本真。可见作者对这种"浑朴的天真"是小心地呵护，苦心地追求。作者游赏自然，抒发性灵，借助拟人、比喻、排比等修辞手法，巧妙地抒发了自己浪迹自然、融放自然、形神愉悦的至乐至情。

【作品二】

西湖的雪景

——献给许多不能与我共欣赏的朋友

从来谈论西湖之胜景的，大抵注目于春夏两季；而各地游客，也多于此时翩然来临，——秋季游人已暂少，入冬后，则更形疏落了。这当中自然有其所以然的道理。春夏之间，气温和暖，湖上风物，应时佳胜，或"杂花生树，群莺乱飞"，或"浴晴鸥鹭争飞，拂袂荷风荐爽"，都是要教人眷眷不易忘情的。于此时节，往来湖上，陶醉于柔婉芳馨的情趣中，谁说不应该呢？但是春花固可爱，秋月不是也要使人喜欢么？四时的烟景不同，而真赏者各能得其佳趣；不过，这未易泛求于一般人罢了。高深父先生曾告诉过我们："若能高朗其怀，旷达其意……揽景会心，便得真趣。"这是前人深于体验的话。

自宋朝以来，平章西湖风景的，有所谓"西湖十景"、"钱塘十景"之说，虽里面也曾列入"断桥残雪"、"孤山霁雪"两个名目，但实际上，真的会去赏玩这种清寒的景致的，怕没有很多人吧。《四时幽赏录》的著者，在“冬时幽赏”门中，言及雪景的，几占十分的七八，其名目有“雪霁策蹇寻梅”、“三茅山顶望江天雪霁”、“西溪道中玩雪”、“扫雪烹茶玩画”、“山窗听雪敲竹”、“雪后镇海楼观晚炊”等。其中大半所述景色，读了不禁移人神思，固不徒文字粹美而已。

西湖的雪景，我共玩了两次。第一次是在此间初下雪的第三天。我于午前十点钟时才出去。一个人从校门乘黄包车到湖滨。下车，徒步走出钱塘门，经白堤，旋转入孤山路，沿孤山西行，到西泠桥，折由大道回来。此次雪本不大，加以出去时间太迟，山野上盖着的，大都已消去，所以没有什么动人之处。现在我要细述的，是第二次的重游。

那天是一月廿四日。因为在床上感到意外冰冷之故，清晨初醒来时，我便推知昨宵是下了雪。果然，当我打开房门一看时，对面房屋的瓦上全变成白色了。天井中一株木樨花的枝叶上，也粘缀着一小堆一小堆的白粉。详细地看去，觉得比日前两三回所下的都来得大些，因为以前的虽然也铺盖了屋顶，但有些瓦沟上却仍然是黑色。这天却一色地白着，绝少铺不匀的地方了。并且都厚厚的，约莫有一两寸高的程度。日前的雪，虽然铺满了屋顶，但于木樨花树，却好像全无关系似的，这回可不免受影响了。它也是雪落得比较大些的明证。

老李照例是起得很迟的。有时我上了两课下来，才看见他在房里穿衣服，预备上办公厅去。这天，我起来跑到他的房里，把他叫醒之后，他犹带着几分睡意的问我道：“老钟，今天外面有没有下雪？”我回答他说：“不但有呢，并且很大。”他起初怀疑着，直待我把窗内的白布幔拉开，让他望见了屋顶才肯相信。“老钟，我们今天到灵隐去耍子吧？”他很高兴地说。我“哼”的应了一声，便回到自己的房里来了。

我们在校门上车时，大约已九点钟左右了。时小雨霏霏，冷风拂人如泼水。从车帘两旁缺处望出去，路旁高起之地，和所有一切高低不平的屋顶，都撒着白面粉似的，又如铺陈着新打好的棉被一般。街上的已经大半变成雪泥，车子在上面碾过，不绝地发出唧唧的声音，与车轮转动时磨擦着中间横木的音响相杂。

我们到了湖滨，便换登汽车。往时这条路线的搭客是相当热闹的，现在却很零落了。同车的不到十个人，为遨游而来的人还怕没有一半。当车驶过白堤时，我们向车外眺望内外湖风景，但见一片迷蒙的水气弥漫着，对面的山峰，只有一个几于辨不清楚的薄影。葛岭、宝石山这边，因为距离比较密迩的缘故，山上的积雪和树木，大略可以看得出来；但地位较高的保俶塔，便陷于朦胧中了。到西泠桥前近时，再回望湖中，见湖心亭四围枯秃的树杆，好似怯寒般的在那里呆立着，我不禁联想起《陶庵梦忆》中一段情词俱幽逸的文字来：

崇祯五年十二月，余住西湖。大雪三日，湖中人鸟声俱绝。是日更定矣，余拏一小舟，拥毳衣炉火，独往湖心亭。雾凇沆砀，天与云与山与水上下一白；湖上影子，惟长堤一痕，湖心亭一点，与余舟一芥，舟中人两三粒而已。到亭上，有两人铺毡对坐，一童子烧酒，炉正沸。见余，大喜，曰："湖中焉得更有此人！"拉余同饮，余强饮三大白而别。问其姓氏，是金陵人，客此。及下船，舟子喃喃曰："莫说相公痴，更有痴似相公者！"（《湖心亭看雪》）

这时不知湖心亭上，尚有此种痴人否？车过西泠桥以后，渐渐驶行于两边山岭林木连接着的野道中。所有的山上，都堆积着很厚的雪块，虽然不能如瓦屋上那样铺填得均匀普遍，那一片片清白的光彩，却尽够使我感到宇宙的清寒、壮旷与纯洁了。常绿树的枝叶上所堆着的雪，和枯树上的很有差别。前者因为有叶子衬托着之故，雪片特别堆积得大块点，远远望去，如开满了白的山茶花，或吾乡的水锦花。后者，则只有一小小块的雪片能够在上面粘着不坠落下去，与刚著花的梅李树绝地相似。实在，我初头几乎把那些在近在路旁的几株错认了。野上半黄或全赤了的枯草，多压在两三寸厚的雪褥下面；有些枝条软弱的树，也被压抑得欹欹倒倒的。路上行人很稀少。道旁野人的屋里，时见有衣着破旧而笨重的老人、童子，在围着火炉取暖。看了那种古朴清贫的情况，仿佛令我暂时忘怀了我们所处时代的纷扰、繁遽了。

到了灵隐山门，我们便下车了。一走进去，空气怪清冷的。不但没有游客，往时那些卖念珠、古钱、天竺筷子的小贩子也不见了。石道上铺积着颇深的雪泥。飞来峰疏疏落落的着了许多雪块，清冷亭及其他建筑物的顶面，一例的密盖着纯白色的毡毯。一个拍照的，当我们刚进门时，便紧紧地跟在后面，因为老李的高兴，我们便在清冷亭旁照了两个影。

好奇心打动着我，使我感觉到眼前所看到的之不满足，而更向处境较幽深的韬光庵去。我悄悄地尽移着步向前走，老李也不声张地跟着我。从灵隐寺到韬光庵的这条山径，实际上虽不见怎样的长，但颇深曲而饶于风致。这里的雪，要比城中和湖上各处都大些，在径上的雪，大约有半尺来厚，两旁树上的积雪，也比来路上所见的浓重。曾来游玩过的人，该不会忘记的吧，这条路上两旁是怎样的繁殖着高高的绿竹。这时，竹枝和竹叶上，大都着满了雪，向下低低地垂着。《四时幽赏录》山窗听雪敲竹条云："飞雪有声，惟在竹间最雅。山窗寒夜，时听雪洒竹林，淅沥萧萧，连翩瑟瑟，声韵悠然，逸我清听。忽尔回风交急，折竹一声，使我寒毡增冷。"这种风味，可惜我们是没有福分消受的。

在冬天，本来是游客冷落的时候，何况这样雨雪清冷的日子呢？所以当我们跑到庵里时，别的游人一个都没有，——这在我们上山时看山径上的足迹便可以晓得的——而僧人的眼色里，并且也有一种觉得怪异的表示。我们一直跑上最后的观海亭。那里石阶上下都厚厚地堆满了水沫似的雪，亭前的树上，雪着得很重，在雪的下层并结了冰块。旁边有几株山茶花，正在艳开着粉红色的花朵。那花朵有些坠下来的，半掩在雪花里，红白相映，色彩灿然，使我们感到华而不俗，清而不寒；因而联忆起那"天寒翠袖薄，日暮倚修竹"的佳人来。

登上这亭，在平日是可以近瞰西湖，远望浙江，甚而至于那缥渺的沧海的。可是此刻却不能了。离庵不远的山岭、僧房、竹树，尚勉强可见，稍远则封锁在茫漠的烟雾里了。

"空斋蹋壁卧，忽梦溪山好。朝骑秃尾驴，来寻雪中道。石壁引孤松，长空没飞鸟。不见远山横，寒烟起林杪。”

（《雪中登黄山》）

我倚着亭柱，默默地在咀嚼着渔洋这首五言诗的清妙；尤其是结尾两句，更道破了雪景的三昧。但说不定许多没有经验的人，要妄笑它是无味的诗句呢。文艺的真赏鉴，本来是件不容易的事，这又何必咄咄见怪？自己解说了一番，心里也就释然了。

本来拟在僧房里吃素面的，不知为什么，竟跑到山门前的酒楼喝酒了。老李不能多喝，我一个人也就无多兴致干杯了。在那里，我把在山径上带下来的一团冷雪，放进在酒杯里混着喝。堂倌看了说：“这是顶上的冰淇淋呢。”

半因为等不到汽车，半因为想多玩一点雪景，我们决意步行到岳坟才叫划子去游湖。一路上，虽然走的是来时汽车经过的故道，但在徒步观赏中，不免觉得更有意味了。我们的革履，踏着一两寸厚的雪泥前进，频频地发出一种清脆的声音。有时路旁树枝上的雪片，忽然丢了下来，着在我们的外套上，正前人所谓“玉堕冰柯，沾衣生湿”的情景。我迟回着我的步履，旷展着我的视域，油然有一脉浓重而灵秘的诗情，浮上我的心头来，使我幽然意远，漠然神凝。郑綮答人家自己的诗思，在灞桥雪中，驴背上，真是怪懂得趣儿的说法！

当我们在岳王庙前登舟时，雪又纷纷的的下起来了。湖里除了我们的一只小划子以外，再看不到别的舟楫。平湖漠漠，一切都沉默无哗。舟穿过西泠桥，缓泛里西湖中，孤山和对面诸山及上下的楼亭、房屋，都白了头，在风雪中兀立着。山径上，望不见一个人影；湖面连水鸟都没有踪迹，只有乱飘的雪花堕下时，微起些涟漪而已。柳宗元诗云：“千山飞鸟绝，万径人踪灭。孤舟蓑笠翁，独钓寒江雪。”我想，这时如果有一个渔翁在垂钓，它很可以借来说明眼前的景物呢。

舟将驶近断桥的时候，雪花飞飘得更其凌乱，我们向北一面的外套，差不多大半白而且湿了。风也似乎吹得格外紧劲些，我的脸不能向它吹来的方面望去。因为革履渗进了雪水的缘故，双足尤冰冻得难忍。

这时，从来不多开过口的舟子，忽然问我们道："你们觉得此处比较寒冷么?"我们问他什么缘故，据说是宝石山一带的雪山风吹过来的原因。我于是默默地联想到知识的范围和它的获得等问题上去了。

我们到湖滨登岸时，已是下午三点余钟了。公园中各处都堆满了雪，有些已变成泥泞。除了极少数在待生意的舟子和别的苦力之外，平日朝夕在此间舒舒地来往着的少男少女、老爷太太，此时大都密藏在"销金帐中，低斟浅酌，饮羊羔美酒"，至少也靠在腾着红焰的火炉旁，陪伴家人或挚友，无忧虑地在大谈其闲天，以享受着他们幸福的时光，再不愿来这风狂雪乱的水涯，消受贫穷人所惯受的寒冷了。

一九二九年一月写成

选自《20世纪中国文学名作导读》作家出版社出版

1998年12月北京第1版，第278页～283页

【作者简介】

钟敬文（1903——2002）广东海丰人。笔名静闻、静君、金粟等。研究民俗学与民间文学的著名学者，也是著名的散文家。1922年，在广东陆安师范毕业后，就读于岭南大学，在此期间，他一边工作一边读书。直到1927年任中山大学助教，第二年转入杭州，在浙江大学做国文讲师。1934年到1936年，钟敬文到日本早稻田大学研究民间文艺及民俗。回国后，正值抗战初期，他在广东四战区政治部担任宣传工作，后期到中山大学任教授和研究院导师，1947年被学校解聘。之后，他又到了香港，在香港民主党派合办的达德学院文学系任教授，同时还兼任中华文艺家协会香港分会常委、方言文学研究会会长等职务。1949年，钟敬文回到北京，在北京师范大学中文系任教。

钟敬文于20年代前期开始收集歌谣、民间故事，并陆续发表了一些关于民间文学的短评和随笔。几十年来，他一直没有间断对民间文学和民俗学的研究，在民间文学和民俗学方面造诣很深。后来钟敬文发起和成立了中国民俗学会，编辑民俗、民间文学等书，发表论文上百篇，有《民间文艺谈薮》《钟敬文民间文学论集》等民间文学研究著作刊行。

在收集民间歌谣和民间故事的同时，钟敬文也开始进行文学创作，发表的诗集有《海滨的二月》《未来的春》和《天风海涛室诗词钞》等。早期的散文主要辑录在《荔枝小品》《西湖漫拾》《湖上散记》以及《指挥刀与诗笔》中。

钟敬文 30 年代创作的散文，风格冲淡静穆，清朗绝伦，笔调委婉清隽。郁达夫曾评论他“可以继周作人、冰心的后武”。他的散文大致可以分为两类，一是缘事缘物的小品文字，二是精巧别致的游记。无论是哪一类，都刻画精致，且将自己独特而微妙的艺术感受融合进去，从而漫流着一种品尝、体味、吟咏的风致。

【赏析】

《西湖的雪景》，作于 1929 年的 1 月。这是钟敬文从广州到杭州后的第一个冬天。面对西湖的雪景，作者以“移步换形”的传统的描写方法摹写西湖的雪景，通过描绘景物的不同情态传达出它真实的美。

情由景生，景自情来。作者在对西湖的雪景进行鸟瞰式的描绘之后，又以灵隐寺、韬光庵、观海亭的雪景作为特写镜头。虽然步步写雪，但雪景各不相同。先写灵隐寺的雪，“石道上铺积着颇深的雪泥”，建筑上“密盖着纯白色的毡毯”；韬光庵的雪，“比城中和湖上各处大些”，“竹枝和竹叶上，都著满了雪，向下低低地垂着”，而观海亭，则“厚厚地堆满了水沫似的雪”。白雪覆盖着艳开的粉红色的山茶花，白红两色相互映照，给西湖的雪景增添了无尽的生机，既使人感到高雅、又充满活力。西湖的雪给这世界带来了独特迷人景观的同时，也给了作者心灵深处的欢悦。这些傲雪的植物，喻示着坚贞、高洁的品格。作者以物托志，恰是当时自己心境的写照，看似写景，实为抒情。

从灵隐寺、韬光庵的风致和积雪的浓重中走出来，作者又写了在岳坟徒步赏雪的情味，“一路上，虽然走的是来时汽车经过的故道，但在徒步观赏中，不免觉得更有意味了。”踏雪而行，发出脆响，“我迟回着我的步履，旷展着我的视域，油然有一脉浓重而灵秘的诗情，浮上我的心头来，使我幽然意远，漠然神凝。”作者对于雪，不仅观之、赏之，而且思之。作者将对雪景的描绘和自我感受相结合，可谓诗情画意。使人真正体味到雪景魅力诱人，乐在其中。

接着作者又以“雪中泛舟”来写西湖的清冷。“湖里除了我们的一只小划子以外，再看不到别的舟楫。平湖漠漠，一切都沉默无哗。”“山径上，望不见一个人影；湖面连水鸟都没有踪迹，只有乱飘的雪花堕下时，微起些涟漪而已。”孤舟单影，人鸟俱绝，唯独“平湖漠漠”，雪花乱飘，好一派清冷难耐之景。作者写雪景，还没有忘怀于现实的社会生活。作品中写穷人在“风狂雪乱”中的感受，讥讽那些在“销金帐中”，享受“幸福时光”的老爷太太和少爷小姐们。说明作者并没有“超尘脱俗”，他时时都在关心社会，不忘社会。

《西湖的雪景》文笔舒展自由，全篇亦雪亦情，情景交融。作者通过“移步换景”的手法，描写曲折有致，一会儿铺陈，一会儿渲染，放怀之处则放怀，准确地表达出自己的感受。一处山水一处景，一处山水一处情，真可谓看不完西湖的美景，写不尽“西湖的雪景”。

第六章　小说鉴赏

第一节　小说理论概述

在各式文学作品中，最普及、最流行的体裁要数小说了。小说的容量大，受时间、空间和篇幅的限制较少，可多侧面、多层次地反映生活，被誉为“生活的画卷”。同时，它使鉴赏者情不自禁地进入小说所描绘的境界中去，尽情领略“自由审美境界”，并从这里了解社会、了解历史，了解人生，从而获得精神上的种种慰藉。因此，一部好的小说，就好比向我们打开了一扇五彩的窗户，它既可以通向遥远的过去、通向遥远的国度，又可以开启今天和将来的崭新画卷。

一、小说的含义及类型

（一）小说的含义

小说一词最早见于《庄子·外物》：“饰小说以干县令，其于大达亦远矣。”这里将“小说”与“大达”进行对举，认为小说记录的是一些琐屑的言论。《汉书·艺文志》中说：“小说家者流，盖出于‘稗官’，街谈巷语、道听途说者所造也。”可见，小说在当时还没有被视为一种文体。

到唐代，小说在内容上由志异志怪转向直面人生，艺术上也日臻成熟。当时的沈既济在其《任氏传》中认为小说“必能揉变化之理，察神人之际，著文章之美，传要妙之情”；同时出现了有意识地写作小说的现象，正如鲁迅说的“小说亦如诗，至唐代而一变，虽尚不离于搜奇记逸，然叙述婉转，文辞华艳，与六朝之粗陈梗概者较，演进之迹甚明，而尤显者乃在是时则始有意为小说”。至明清，人们对小说含义的理解越来越接近现代人的观点。金圣叹在《水浒传》评点中说：“《史记》是以文运事，《水浒》是因文生事。以文运事，是先有事生成如此，要算计出一篇文字来，虽是史公高才，也毕竟是吃苦事；因文生事却不然，只是顺着笔性去，削高补低都由我。”这肯定了小说虚构创造的特性。张竹坡在《金瓶梅读法》中说：“做文章，不过情理二字。今做此一篇百回长文，亦只是情理二字。于一个心中讨出一个人的情理，则一个人的传得也。”这谈到了小说如何刻画典型人物的问题。苏曼殊在《小说丛话》中说：“小说者，‘今社会’之见本也。无论何种小说，其思想总不能出当时社会之范围，此殆如形之于模，影之于物也。”这说明了小说是社会现实生活的反映。就这样，小说以极其旺盛的生命力逐渐发展为一种喜闻乐见的大众艺术形式，开始堂而皇之地走进文学艺术的殿堂。

在当代，人们对小说有了一个比较通达的解释：一种以塑造人物为中心，通过描叙完整的故事情节和具体的生活环境，从而深刻、形象、全方位地展现不同的社会生活的一种语言文学样式。

（二）小说的类型

小说可从不同的角度或标准划分出不同的类型。如从篇幅的长短来看有长篇小说、中篇小说、短篇小说和微型小说；从语体来看有文言小说、白话小说等；从表现手法来看有纪实小说、推理小说、意识流小说等；从内容来看有政治小说、言情小说、侦探小说、科幻小说等。以下简要介绍按篇幅长短来分的四种类型的小说和四种现代派小说。

1. 按篇幅长短分类的四种小说

（1）长篇小说

10万字以上的小说称为长篇小说。其内容丰富，情节复杂，人物众多，能够在比较广阔的范围内多方面地反映一定历史时期的社会生活面貌，从而使人们深入全面地了解某一时代的精神面貌和主要特点。在篇章结构上，一般根据故事情节的发展分成许多章节；篇幅特别长的，还可以分为若干卷或部、集等。《红楼梦》《围城》《白鹿原》《战争与和平》《人间喜剧》等都是长篇小说的杰作。

（2）中篇小说

3万字到10万字的小说称为中篇小说。其容量大小、篇幅长短、人物多寡、情节繁简等均介于短篇小说和长篇小说之间，通常只是截取主人公一个时期或一段生活的典型事件塑造形象，从而反映社会生活的某个方面。其故事情节完整，人物较少，一般只围绕一两个人物来展开；线索比较单一，矛盾斗争不如长篇小说复杂。《边城》《祸起萧墙》《高山下的花环》《百万英镑》《羊脂球》《第六病室》等都是中篇小说的代表作。

（3）短篇小说

3千字到2万字的小说称为短篇小说。这类小说往往选取和描绘富有典型意义的生活片段，着力刻画主要人物的性格特征，反映生活的某一侧面，情节简洁，人物集中，结构精巧。虽然它篇幅不长，但可以说明一个问题或表现比它本身广阔得多，也复杂得多的社会现象，使读者“借一斑略知全豹”。《孔乙己》《祝福》《项链》《变色龙》《警察和赞美诗》等都是脍炙人口的短篇佳作。

（4）微型小说

微型小说又称超短篇小说、小小说、一分钟小说、一袋烟小说、袖珍小说、瞳孔小说、拇指小说、迷你小说等。它是随着时代节奏加快而出现的一种新兴小说样式。美国作家罗伯特·奥弗斯特给它下的定义是：不超过1500字，却要具备小说的一切要素。它篇幅微小，摄取生活的一个片段、一个镜头、一个插曲、一个瞬间，反映深刻的思想主题和社会内容。这种小说十分讲究结构技巧，语言侧重于叙述故事，主题耐人咀嚼、富有韵味，所以有人把它看成小说中的诗。如美国作家奥莱尔的《在柏林》，全篇虽不到400字，却从侧面反映出了战争给人民带来肉体的痛苦以及心灵的沉重打击；其震撼力和冲击力足以使任何残酷的战争电影逊色，文字的灵魂已经超过了动感的画面；其写作的思路更是令人拍案叫绝，开始的伏笔使读者迷惘，最后的结局令读者心头一震，足以表现出文学的绝妙。

2. 现代派小说

19世纪后期，由于资本主义危机的出现，作家们开始热衷于表现病态的社会和病态的事物，强调表现直觉和幻想，探索人内心世界的“最高真实”，以具体的、可感知的形式描摹抽象观念。而后在尼采的超人哲学、弗洛伊德心理学、柏格森直觉主义、克罗齐直觉表现理论等的启迪下，现代主义文学终于走上了历史舞台。而现代派小说则是其中最重要的组成部分，它品类繁多，五花八门，现择其主要派别做简要介绍。

（1）意识流小说

意识流小说20世纪20～40年代流行于欧美各国，直接受弗洛伊德心理学、柏格森“心理时间”理论的影响，强调人物内心活动的自然流露，反对客观叙述。他们主张作家退出小说，让人物自己直接展现心理活动过程，多用内心独白和象征手法，打破时间顺序，让过去、现在、未来彼此颠倒、相互渗透。代表作家有法国的普鲁斯特，其长篇巨著《追忆似水年华》是意识流小说的开山之作。随后，英国乔伊斯的《尤利西斯》，伍尔夫的《墙上的斑点》《到灯塔去》和美国作家福克纳的《喧哗与骚动》等，把意识流的手法发展得更完美。在我国新时期小说中，王蒙的《春之声》《布礼》《蝴蝶》等运用了意识流手法，受到广大读者的普遍关注。

（2）新小说派

新小说派第二次世界大战后出现于法国，至20世纪60年代发展到高潮，普及欧美、日本等国。它深受现象学、存在主义、直觉主义和相对论的影响，同时被西方的人类学、语言学、符号学等渗透，形成了一种开放的创作倾向。“新小说”的宣言是：一百五十年来，周围一切都在发展，而且相当迅速，小说写法怎么可能停滞不前、凝固不变呢？由于新小说派的作家们探索了小说新的可能性，新的形式和主题，而对传统小说形式一概否定，所以新小说派又被称为“否定派”。主要作家作品有法国罗伯·格里耶的《窥视者》、娜塔丽·萨洛特的《天象仪》、米歇尔·比托尔的《经过米兰》和克洛德·西蒙的《风》。

（3）黑色幽默

黑色幽默是现代派小说后期的主要流派，20世纪60年代发端于美国，以存在主义哲学为思想基础，兼受表现主义和荒诞派的影响。它以丑角的冷漠、逗笑的嘲讽态度来对待现实中的一切荒谬、丑恶、残酷和阴暗等黑色的东西，把荒谬的人生看作痛苦的玩笑，即用喜剧的形式来表现悲剧的内容。黑色幽默是一种荒诞的、变态的、病态的幽默，约瑟夫·海勒是“黑色幽默”派最有代表性的作家，他的《第二十二条军规》已成为美国当代文学中具有经典性的作品。冯内古特的代表作《第五号屠场》和品钦的《万有引力之虹》也蜚声文坛。

（4）魔幻现实主义

魔幻现实主义20世纪60～70年代流行于拉丁美洲地区，它借助具有神奇或魔幻色彩的事物、现象和观念以及夸张、荒诞等技巧反映历史和现实；并侧重于暴露拉美大庄园主和军事独裁者的罪恶，思想上往往表现出对人生价值和人类存在意义的怀疑，以及因追求“自我”受挫而产生的绝望情绪。我国新时期作家莫言的《檀香刑》《丰乳肥臀》《生死疲劳》都是魔幻现实主义的代表作品。

二、中国小说的发展历程

中国小说的发展源远流长，但严格意义上的小说，是从有意识地作小说的唐代开始的。在唐以前，我国小说的发展经历了一个漫长的准备期。

远古神话是我国小说的最初萌芽，我们从《左传》《山海经》《淮南子》等古代典籍中读到的《大禹治水》《夸父逐日》《精卫填海》等，不仅展现了一个个完整的故事，而且其情节加入了丰富的想象，这为小说完整意义上的产生奠定了基础。

先秦诸子散文中的《邯郸学步》《东施效颦》等寓言故事大多短小精悍，构思奇特，富于启发性，也为后世的叙事文学提供了营养。到魏晋南北朝时期，笔记体“志怪”和“志人”小说已初具小说发展的规模，人物、情节、环境、主题等小说的一些基本要素也大体具备。其中志怪小说数量最多，如《列异记》《搜神记》《拾遗记》等，以干宝的《搜神记》成就最高。此书所记载的多为古代民间传说中的神奇怪异故事，在一定程度上反映了古代人民的思想感情，不但内容丰富，语言雅致清峻、曲尽幽情，而且对后世产生了重大影响。在志人小说中，当属《世说新语》影响最大，该书由刘义庆组织编写，记述自汉末到刘宋时名士贵族的逸闻轶事，主要内容为有关人物评论、清谈玄言和机智应对的故事，它把纪言与叙事有机地结合，语言简约含蓄，隽永传神，开创了中国小说界的先河，为后人写小说做出了巨大的贡献。

到了唐代，小说被称为传奇，开始面向现实生活并进行深入细致的描绘。不仅改变了六朝小说长期流连在神怪世界里的状况，而且摆脱了只对故事进行粗疏简单的概括的现象；不仅自觉地从真人真事中站出来，而且注意到了对人物的细致刻画，因而小说情节更曲折完整，人物性格更加鲜明，语言的运用也日趋成熟，这些足以奠定唐传奇在我国小说史上的重要地位。唐代传奇的出现，标志着中国古代短篇小说的成熟。正如鲁迅所说的：“小说到了唐代，却起了一个大变迁。”“这在小说史上可算是一大进步。”唐传奇题材广泛，大多取材于现实生活。其中数量最多、成就最高的是描写婚姻爱情题材的作品，如《柳毅传》《莺莺传》《李娃传》《霍小玉传》等；其次是讽刺批评当时一些社会现象的作品，如《枕中记》《南柯太守传》等；还有描写政治历史题材的作品，如《高力士外传》《长恨歌传》《东城父老传》等；此外，描写义侠刺客题材的作品也不少，如《聂隐娘》《红线》《昆仑奴》《虬髯客传》《谢小娥传》等。

宋话本的产生，又把小说的发展推向空前的繁荣。宋话本由民间说话艺人创作，既具有口头文学清新活泼的特色，又发扬了志怪、传奇等古代小说的优良传统，在思想性和艺术性上都有一定成就。因此它是中国小说史上一个重要的发展阶段。大体而言，传世宋元话本可分为三类：一是叙事粗略、文字粗糙的说话艺人的底本，如《三国志平话》等；二是以说话艺人口述故事为主要内容的记录整理本，文字通顺，描写细致，叙事周详，可能出自当时的读书人或书会先生之手，如《碾玉观音》等；三是文人依据史书、野史笔记、文言小说等改编而成的通俗故事读本，如《宣和遗事》等。

虽然宋代已出现长篇的讲史、讲经话本，但文学意味不足。真正的长篇小说则是从明代的《三国演义》《水浒传》《西游记》开始，其一出现就引起了人们的广泛注意，与明代后期及清代出现的《金瓶梅》《儒林外史》《红楼梦》等构成了我国长篇小说发展的高峰。到了中国近代，由于社会动荡不安，小说创作的整体水平不是很高，较有成就的作品有《官场现形记》《二十年目睹之怪现状》《孽海花》等；另外刘鹗的《老残游记》以及冯梦龙的“三言”（《喻世明言》《警世通言》《醒世恒言》）、凌濛初的“二拍”（《初刻拍案惊奇》《二刻拍案惊奇》）也是值得关注的作品。

中国现代小说是五四新文化运动的产物，随着我国新民主主义革命运动的进展而逐渐发展起来。鲁迅是它的第一个开拓者，其《狂人日记》是我国现代文学中的第一篇白话小说。此后，他陆续发表了《孔乙己》《药》《阿Q正传》等，“显示了文学革命的实绩”，为中国现代小说的健康发展铺下了第一块基石。继鲁迅后，中国现代作家和作品层出不穷。叶绍钧的《倪焕之》被誉为中国现代文学史上第一部长篇白话小说，茅盾的《子夜》和《林家铺子》，巴金的“激流三部曲”（《家》《春》《秋》）和“爱情三部曲”（《雾》《雨》《电》），老舍的《骆驼祥子》和《四世同堂》，沈从文的《边城》，赵树理的《小二黑结婚》和《李有才板话》，丁玲的《太阳照在桑干河上》都是这一时期的重要作品。除此之外，还有郁达夫（《沉沦》）、柔石（《二月》）、萧红（《生死场》）、钱钟书（《围城》）、张天翼（《华威先生》）、路翎（《财主的女儿们》)、张爱玲(《金锁记》)、周立波(《暴风骤雨》)、孙犁(《荷花淀》)等都为现代小说发展作出重要贡献。

中华人民共和国成立后的17年,小说界呈现一派百花齐放、百家争鸣的景象。其时的重要作家有:杜鹏程(《保卫延安》)、梁斌(《红旗谱》)、吴强(《红日》)、杨沫(《青春之歌》)、曲波(《林海雪原》)、柳青(《创业史》)、周而复(《上海的早晨》)等。这些作家的作品有着鲜明的时代特色。

改革开放和社会主义建设的新时期,中国文学迎来了发展的春天,小说创作势头相当迅猛,先后出现了“伤痕小说”、“反思小说”、“改革小说”三大潮流。刘心武的《班主任》揭开了“伤痕小说”的大幕,还有张洁的《从森林里来的孩子》、宗璞的《三生石》、从维熙的《大墙下的红玉兰》、周克芹的《许茂和他的女儿们》等。反思小说主要有鲁彦周的《天云山传奇》、高晓声的《李顺大造屋》、古华的《芙蓉镇》、张弦的《被爱情遗忘的角落》、韩少功的《西望茅草地》、王蒙的《蝴蝶》、谌容的《人到中年》,张贤亮的《绿化树》,梁晓声的《这是一片神奇的土地》和李存葆的《高山下的花环》等。在改革小说中,主要有蒋子龙的《乔厂长上任记》、柯云路的《三千万》、张洁的《沉重的翅膀》、李国文的《花园街五号》、张炜的《古船》、贾平凹的《浮躁》、何士光的《乡场上》和路遥的《平凡的世界》等相继出现。

受西方文学思潮的影响,中国作家的文学观和内心审美结构逐渐发生变化,并开始对新的创作手法进行探索,使新时期中国小说的创作走向多元化,出现了寻根小说、现代派小说和新写实小说等一批在艺术形式上有所探索和创新的作品。特别是莫言将魔幻现实主义与民间故事、历史与当代社会融合在一起,创作出了《红高粱》《丰乳肥臀》《酒国》《生死疲劳》《蛙》等一系列魔幻现实作品,并荣获2012年度诺贝尔文学奖。莫言是该奖项自1901年设立以来,中国本土第一位获奖作家,对中国文学发展意义重大。

三、小说构成的三个要素

小说由三个要素构成，即人物、情节、环境。

(一) 人物：小说形象的中心

文学即人学，这充分肯定了人在文学作品中的重要地位。而小说作为广泛、细致地表现人与人生的文学样式，更是把创造人物形象作为重要的艺术使命，更加重视人物形象的完美塑造。因此，小说的核心任务就是刻画人物性格，塑造典型的人物形象，揭示社会生活的某些本质。俗话说，会看小说看人物，不会看小说看故事。人物就是小说的灵魂，一篇小说能否具有永久的魅力，就看它是否塑造出鲜明生动的人物形象；所以小说中的一切细节、场面、景物、气氛和情绪等，都是围绕人物展开的，作者的思想、感情，都是通过对人物的塑造来表现的。因此我们对小说的赏析往往就要以人物为焦点，令人感动的往往是鲜明、生动和独特的人物形象。

王蒙说："一般地说，小说总是有人物的。这样说也有麻烦，因为也有例外，比如写动物的小说。"但动物小说表面上看不到人物，实际上作品中的动物是人格化了的，并不是为动物而写动物，作品背后仍有人物的情感和性格，作者不过是借动物进行一种曲折的表现。即使某些纯粹描写细节或静态场面的小说，它们也只不过是把人物因素隐性地表现出来。因此，一部成功的小说必须有人物，不论出场或不出场，人物都存在于作品之中。

克林斯·布鲁克斯等编写的《小说鉴赏》指出："几乎没有什么小说是单纯地写人与自然界的冲突的。真正震撼人心的矛盾是人与人之间发生的冲突。这是绝大多数小说所取的题材。"由此可见，人物不仅是小说构成的要素之一，而且是小说艺术形象的中心。小说家们把人物作为重点研究的对象，并把他们反映到作品中来，主要通过人物之间的相互联系来表现作者对生活的理解。

人物形象的类型在不同类型的小说中，从不同的视角出发可有不同的分类。从形象塑造的角度看，小说人物可以分为以下三类。

一是雕塑式人物。即个性鲜明、性格复杂，具有强烈的真实性、鲜活感的人物。“血肉丰满”、“神形毕肖”、“栩栩如生”、“呼之欲出”一类的评价，表达了人们对小说人物的审美理想。可是怎样才能使人物活生生地从小说中站立起来呢？其关键在于性格的刻画。如果人物性格在特定的情节环境中，通过大量的生活细节、人际关系纠葛的描写，得到了多维度、多侧面、多层次的充分表现，那么，他就会像雕塑一般凸现于读者的想象之中。因为在现实生活中，人的性格本来就是丰富、复杂的，在不同的生活境遇、情景中，又不断地变换着最突出、最醒目的特征与风貌。小说人物倘能如此，自然可以激活读者的印象和经验，产生强烈的真实感和亲切感，进而将自己的生命体验融入小说创造的艺术世界。说到底，人物性格是否鲜活、丰富、真实，要取决于人物与生活的距离。

二是绘画式人物。与雕塑不同，绘画只能在二维空间中展开。在小说中，如果以单调的色彩、单一的特征去表现人物，当然不可能塑造丰满的、鲜活的、立体化的形象，不能形成与生活本身相近的艺术世界，人物也只能成为平面的绘画和某种思想观念的化身。如果连单一的人物特征也不能清晰、醒目地予以表现，那么人物就变成了一种抽象的符号。神话寓言人物和某些漫画式人物都具有鲜明的符号化倾向。例如，精卫、愚公只是人类理想的化身；东郭先生、崂山道士也只是一种性格的载体或生活经验的象征。绘画人物大都通过夸张、变形和变态等手法完成艺术表现，公开地远离了现实生活，从而产生一定的陌生感、奇异感，引发读者的感情波澜、思想震荡。

三是浮雕式人物。浮雕式人物是介于前二者之间的一种类型。此类人物性格结构比较简单，人物的某一种突出特征掩饰了其他性格侧面，很容易弱化人物的生机与活力。浮雕式人物既不像绘画人物那样单一且远离生活，也不像雕塑人物那样将性格营造成一个丰富、和谐的完美系统。刘备的忠厚仁义、诸葛亮的足智多谋，都通过传奇性情节得到反反复复的精雕细刻，但其他的性格侧面却未能充分地表现。所以鲁迅先生说，刘备长厚近伪、诸葛亮多智近妖。其实，鲁迅笔下的阿Q、假洋鬼子、九斤老太也应归于浮雕人物。外国小说中，吝啬的葛朗台、懒惰的奥勃洛莫夫、可笑又可敬的堂吉诃德显然也属此类。

（二）情节：人物运动的历史

情节是小说中所表现的生活事件，也是塑造人物、刻画性格最重要的基础和最有效的手段。托尔斯泰在《什么是小小说》中认为，情节是一把能解开某种社会矛盾的钥匙。高尔基认为，情节是性格的历史。这也就是说，离开人物的情节是不可能存在的，情节本身就是人物性格和人物关系的运动过程，或者说情节就是人物性格与关系的外在表现形式。

小说的情节是作家通过分解、组合、想象而对现实生活的一种概括。完整的小说情节由开端、发展、高潮、结局几个环节构成。而小说家在完成小说创作时，出于表达的需要，在建构小说情节时又往往表现出某种程度的弹性，使其在不同风格的作品中呈现出明显的不同。传统小说注重情节的完整性，现代小说则更多地关注人物的心路历程而淡化情节，如王蒙的意识流小说《风筝飘带》以及昆德拉的一系列小说等。

成功的小说情节，应该具备三个最为基本的因素：一是生动，即情节的传奇性和传神性。优秀的传奇性情节将人生的理想、浪漫的情怀、成功的渴望熔铸于现实的人情世态、真实的矛盾冲突、平实的生命活动之中，创造出极具艺术感染力又能赢得读者认可的人生画卷。在《基督山伯爵》《水浒传》等故事小说中，传奇美成为情节最夺目的光彩，小说中通过外化的动作、行为及其情境背景真实、细腻地透露出人物心灵的震颤反响，从而使人物性格的表现得以深化，形成了情节的传神美。二是丰富，即情节内蕴的丰富性。情节的内蕴是指作家寄寓于事件过程、行为、冲突、人物命运之中的生活感受与认识，也包括作家未曾意识到的同类成分。在赏析中，读者立足于自己的生活体验、审美经验，对此进行开掘、补充和再创造，使情节显示出思想的深刻，进而生成较高的典型价值。情节内蕴的丰富性以情节的现实性为基础，并借助艺术的虚构来揭示，如《西游记》《聊斋志异》《变形记》等作品。三是完美，即情节结构的完整性和情节进展的节奏性及其演进、组合的模式。小说情节所描绘的具体内容林林总总、无限丰富，但情节的组合、传达却有基本规律和基本模式。

情节的发展和演进存在一定的规律。在这些规律的基础上，情节各部分的衔接也形成了若干较稳定的组合模式。熟悉了这些模式，便可建立起一个很实用的评判坐标，有效地提高对情节的赏析能力。下面是小说情节曲折的一些常用模式。

一是突转，即情节演进的突然转折，事件的结局、人物的命运往往由此而改变。在短篇小说中，大多由突转引发推动，所谓“柳暗花明”“风波骤起”的情节效果正是既在情理之中又在意料之外的突转。

二是悬念，它是一个不断造成读者疑惑、猜想、思索与期待的问号，它无疑是为情节高潮铺垫道路、蓄积动能的有效手段，最终结局的出现、事实真相的揭示往往给人以强烈的心灵震撼，并引起读者持久的回味、深入的反思。同时，悬念的拆解或许可形成突转并掀起高潮。

三是巧合，它是常见的情节组合方式，它应当是在必然性（包括性格逻辑与具体情境的发展趋势）的基础上出现的偶然，并由此产生一定的情节效果。

四是跳移，它指在表现中调整事件过程的本身顺序和因果关联，将一些重要的环节换位重组，特别是一些缘起前提性环节的后移。这样既可在故事前面留下空白，以形成悬念，引发思索，又能在故事尾部填补空白，消释悬念，给读者恍然大悟后的快意。

五是串联，它将两个或多个并无时空联系的事件组合起来，在相互对比映衬之中构建内容互补的情节，这实际上与电影蒙太奇的手法很相近，如果两个事件的组合没有生成超越两者的第三种意蕴，这一串联就不能算成功。

六是并联，它指将两个或多个相关的事件系列组合为一个整体结构，在叙述中可以“花开两朵，各表一枝”，但两者之间存在着时离时合、互动相成的复杂关联。

优秀的艺术家在建构小说情节时，总是充分运用多种艺术方法和叙事策略，既表现出生活本身的逻辑，又使情节曲折生姿，跌宕起伏，产生情节的审美效果。

（三）环境：人物成长的舞台

小说作为一种时空艺术，环境是其不可或缺的要素。人物是小说叙写的主要对象，而环境为人物活动提供了驰骋的舞台，并为情节的发生、发展起到重要的推动作用。

环境是小说表现的自然环境和社会背景的展示，它包括自然环境和社会环境，用高尔基的话来讲即是有“风景画”和“风俗画”的区别。

自然环境包括山川草木、风花雪月，提供了人物活动的背景，营造出小说特定的氛围。它不仅作为人物活动的空间范围存在，而且常常与小说人物的情感密切相关，《红楼梦》中，同是月夜，贾府兴盛时它是“银光雪浪……上下争辉，水天焕彩”，而贾府败落时它是“桂花树下，呜咽悠扬，吹出笛声来”。可见自然环境在小说中是人化的自然、风格化的自然、审美化的自然。

社会环境是环绕在人物周围的社会关系与民风、民俗的总和，可以为读者提供完整细致的人生画卷。世界上一切有形无形的客观存在，小说都可以表现。小说可以自由酣畅地铺陈，不但着眼生活的激流，还留意生活的涓涓溪流。小说在旨趣、情境、人物性格和生活关系的各个方面显得丰富多彩，具有广阔的背景。

总之，小说的自然环境和社会环境都是作者现实生活审美化的对应，都与小说人物发生这样和那样的关系，而不是孤立的客观存在。

第二节 小说的审美与鉴赏

尽管有“一千个读者，就有一千个哈姆雷特”这样的个体差异，但人们对于艺术美的鉴赏同样具有共性，应该根据小说作为一种文学体裁自身的特点进行鉴赏活动，从而客观地获得审美教育。小说有人物、故事情节、环境三个要素，其中环境包括自然环境和社会环境。我们在鉴赏小说时，就要从抓住人物形象作具体剖析，把握作品的情节和结构，分析人物活动的环境等方面入手。

一、人物的鉴赏

文学作品大都以刻画人物形象为中心，而小说能最全面地体现文学的这一特性。它能够多方面地再现人物绚丽多彩的生活整体。既可以描写人物当前的现实生活，也可以描写他以往的经历；既可以描写平凡生活的内容，也可以描写叱咤风云的激烈斗争；既可以描写人物的一个横断面，也可以描写人物的一生甚至几代人的生活史；既可以描写人物的动作、语言、神情姿态和音容笑貌等外部特征，也可以描写人物的思想感情、道德情操和种种由外部事物所引发的隐秘的内心活动。

同时，小说在塑造人物性格方面，比其他文学体裁更自由。小说描写人物和生活场景，比叙事诗细致入微，比戏剧更为灵活。小说还可以通过多种多样的表现手段，多方面、多层次地刻画人物。它可以借助叙述人的语言，或借助作品中的人物行为和对话来直接揭示人物性格，还可以通过肖像描写、心理描写、细节描写等手段来刻画人物性格，使人物形象鲜明、生动，富有典型意义。可以说，小说人物形象塑造的优劣成败，对小说的美学价值有至关重要的关系。因此，鉴赏人物形象，理解作者的思想倾向，是提高小说阅读鉴赏能力的关键。

对人物的鉴赏，一般从以下五个方面分析。

（一）肖像描写

塑造人物形象，是离不开肖像描写的。肖像描写包括外貌、神态、身材、服饰、风度等。小说中的肖像描写是塑造小说人物形象的常用手法之一，肖像描写一定要和人物性格、特点结合。精当得体的肖像描写对刻画人物形象，以及揭示小说主题往往起着重要的作用。

要塑造出鲜活的人物，必须注重人物的性格刻画。刻画人物性格的方法之一，就是肖像描写，成功的肖像描写往往能表现出人物的性格。如《装在套子里的人》对别里科夫的肖像描写：

“您一定听说过他。他与众不同的是：他只要出门，哪怕天气很好，也总要穿上套鞋，带着雨伞，而且一定穿上暖和的棉大衣。他的伞装在套子里，怀表装在灰色的鹿皮套子里，有时他掏出小折刀削铅笔，那把刀也装在一个小套子里。就是他的脸似乎也装在套子里，因为他总是把脸藏在竖起的衣领里。他戴墨镜，穿绒衣，耳朵里塞着棉花，每当他坐上出租马车，一定吩咐车夫支起车篷。总而言之，这个人永远有一种难以克制的愿望把自己包在壳里，给自己做一个所谓的套子，使他可以与世隔绝，不受外界的影响。现实生活令他懊丧、害怕，弄得他终日惶惶不安。也许是为自己的胆怯、为自己对现实的厌恶辩护吧，他总是赞扬过去，赞扬不曾有过的东西。就连他所教的古代语言，实际上也相当于他的套鞋和雨伞，他可以躲在里面逃避现实。”

文章一开始就渲染别里科夫总是穿雨靴、带雨伞、着棉衣的肖像特征。所以我们可以分析出这个人物维护一切旧制度、反对一切新事物的性格。

人物的经历命运也可以通过肖像描写展现，因为人的外貌往往受到其身份、职业、年龄、教养、习惯、生活经历、家庭环境、身体状况等诸因素影响。比如《祝福》中的三次肖像描写深刻地反映了祥林嫂凄苦的一生。作者在三次描写中刻画了祥林嫂脸色的变化，特别是对祥林嫂眼睛的描写，生动形象地描绘出她的凄惨。从初到鲁家的“顺着眼”，到祭祖时遭斥退的“失神的站着”，直至临死前的“眼珠间或一轮”，让读者看到了封建思想和封建制度对她的惊人迫害，把她推向悲惨生活的深渊。祥林嫂脸色从“青黄”到“黄中带黑”，从“两颊却还是红的”到“两颊上已经消失了血色”再到“消尽了先前悲哀的神色”，变成一个木偶人。这样的描写把祥林嫂近二十年间的悲惨经历和苦难的命运，通过她脸色的巨大变化折射出来。再如，《故乡》中的闰土，少年时

“紫色的圆脸，头戴一顶小毡帽，颈上套了一个明晃晃的银项圈”及至中年“先前紫色的圆脸，已经变作灰黄，而且加上了很深的皱纹；眼睛也像他父亲一样，周围都肿得通红……他头上是一顶破毡帽，身上只一件极薄的棉衣，浑身瑟缩着……那手也不是我记得的红活圆实的手，却又粗又笨，而且开裂，像是松树皮了”。通过少年闰土和中年闰土面貌巨大的变化，从侧面深刻反映闰土在旧社会不幸的人生经历和遭遇。

（二）心理描写

心理描写就是对人物内心的思想情感活动进行的描写。描写人物的思想活动，能反映人物的性格，展示人物的内心世界。所以，心理描写也是刻画人物思想性格的重要手段之一。通过对人物心理的描写，能够直接深入人物心灵，揭示人物的内心世界，表现人物丰富而复杂的思想感情。作者塑造人物形象，可供运用的方法有很多，其目的都是为了展示人物的精神世界和性格特征。跟肖像描写、语言描写等方法相比，心理描写能够直接叙写人物的七情六欲，揭示人物灵魂深处的奥秘，把单靠外部形象难以表现的内心感受揭示出来，使文学作品中的人物形象立体化，从而显得更为完整和真实。心理描写的形式有内心独白、动作暗示、景物烘托、心理概述等。

心理描写的方法最为常见，并且运用最广泛的是直接描写式，有的句子中含有“想”等关键的字眼作为明显的标志。“想”字或出现在心理活动之前，或出现在心理活动之后。“想”字后有的用“逗号”，有的用“冒号”等做标示。例如，高晓声《陈奂生上城》，对陈奂生心理的描写，“推开房间，看看照出人影的地板，又站住犹豫：‘脱不脱鞋?’一转念，忿忿想道：‘出了五块钱呢!’再也不怕脏，大摇大摆走了进去，往弹簧太师椅上一坐：‘管它，坐瘪了不关我事，出了五元钱呢。’”这种心理描写就属于直接描写式，它非常恰当地将陈奂生患得患失、狭隘自私的小农心理描写了出来。

抒情独白式的心理描写，是用抒情的笔法展示人物的内心矛盾和思想斗争。例如，王愿坚《粮食的故事》中“我”的心理变化，“我一边跑一边想：看样子是难以逃脱了。扔了米跑吧，山上急等着用粮食，舍不得丢——而且就是扔了也不一定能逃得脱；不扔吧，叫敌人追上了也是人粮两空。怎么办呢？……这时，洪七还紧跟着我，呼哧呼哧直喘气呢。我听着他的喘气声，蓦地想出了一个法子。可是当我这样想着的时候，我自己不由得浑身都颤抖了起来：儿子，多好的儿子……这叫我怎么跟他妈交代呢……可是，不这样又不行，孩子要紧，革命的事业更要紧！也许我能替了孩子，可孩子替不了我呀！……”这段心理描写用抒情的笔法，写“我”与儿子洪七给山上的红军送粮，在途中遇到了敌人。在万分危急的情况下，是牺牲儿子保护粮食，还是保护儿子？“我”的内心斗争非常激烈，心情极度矛盾、复杂。最后，“我”毅然牺牲了儿子，使“我”的崇高品质得到了最好的表现。

还有一种在西方的小说中很常见的心理描写的方法——心理分析式，即通过剖析人物的心理来展现人物的内心世界，让读者对人物的所思所想更加明了。如莫泊桑在小说《项链》中对玛蒂尔德的一段心理描写，就运用了心理分析式。“她看着那个替她做琐碎家事的勃雷大涅省的小女仆，心里就引起悲哀的感慨和狂乱的梦想。她梦想那些幽静的厅堂，那里装饰着东方的帷幕，点着高脚的青铜灯，还有两个穿短裤的仆人，躺在宽大的椅子里，被暖炉的热气烘得打盹儿。她梦想那些宽敞的客厅，那里张挂着古式的壁衣，陈设着精巧的木器，珍奇的古玩。她梦想那些华美的香气扑鼻的小客室，在那里，下午五点钟的时候她跟最亲密的男朋友闲谈，或者跟那些一般女人所最仰慕最乐于结识的男子闲谈。”这段文字表现了玛蒂尔德希望摆脱寒酸、黯淡、平庸的生活，置身于上流社会，成为生活优裕、受人奉承的高贵夫人的梦想；通过“她陶醉于自己的美貌胜过一切女宾”，表现她自觉颇有姿色，具有跳出平庸家庭，爬进上流社会的资本的自信心。

（三）动作描写

动作描写，即对人物行为、动作的描写，是刻画人物的重要方法之一。人物的每一行动都是受其思想、性格制约的，因此，具体细致地描写某一人物在某一情况下所做出的反应，尤其是动作反应，势必显示出这一人物的内心活动、处世态度、思想品质。成功的动作描写，可以交代人物的身份、地位，可以反映人物心理活动的进程，可以表现人物的性格特征，有时候还能推动情节的发展。如茅盾《子夜》对吴荪甫的动作描写：

“他蓦地一声狞笑，跳起来抢到书桌边，一手拉开了抽屉，抓住一支手枪来，就把枪口对准了自己的胸口……窗外是狂风怒吼，斜脚雨打那窗上的玻璃，达达达地。可是那手枪没有放射。吴荪甫长叹一声，身体落在那转轮椅子里，手枪掉在地上。”

小说中坚毅果断、刚愎自用、颇有魄力的吴荪甫最终竟然落得几欲自杀的困境。他的“狞笑”“长叹”，他歇斯底里的“拉”“抓”“对准”等动作，都有力地暗示着吴荪甫悲剧的命运。在半封建半殖民地的旧中国，民族资产阶级难逃失败的结局，靠民族工业来发展中国只能是幻想。

（四）细节描写

细节描写是指抓住生活中的细微而又具体的典型情节，加以生动细致的描绘，它具体渗透在对人物、景物或场面描写之中。细节描写是刻画人物性格，揭示人物内心世界，表现人物细微复杂感情，点化人物关系，暗示人物身份、处境等最重要的方法。例如，鲁迅小说《药》中华老栓买药前的一段描写：

“华大妈在枕头底下掏了半天，掏出一包洋钱，交给老栓。老栓接了，抖抖装入衣袋，又在外面按了两下；便点上灯笼，吹熄灯盏，走向里屋去了。”

老栓平时节俭度日，洋钱来之不易，“抖抖”装入衣袋不算，还要在外面“按”上两下，以证实这洋钱确实可靠地放进了衣袋才安心，这一细节生动地表现了这位贫穷、俭朴而又谨慎的老人形象，也表现了他的愚昧——他深信人血馒头可以治病。

(五) 语言描写

语言描写是塑造人物形象的重要手段。语言描写包括人物独白和人物对白的描写。独白是反映人物心理活动的重要手段；对白可以是两个人的对话，也可以是几个人的相互交谈。描写人物的语言，不但要求做到个性化，即在用词、语气、表达方式上显出人物的性格特点、文化水平、思想修养、职业身份、内心世界等，而且要体现出人物说话的艺术性。例如，《红楼梦》中，王熙凤出场的描写：

"一语未完，只听后院中有笑语声，说：'我来迟了，不曾迎接远客！'黛玉思忖道：'这些人个个皆敛声屏气如此，这来者是谁，这样放诞无礼？'心下想时，只见一群媳妇丫鬟拥着一个丽人，从后房进来……"

这段描写用了未见其人，先闻其声的写法。当时贾母在场，"个个皆敛声屏气"敢于这样"放诞无礼"的人，除了"凤辣子"外再无他人，单就这一句，人们就可大致知道她在贾府中的特殊身份和地位了。

二、情节的鉴赏

情节是叙事性作品中人物的活动过程和性格的发展历史。人物的思想、性格是通过具体事件表现出来的；而这些事件之间又必须有连贯性，不是毫不相干的连缀，这就形成作品的情节。小说一般篇幅较长，容量较大，可以更广泛全面地描绘多方面的社会生活，反映多种多样的矛盾冲突，并在生活事件的发展过程中刻画人物性格。叙事性文学比较注重情节，而其中小说可以突破相对固定的时空限制，容纳更为复杂丰富的情节，反映更广泛的生活内容。因为要充分叙述完整的情节，所以小说一般都要有一定的长度。短篇小说和小小说虽然篇幅短小，但其长度必须足以容纳一个较完整的情节。

小说的主题思想需要在情节的发展过程中展现出来，有的小说甚至有多条线索、多种矛盾相互交错，要准确地理解作品的主题，必须理清作品的线索和情节。分析情节时要善于把握故事发生的开端、发展、高潮、结局这四个环节，并能概括各部分的要义，为提炼主题思想做准备。同时，我们还须从情节的发展中把握人物形象，因为情节是人物性格形成和发展的历史，在事件发展的过程中，才能显现出人物灵魂深处的东西。离开了情节，就不知道人物怎样活动，也就无法分析人物性格特征。情节的组合方式，有顺序、倒叙和插叙等。鉴赏情节，可从以下三方面注意。

（一）找出作品的线索

线索指贯穿在整个情节发展中的脉络，它的作用在于把显示人物性格及其发展的各个事件连接成为一个整体。只要找到了一条贯穿整个作品的线索，情节的来龙去脉也就容易把握了。线索分为单线、复线，而复线又有明、暗线之别；主线、支线之分。例如，鲁迅的《祝福》中祥林嫂与鲁四老爷的矛盾冲突，这就是构成情节的主要线索。

（二）分析场面和细节

场面也叫场景，是由人物在一定时间和场合中的活动所构成的生活画面，它是组成情节的基本单位，情节的发展过程实际上就是场面不断推移变换的过程，而场面由很多个细节组成。所以鉴赏情节，分析场面和细节是很重要的。例如，作家魏金枝对《阿Q正传》的一段情节分析："写一个犯人在最后受判时画押，通常总是迟疑地颤抖地执着笔，无可奈何地画上一笔就算。鲁迅写阿Q的画押就大大不同，他写的画押却是独一无二的阿Q式的：一面是'使尽平生的力气画圆圈'；而另一面却是'这可恶的笔不但很沉重，并且不听话，刚刚一抖一抖的几乎要合缝，却又向外一耸，画成瓜子模样了。'我看，即使没有看过《阿Q正传》全文，不知道阿Q平生为人，单就这一节画押来看，阿Q的麻木、无知以及精神胜利法，岂不是都尽情地表露出来，然而那只是一个最后判决的场面描写。"这段话很客观地说明场面和细节对于情节的重要性。

（三）注意人物的心理活动

有些作品的情节发展和传统的写法不一样，而是以心理活动或意识流作为动因。我们分析这类作品就要把握“感情线索”或“意识流”，依照人物的“心灵辩证法”的轨迹进行剖析，如鲁迅的《狂人日记》、王蒙的《海的梦》等。

三、环境的鉴赏

环境与人物的关系颇为密切。离开了环境，人物性格的形成就失去了依据；离开了人物，各种环境的创造也就失去了意义。环境描写是衬托人物性格、展示故事情节的重要手段。小说中人物的活动和事件的发生发展，都不能离开一定时代的、社会的和自然的环境。人物性格的形成与发展，也是受特定环境制约的。只有充分地描绘环境，才可能具体、真实地揭示出人物活动和矛盾冲突的现实依据。小说是长于描写的文学样式，在环境的描写上比其他文学样式有更多的自由，使其可以充分地发挥环境描写的艺术功能。它可以对社会环境做全面的介绍，可以对具体的生活场景做细致详尽的描绘。历史环境可以写上下几千年，自然环境可以写纵横几万里。它可以随时变换场景，为人物活动和情节展开提供自由灵活的时间和空间范围。

小说描写环境的手法很多。有的是以叙述人的语言来刻画人物，叙述情节，描写环境；有的直接描写人物的对话和内心独白；既可以用第三人称客观描写，也可以用第一人称主观展现；既可以通过人物观察进行叙述，又可以结合人物心理活动进行渲染。这些语言表述的灵活性和手法的多样性，是其他文学体裁所难以做到的。

（一）环境与人物性格的关系

作家描写环境总是与刻画人物性格互为表里。在更多的情况下，环境描写可能主要是为展示人物的行动和命运以及刻画人物的性格创造必要的条件，提供生动的衬景。所以我们分析环境就要紧扣人物的性格特征。如在《祝福》中的鲁四老爷的书斋兼卧室里，墙壁上的半幅“事理通达心气和平”对联，以及案头上的《近思录集注》和《四书衬》映照出“一个讲理学的老监生”的性格特色。再如《红楼梦》中，作者描写蘅芜院的环境“阴森透骨”，屋外长着“愈冷愈苍翠”的“奇草仙藤”，屋内“一色玩器全无”，像“雪洞一般”。这样的环境正好衬托出薛宝钗阴冷无情、装愚守拙的性格特征。

（二）环境与人物心理的关系

环境与心理的关系是客观世界作用于主观世界的结果。春风杨柳、鸟语花香给予人们以舒适畅快、幸福甜蜜的心理体验，而秋风残叶、哀鸿落花给予人们以惆怅不幸、忧愤悲伤的伤感情绪。不同的心理活动与不同的环境描绘基本相协调。但是，艺术的特殊性却往往运用正反对比手法说明环境与心理的关系，即以欢乐的景色衬托悲凉的心情，使人物的心理越显得悲凉凄惨。如《红楼梦》中黛玉葬花的凄凉心理与满园春色的反差；还有黛玉焚稿的生死决绝的心理活动，与灯红酒绿的婚宴大厅的对比。

（三）环境和社会历史背景的关系

小说里的人物，都是在一定的社会历史背景下活动的。鉴赏人物如果离开了人物活动的社会历史背景，就不可能正确地理解人物，更不能理解人物形象的社会意义。这不仅是因为人物个性的形成与他的生活环境有关，更重要的是，作者每塑造一个人物，都是把他作为一定历史时期的典型人物来塑造的。或者说，一个人物形象的成功与否，不但要看他是否有鲜明的“个性”，还要看他是否具有广泛的“共性”。而对人物“共性”的分析，就必须放在一定的社会历史背景中去考察。当然，我们分析作品，应该防止死扣“时代背景”介绍或完全抛弃“时代背景”介绍两种倾向，而要把景物描绘、气氛烘托与一定的时代精神、社会情况有机结合起来。如鲁迅小说《药》的开头写道，“秋天的后半夜，月亮下去了，太阳还没有出，只剩下一片乌蓝的天；除了夜游的东西，什么都睡着。”在华老栓为儿子买“药”走在街上时，“……街上黑沉沉的一无所有，只有一条灰白的路，看得分明。”这样的自然环境给人以死气沉沉、非常压抑的感觉，使人感受不出一点生命活动的迹象。联系小说的时代背景，我们深切地感受到 1907 年革命者秋瑾被害后的那种沉寂冷肃的社会现实。

第三节　小说作品赏析

【作品一】

潘先生在难中

叶圣陶

一

车站里挤满了人，各有各的心事，都现出异样的神色。脚夫的两手插在号衣的袋里，睡着一般地站着；他们知道可以得到特别收入的时间离得还远，也犯不着老早放出精神来。空气沉闷得很，人们略微感到呼吸受压迫，大概快要下雨了。电灯亮了一会了，仿佛比平时昏黄一点，望去好像一切的人物都在雾里梦里。

揭示处的黑漆板上标明西来的快车须迟到四点钟。这个报告在几点钟以前早就教人家看熟了，现在便同风化了的戏单一样，没有一个人再望它一眼。像这种报告，在这一个礼拜里，几乎每天每趟的行车都有：大家也习以为当然了。

不知几多人心系着的来车居然到了，闷闷的一个车站就一变而为扰扰的境界。来客的安心，候客者的快意，以及脚夫的小小发财，我们且都不提。单讲一位从让里来的潘先生。他当火车没有驶进月台之先，早已安排得十分周妥：他领头，右手提着个黑漆皮包，左手牵着个七岁的孩子；七岁的孩子牵着他哥哥（今年九岁），哥哥又牵着他母亲。潘先生说人多照顾不齐，这么牵着，首尾一气，犹如一条蛇，什么地方都好钻了。他又屡次叮嘱，教大家握得紧紧，切勿放手；尚恐大家万一忘了，又屡次摇荡他的左手，意思是教把这警告打电报一般一站一站递过去。

首尾一气诚然不错，可是也不能全然没有弊病。火车将停时，所有的客人和东西都要涌向车门，潘先生一家的那条蛇就有点尾大不掉了。

他用黑漆皮包做前锋，胸腹部用力向前抵，居然进展到距车门只两个窗洞的地位。但是他的七岁的孩子还在距车门四个窗洞的地方，被挤在好些客人和座椅之间，一动不能动；两臂一前一后，伸得很长，前后的牵引力都很大，似乎快要把胳臂拉了去的样子。他急得直喊：“啊！我的胳臂！我的胳臂！”

一些客人听见了带哭的喊声，方才知道腰下挤着个孩子；留心一看，见他们四个人一串，手联手牵着。一个客人呵斥道，“赶快放手；要不然，把孩子拉做两半了！”

“怎么弄的，孩子不抱在手里！”又一个客人用鄙夷的声气自语，一方面他仍注意在攫得向前行进的机会。

“不，”潘先生心想他们的话不对，牵着自有牵着的妙用；再转一念，妙用岂是人人能够了解的，向他们辩白，也不过徒费唇舌，不如省些精神吧；就把以下的话咽了下去。而七岁的孩子还是“胳臂！胳臂！”喊着。潘先生前进后退都没有希望，只得自己失约先放了手，随即惊惶地发命令道，“你们看着我！你们看着我！”

车轮一顿，在轨道上站定了；车门里弹出去似地跳下了许多人。潘先生觉得前头松动了些；但是后面的力量突然增加，他的脚作不得一点主，只得向前推移；要回转头来招呼自己的队伍，也不得自由，于是对着前面的人的后脑叫喊，“你们跟着我！你们跟着我！”

他居然从车门里被弹出来了。旋转身子一看，后面没有他的儿子同夫人。心知他们还挤在车中，守住车门老等总是稳当的办法。又下来了百多人，方才看见脚踏上人丛中现出七岁的孩子的上半身，承着电灯光，面目作哭泣的形相。他走前去，几次被跳下来的客人冲回，才用左臂把孩子抱了下来。再等了一会，潘师母同九岁的孩子也下来了；她吁吁地呼着气，连喊“哎唷，哎唷”，凄然的眼光盯着潘先生的脸，似乎要求抚慰的孩子。

潘先生到底镇定，看见自己的队伍全下来了，重又发命令道，“我们仍旧像刚才一样联起来。你们看月台上的人这么多，收票处又挤得厉害，要不是联着，就走散了！”

七岁的孩子觉得害怕，拦住他的膝头说，“爸爸，抱。”

“没用的东西！”潘先生颇有点愤怒，但随即耐住，蹲下身子把孩子抱了起来。同时关照大的孩子拉着他的长衫的后幅，一手要紧紧牵着母亲，因为他自己两只手都不空了。

潘师母从来不曾受过这样的困累，好容易下了车，却还有可怕的拥挤在前头，不禁发怨道，“早知道这样子，宁可死在家里，再也不要逃难了！”

“悔什么！”潘先生一半发气，一半又觉得怜惜。“到了这里，懊悔也是没用。并且，性命到底安全了。走吧，当心脚下。”于是四个一串向人丛中蹒跚地移过去。

一阵的拥挤，潘先生像在梦里似的，出了收票处的隘口。他仿佛急流里的一滴水滴，没有回旋转侧的余地，只有顺着大家的势，脚不点地地走。一会儿已经出了车站的铁栅栏，跨过了电车轨道，来到水门汀的人行道上。慌忙地回转身来，只见数不清的给电灯光耀得发白的面孔以及数不清的提箱与包裹，一齐向自己这边涌来，忽然觉得长衫后幅上的小手没有了，不知什么时候放了的；心头怅惘到不可言说，只是无意识地把身子乱转。转了几回，一丝踪影也没有。家破人亡之感立时袭进他的心，禁不住渗出两滴眼泪来，望出去电灯人形都有点模糊了。

幸而抱着的孩子眼光敏锐，他瞥见母亲的疏疏的额发，便认识了，举起手来指点着，“妈妈，那边。”

潘先生一喜；但是还有点不大相信，眼睛凑近孩子的衣衫擦了擦，然后望去。搜寻了一会，果然看见他的夫人呆鼠一般在人丛中瞎撞，前面护着那大的孩子，他们还没跨过电车轨道呢。他便向前迎上去，连喊“阿大”，把他们引到刚才站定的人行道上。于是放下手中的孩子，舒畅地吐一口气，一手抹着脸上的汗说，“现在好了！”的确好了，只要跨出那一道铁栅栏，就有人保着险，什么兵火焚掠都遭逢不到；而已经散失的一妻一子，又幸运得很，一寻即着：岂不是四条性命，一个皮包，都从毁灭和危难之中捡了回来么？岂不是“现在好了”？

“黄包车!”潘先生很入调地喊。

车夫们听见了，一齐拉着车围拢来，问他到什么地方。

他稍微昂起了头，似乎增加了好几分威严，伸出两个指头扬着说，“只消两辆！两辆!”他想了一想，继续说，“十个铜子，四马路，去的就去!”这分明表示他是个“老上海”。

辩论了好一会，终于讲定十二个铜子一辆。潘师母带着大的孩子坐一辆，潘先生带着小的孩子同黑漆皮包坐一辆。

车夫刚要拔脚前奔，一个背枪的印度巡捕一条胳臂在前面一横，只得缩住了。小的孩子看这个人的形相可怕，不由得回过脸来，贴着父亲的胸际。

潘先生领悟了，连忙解释道，“不要害怕，那就是印度巡捕，你看他的红包头。我们因为本地没有他，所以要逃到这里来；他背着枪保护我们。他的胡子很好玩的，你可以看一看，同罗汉的胡子一个样子。”

孩子总觉得怕，便是同罗汉一样的胡子也不想看。直到听见当当的声音，才从侧边斜睨过去，只见很亮很亮的一个房间一闪就过去了；那边一家家都是花花灿灿的，灯点得亮亮的，他于是不再贴着父亲的胸际。

到了四马路，一连问了八九家旅馆，都大大地写着“客满”的牌子；而且一望而知情商也没用，因为客堂里都搭起床铺，可知确实是住满了。最后到一家也标着“客满”，但是一个伙计懒懒的开口道，“找房间么?”

“是找房间，这里还有么?”一缕安慰的心直透潘先生的周身，仿佛到了家似的。

“有是有一间，客人刚刚搬走，他自己租了房子了。你先生若是迟来一刻，说不定就没有了。”

“那一间就归我们住好了。”他放了小的孩子，回身去扶下夫人同大的孩子来，说，“我们总算运气好，居然有房间住了!”随即付车钱，慷慨地照原价加上一个铜子；他相信运气好的时候多给人一些好处，以后好运气会连续而来的。但是车夫偏不知足，说跟着他们回来回去走了这多时，非加上五个铜子不可。结果旅馆里的伙计出来调停，潘先生又多破费了四个铜子。

这房间就在楼下，有一张床，一盏电灯，一张桌子，两把椅子，此外就只有烟雾一般的一房间的空气了。潘先生一家跟着茶房走进去时，立刻闻到刺鼻的油腥味，中间又混着阵阵的尿臭。潘先生不快地自语道，“讨厌的气味！”随即听见隔壁有食料投下油锅的声音，才知道那里是厨房。

再一想时，气味虽讨厌，究比吃枪子睡露天好多了；也就觉得没有什么，舒舒泰泰地在一把椅子上坐下。

“用晚饭吧？”茶房放下皮包回头问。

“我要吃火腿汤淘饭，”小的孩子咬着指头说。

潘师母马上对他看个白眼，凛然说，“火腿汤淘饭！是逃难呢，有得吃就好了，还要这样那样点戏！”

大的孩子也不知道看看风色，央着潘先生说，“今天到上海了，你给我吃大菜。”

潘师母竟然发怒了，她回头呵斥道，“你们都是没有心肝的，只配什么也没得吃，活活地饿……”

潘先生有点儿窘，却作没事的样子说，“小孩子懂得什么。”便吩咐茶房道，“我们在路上吃了东西了，现在只消来两客蛋炒饭。”

茶房似答非答地一点头就走，刚出房门，潘先生又把他喊回来道，“带一斤绍兴，一毛钱熏鱼来。”

茶房的脚声听不见了，潘先生舒快地对潘师母道，“这一刻该得乐一乐，喝一杯了。你想，从兵祸凶险的地方，来到这绝无其事的境界，第一件可乐。刚才你们忽然离开了我，找了半天找不见，真把我急死了；倒是阿二乖觉（他说着，把阿二拖在身边，一手轻轻地拍着），他一眼便看见了你，于是我迎上来，这是第二件可乐。乐哉乐哉，陶陶酌一杯。”他作举杯就口的样子，迷迷地笑着。

潘师母不响，她正想着家里呢。细软虽然已经带在皮包里，寄到教堂里去了，但是留下的东西究竟还不少。不知王妈到底可靠不可靠；又不知隔壁那家穷人家有没有知道他们一家都出来了，只剩个王妈在家里看守；又不知王妈睡觉时，会不会忘了关上一扇门或是一扇窗。她又想起院子里的三只母鸡，没有完工的阿二的裤子，厨房里的一碗白爊鸭……真同通了电一般，一刻之间，种种的事情都涌上心头，觉得异样地不舒服；便叹口气道，“不知弄到怎样呢！”

两个孩子都怀着失望的心情，茫昧地觉得这样的上海没有平时父亲嘴里的上海来得好玩而有味。

疏疏的雨点从窗外洒进来，潘先生站起来说，“果真下雨了，幸亏在这时候下，”就把窗子关上。突然看见原先给窗子淹没的旅客须知单，他便想起一件顶紧要的事情，一眼不眨地直望那单子。

“不折不扣，两块！”他惊讶地喊。回转头时，眼珠瞪视着潘师母，一段舌头从嘴里伸了出来。

二

第二天早上，走廊中茶房们正蜷在几条长凳上熟睡，狭得只有一条的天井上面很少有晨光透下来，几许房间里的电灯还是昏黄地亮着。但是潘先生夫妇两个已经在那里谈话了；两个孩子希望今天的上海或许比昨晚的好一点，也醒了一会了，只因父母教他们再睡一会，所以还躺在床上，彼此呵痒为戏。

“我说你一定不要回去，”潘师母焦心地说。“这报上的话，知道它靠得住靠不住的。既然千难万难地逃了出来，哪有立刻又回去的道理！”

“料是我早先也料到的。顾局长的脾气就是一点不肯马虎。‘地方上又没有战事，学自然照常要开的，’这句话确然是他的声口。这个通信员我也认识，就是教育局里的职员，又哪里会靠不住？回去是一定要回去的。”

“你要晓得，回去危险呢！”潘师母凄然地说。“说不定三天两天他们就会打到我们那地方去，你就是回去开学，有什么学生来念书？就是不打到我们那地方，将来教育局长怪你为什么不开学时，你也有话回答。你只要问他，到底性命要紧还是学堂要紧？他也是一条性命，想来决不会对你过不去。”

“你懂得什么！”潘先生颇怀着鄙薄的意思。“这种话只配躲在家里，伏在床角里，由你这种女人去说；你道我们也说得出口么！你切不要拦阻我（这时候他已转为抚慰的声调），回去是一定要回去的；但是包你没有一点危险，我自有保全自己的法子。而且（他自喜心思灵敏，微微笑着），你不是很不放心家里的东西么？我回去了，就可以自己照看，你也能定心定意住在这里了。等到时局平定了，我马上来接你们回去。”

潘师母知道丈夫的回去是万无挽回的了。回去可以照看东西固然很好；但是风声这样紧，一去之后，犹如珠子抛在海里，谁保得定必能捞回来呢！生离死别的哀感涌上心头，她再不敢正眼看她的丈夫，眼泪早在眼角边偷偷地想跑出来了。她又立刻想起这个场面不大吉利，现在并没有什么不好的事情，怎么能凄惨地流起眼泪来。于是勉强忍住眼泪，聊作自慰地请求道，“那么你去看看情形，假使教育局长并没有照常开学这句话，要是还来得及，你就搭了今天下午的车来，不然，搭了明天的早车来。你要知道（她到底忍不住，一滴眼泪落在手背，立刻在衫子上擦去了），我不放心呢！”

潘先生心里也着实有点烦乱，局长的意思照常开学，自己万无主张暂缓开学之理，回去当然是天经地义，但是又怎么放得下这里！看他夫人这样的依依之情，断然一走，未免太没有恩义。又况一个女人两个孩子都是很懦弱的，一无依傍，寄住在外边，怎能断言绝没有意外？他这样想时，不禁深深地发恨：恨这人那人调兵遣将，预备作战，恨教育局长主张照常开课，又恨自己没有个已经成年，可以帮助一臂的儿子。

但是他究竟不比女人，他更从利害远近种种方面着想，觉得回去终于是天经地义。便把恼恨搁在一旁，脸上也不露一毫形色，顺着夫人的口气点头道，“假若打听明白局长并没有这个意思，依你的话，就搭了下午的车来。”

两个孩子约略听得回去和再来的话，小的就伏在床沿作娇道，“我也要回去。”

“我同爸爸妈妈回去，剩下你独个儿住在这里，”大的孩子扮着鬼脸说。

小的听着，便迫紧喉咙叫唤，作啼哭的腔调，小手擦着眉眼的部分，但眼睛里实在没有眼泪。

“你们都跟着妈妈留在这里，”潘先生提高了声音说。“再不许胡闹了，好好儿起来等吃早饭吧。”说罢，又嘱咐了潘师母几句，径出雇车，赶往车站。

模糊地听得行人在那里说铁路已断火车不开的话，潘先生想，“火车如果不开，倒死了我的心，就是立刻免职也只得由他了。”同时又觉得这消息很使他失望；又想他要是运气好，未必会逢到这等失望的事，那么行人的话也未必可靠。欲决此疑，只希望车夫三步并作一步跑。

他的运气果然不坏，赶到车站一看，并没有火车不开的通告；揭示处只标明夜车要迟四点钟才到，这时候还没到呢。买票处绝不拥挤，时时有一两个人前去买票。聚集在站中的人却不少，一半是候客的，一半是来看看的，也有带着照相器具的，专等夜车到时摄取车站拥挤的情形，好作《风云变幻史》的一页。行李房满满地堆着箱子铺盖，各色各样，几乎碰到铅皮的屋顶。

他心中似乎很安慰，又似乎有点儿怅惘，顿了一顿，终于前去买了一张三等票，就走入车厢里坐着。晴明的阳光照得一车通亮，可是不嫌燠热；座位很宽舒，勉强要躺躺也可以。他想，“这是难得逢到的。倘若心里没有事，真是一趟愉快的旅行呢。”

这趟车一路耽搁，听候军人的命令，等待兵车的通过。

开到让里，已是下午三点过了。潘先生下了车，急忙赶到家，看见大门紧紧关着，心便一定，原来昨天再四叮嘱王妈的就是这一件。

叩了十几下，王妈方才把门开了。一见潘先生，出惊地说，“怎么，先生回来了！不用逃难了么？”

潘先生含糊回答了她；奔进里面四周一看，便开了房门的锁，直闯进去上下左右打量着。没有变更，一点没有变更，什么都同昨天一样。于是他吊起的半个心放下来了。还有半个心没放下，便又锁上房门，回身出门；吩咐王妈道，“你照旧好好把门关上了。”

王妈摸不清头绪，关了门进去只是思索。她想主人们一定就住在本地，恐怕她也要跟去，所以骗她说逃到上海去。“不然，怎么先生又回来了？奶奶同两个孩子不同来，又躲在什么地方呢？但是，他们为什么不让我跟去？这自然嫌得人多了不好——他们一定就住在那洋人的红房子里，那些兵都讲通的，打起仗来不打那红房子——其实就是老实告诉我，要我跟去，我也不高兴去呢。我在这里一点也不怕；如果打仗打到这里来，反正我的老衣早就做好了。”她随即想起甥女儿送她的一双绣花鞋真好看，穿了那双鞋上西方，阎王一定另眼相看；于是她感到一种微妙的舒快，不再想主人究竟在哪里的问题。

潘先生出门，就去访那当通信员的教育局职员，问他局长究竟有没有照常开学的意思。那人回答道，“怎么没有？他还说有些教员只顾逃难，不顾职务，这就是表示教育的事业不配他们干的；乘此淘汰一下也是好处。”潘先生听了，仿佛觉得一凛；但又赞赏自己有主意，决定从上海回来到底是不错的。一口气奔到自己的学校里，提起笔来就起草送给学生家属的通告。通告中说兵乱虽然可虑，子弟的教育犹如布帛菽粟，是一天一刻不可废弃的，现在暑假期满，学校照常开学。从前欧洲大战的时候，人家天空里布着御防炸弹的网，下面学校里却依然在那里上课：这种非常的精神，我们应当不让他们专美于前。希望家长们能够体谅这一层意思，若无其事地依旧把子弟送来：这不仅是家庭和学校的益处，也是地方和国家的荣誉。

他起好草稿，往复看了三遍，觉得再没有可以增损，局长看见了，至少也得说一声“先得我心”。便得意地誊上蜡纸，又自己动手印刷了百多张，派校役向一个个学生家里送去。公事算是完毕了，开始想到私事：既要开学，上海是去不成了，他们母子三个住在旅馆里怎么挨得下去！但也没有办法，唯有教他们一切留意，安心住着。于是蘸着刚才的残墨写寄与夫人的信。

下一天，他从茶馆里得到确实的信息，铁路真个不通了。他心头突然一沉，似乎觉得最亲热的一妻两儿忽地乘风飘去，飘得很远，几乎至于渺茫。没精没采地踱到学校里，校役回报昨天的使命道，“昨天出去送通告，有二十多家关上了大门，打也打不开，只好从门缝里塞进去。有三十多家只有佣人在家里，主人逃到上海去了，孩子当然跟了去，不一定几时才能回来念书。其余的都说知道了；有的又说性命还保不定安全，读书的事再说吧。”

“哦，知道了，”潘先生并不留心在这些上边，更深的忧虑正萦绕在他的心头。他抽完了一支烟卷以后，应走的路途决定了，便赶到红十字会分会的办事处。

他缴纳会费愿做会员；又宣称自己的学校房屋还宽敞，愿意作为妇女收容所，到万一的时候收容妇女。这是慈善的举措，当然受热诚的欢迎，更兼潘先生本来是体面的大家知道的人物。办事处就给他红十字的旗子，好在学校门前张起来；又给他红十字的徽章，标明他是红十字会的一员。

潘先生接旗子和徽章在手，像捧着救命的神符，心头起一种神秘的快慰。“现在什么都安全了！但是……”想到这里，便笑向办事处的职员道，“多给我一面旗，几个徽章罢。”他的理由是学校还有个侧门，也得张一面旗，而徽章这东西太小巧，恐怕偶尔遗失了，不如多备几个在那里。

办事员同他说笑话，这东西又不好吃的，拿着玩也没有什么意思，多拿几个也只作一个会员，不如不要多拿罢。但是终于依他的话给了他。

两面红十字旗立刻在新秋的轻风中招展，可是学校的侧门上并没有旗，原来移到潘先生家的大门上去了。一个红十字徽章早已缀上潘先生的衣襟，闪耀着慈善庄严的光，给予潘先生一种新的勇气。其余几个呢，重重包裹，藏在潘先生贴身小衫的一个口袋里。他想，“一个是她的，一个是阿大的，一个是阿二的。”虽然他们远在那渺茫难接的上海，但是仿佛给他们加保了一重险，他们也就各各增加一种新的勇气。

三

碧庄地方两军开火了。

让里的人家很少有开门的，店铺自然更不用说，路上时时有兵士经过。他们快要开拔到前方去，觉得最高的权威附灵在自己身上，什么东西都不在眼里，只要高兴提起脚来踩，都可以踩做泥团踩做粉。这就来了拉夫的事情：恐怕被拉的人乘隙脱逃，便用长绳一个联一个拴着胳臂，几个弟兄在前，几个弟兄在后，一串一串牵着走。因此，大家对于出门这件事都觉得危惧，万不得已时，也只从小巷僻路走，甚至佩着红十字徽章如潘先生之辈，也不免怀着戒心，不敢大模大样地踱来踱去。于是让里的街道见得又清静又宽阔了。

上海的报纸好几天没来。本地的军事机关却常常有前方的战报公布出来，无非是些“敌军大败，我军进展若干里”的话。街头巷尾贴出一张新鲜的战报时，也有些人慢慢聚集拢来，注目看着。但大家看罢以后依然不能定心，好似这布告背后还有许多话没说出来，于是怅怅地各自散了，眉头照旧皱着。

这几天潘先生无聊极了。最难堪的，自然是妻儿远离，而且消息不通，而且似乎有永远难通的朕兆。次之便是自身的问题，“碧庄冲过来只一百多里路，这徽章虽说有用处，可是没有人写过笔据，万一没有用，又向谁去说话？——枪子炮弹劫掠放火都是真家伙，不是耍的，到底要多打听多走门路才行。”他于是这里那里探听前方的消息，只要这消息与外间传说的不同，便觉得真实的成分越多，即根据着盘算对于自身的利害。街上如其有一个人神色仓皇急忙行走时，他便突地一惊，以为这个人一定探得确实而又可怕的消息了；只因与他不相识，“什么！”一声就在喉际咽住了。

红十字会派人在前方办理救护的事情，常有人搭着兵车回来，要打听消息自然最可靠了。潘先生虽然是个会员，却不常到办事处去探听，以为这样就是对公众表示胆怯，很不好意思。然而红十字会究竟是可以得到真消息的机关，舍此他求未免有点傻，于是每天傍晚到姓吴的办事员家里去打听。姓吴的告诉他没有什么，或者说前方抵住在那里，他才透了口气回家。

这一天傍晚，潘先生又到姓吴的家里；等了好久，姓吴的才从外面走进来。

“没有什么吧？”潘先生急切地问。“照布告上说，昨天正向对方总攻击呢。”

“不行，”姓吴的忧愁地说；但随即咽住了，捻着唇边仅有的几根二三分长的髭须。

“什么！”潘先生心头突地跳起来，周身有一种拘牵不自由的感觉。

姓吴的悄悄地回答，似乎防着人家偷听了去的样子，“确实的消息，正安（距碧庄八里的一个镇）今天早上失守了！”

“啊！”潘先生发狂似的喊出来。顿了一顿，回身就走，一壁说道，“我回去了！”

路上的电灯似乎特别昏暗，背后又仿佛有人追赶着的样子，惴惴地，歪斜的急步赶到了家，叮嘱王妈道，“你关着门安睡好了，我今夜有事，不回来住了。”他看见衣橱里有一件绉纱的旧棉袍，当时没收拾在寄出去的箱子里，丢了也可惜；又有孩子的几件布夹衫，仔细看时还可以穿穿；又有潘师母的一条旧绸裙，她不一定舍得便不要它：便胡乱包在一起，提着出门。

“车！车！福星街红房子，一毛钱。”

“哪里有一毛钱的？”车夫懒懒地说。“你看这几天路上有几辆车？不是拼死寻饭吃的，早就躲起来了。随你要不要，三毛钱。”

“就是三毛钱，”潘先生迎上去，跨上脚踏坐稳了，“你也得依着我，跑得快一点！”

“潘先生，你到哪里去?”一个姓黄的同业在途中瞥见了他，站定了问。

“哦，先生，到那边……”潘先生失措地回答，也不辨问他的是谁；忽然想起回答那人简直是多事——车轮滚得绝快，那人决不会赶上来再问——便缩住了。

红房子里早已住满了人，大都是十天以前就搬来的，儿啼人语，灯火这边那边亮着，颇有点热闹的气象。主人翁见面之后，说，“这里实在没有余屋了。但是先生的东西都寄在这里，也不好拒绝。刚才有几位匆忙地赶来，也因不好拒绝，权且把一间做厨房的厢房让他们安顿。现在去同他们商量，总可以多插你先生一个。”

“商量商量总可以，”潘先生到了家似地安慰。“何况在这样时候。我也不预备睡觉，随便坐坐就得了。”

他提着包裹跨进厢房的当儿，以为自己受惊太厉害了，眼睛生了翳，因而引起错觉；但是闭一闭眼睛再睁开来时，所见依然如前，这靠窗坐着，在那里同对面的人谈话，上唇翘起两笔浓须的，不就是教育局长么?

他顿时踌躇起来，已跨进去的一只脚想要缩出来，又似乎不大好。那局长也望见了他，尴尬的脸上故作笑容说，“潘先生，你来了，进来坐坐。”主人翁听了，知道他们是相识的，转身自去。

“局长先在这里了。还方便吧，再容一个人?”

“我们只三个人，当然还可以容你。我们带着席子；好在天气不很凉，可以轮流躺着歇歇。”

潘先生觉得今晚上局长特别可亲，全不像平日那副庄严的神态，便忘形地直跨进去说，“那么不客气，就要陪三位先生过一夜了。”

这厢房不很宽阔。地上铺着一张席子，一个戴眼镜的中年人坐在上面，略微有疲倦的神色，但绝无欲睡的意思。锅灶等东西贴着一壁。靠窗一排摆着三只凳子，局长坐一只，头发梳得很光的二十多岁的人，局长的表弟，坐一只，一只空着。那边的墙角有一只柳条箱，三个衣包，大概就是三位先生带来的。仅仅这些，房间里已没有空地了。电灯的光本来很弱，又蒙上了一层灰尘，照得房间里的人物都昏暗模糊。

潘先生也把衣包放在那边的墙角，与三位的东西合伙。回过来谦逊地坐上那只空凳子。局长给他介绍了自己的同伴，随后说，“你也听到了正安的消息么?”

“是呀，正安。正安失守，碧庄未必靠得住呢。”

“大概这方面对于南路很疏忽，正安失守，便是明证。那方面从正安袭取碧庄是最便当的，说不定此刻已被他们得手了。要是这样，不堪设想!”

“要是这样，这里非糜烂不可!”

“但是，这方面的杜统帅不是庸碌无能的人，他是著名善于用兵的，大约见得到这一层，总有方法抵挡得住。也许就此反守为攻，势如破竹，直捣那方面的巢穴呢。”

“若能这样，战事便收场了，那就好了！——我们办学的就可以开起学来，照常进行。”

局长一听到办学，立刻感到自己的尊严，捻着浓须叹道，“别的不要讲，这一场战争，大大小小的学生吃亏不小呢!”他把坐在这间小厢房里的局促不舒的感觉忘了，仿佛堂皇地坐在教育局的办公室里。

坐在席子上的中年人仰起头来含恨似地说，“那方面的朱统帅实在可恶！这方面打过去，他抵抗些什么，——他没有不终于吃败仗的。他若肯漂亮点儿让了，战事早就没有了。”

“他是傻子，”局长的表弟顺着说，“不到尽头不肯死心的。只是连累了我们，这当儿坐在这又暗又窄的房间里。”他带着玩笑的神气。

潘先生却想念起远在上海的妻儿来了。他不知道他们可安好，不知道他们出了什么乱子没有，不知道他们此刻睡了不曾，抓既抓不到，想象也极模糊；因而想自己的被累要算最深重了，凄然望着窗外的小院子默不作声。

“不知道到底怎么样呢!”他又转而想到那个可怕的消息以及意料所

及的危险，不自主地吐露了这一句。

“难说，”局长表示富有经验的样子说。“用兵全在趁一个机，机是刻刻变化的，也许竟不为我们所料，此刻已……所以我们……”他对着中年人一笑。

中年人，局长的表弟同潘先生三个已经领会局长这一笑的意味；大家想坐在这地方总不至于有什么，也各安慰地一笑。

小院子里长满了草，是蚊虫同各种小虫的安适的国土。厢房里灯光亮着，虫子齐飞了进来。四位怀着惊恐的先生就够受用了；扑头扑面的全是那些小东西，蚊虫突然一针，痛得直跳起来又时时停语侧耳，惶惶地听外边有没有枪声或人众的喧哗。睡眠当然是无望了，只实做了局长所说的轮流躺着歇歇。

下一天清晨，潘先生的眼球上添了几缕红丝；风吹过来，觉得身上很凉。他急欲知道外面的情形，独个儿闪出红房子的大门。路上同平时的早晨一样，街犬竖起了尾巴高兴地这头那头望，偶尔走过一两个睡眼惺忪的人。他走过去，转入又一条街，也听不见什么特别的风声。回想昨夜的匆忙情形，不禁心里好笑。但是再一转念，又觉得实在并无可笑，小心一点总比冒险好。

四

二十余天之后，战事停止了。大众点头自慰道，“这就好了！只要不打仗，什么都平安了！”但是潘先生还不大满意，铁路还没通，不能就把避居上海的妻儿接回来。信是来过两封了，但简略得很，比不看更教他想念。他又恨自己到底没有先见之明；不然，这一笔冤枉的逃难费可以省下，又免得几十天的孤单。

他知道教育局里一定要提到开学的事情了，便前去打听。跨进招待室，看见局里的几个职员在那里裁纸磨墨，像是办喜事的样子。

一个职员喊道，“巧得很，潘先生来了！你写得一手好颜字，这个差使就请你当了吧。”

“这么大的字，非得潘先生写不可，”其余几个人附和着。

“写什么东西？我完全茫然。”

“我们这里正筹备欢迎杜统帅凯旋的事务。车站的两头要搭起四个彩牌坊，让杜统帅的花车在中间通过。现在要写的就是牌坊上的几个字。”

“我哪里配写这上边的字？”

“当仁不让，”“一致推举，”几个人一哄地说；笔杆便送到潘先生手里。

潘先生觉得这当儿很有点意味，接了笔便在墨盆里蘸墨汁。凝想一下，提起笔来在蜡笺上一并排写“功高岳牧”四个大字。第二张写的是“威镇东南”。又写第三张，是“德隆恩溥”。

——他写到“溥”字，仿佛看见许多影片，拉夫，开炮，焚烧房屋，奸淫妇人，菜色的男女，腐烂的死尸，在眼前一闪。

旁边看写字的一个人赞叹说，“这一句更见恳切。字也越来越好了。”“看他对上一句什么，”又一个说。

1924年11月27日

【赏析】

《潘先生在难中》历来被称为最能代表叶圣陶短篇小说创作成就的作品，这篇作品最初发表于1925年1月《小说月报》第16卷第1号。

作品以1924年秋天直系军阀齐燮元和皖系军阀卢永祥为争夺上海而发生的江浙战乱为背景，描写了小学校长潘先生在战乱中举家逃难的种种可笑而又可鄙的行径。当战争逼近让里时，潘先生率领全家到上海租界避难，而让王妈看家。到上海的第二天读到报纸上让里教育局长主张照常开学的消息，又抛妻离子匆忙只身返回让里。正当他在校“忠于职守”之际，战争情况又趋于紧张，于是赶紧躲进洋人的红房子。但战争最终并未危及让里，只不过受了一场虚惊。战争结束之后，潘先生一方面怨恨自己无先见之明，既花了一笔冤枉的逃难费，又受了几十天的孤单；另一方面又应邀欣然为军阀歌功颂德。作品塑造了一个自私自利、怯懦虚伪、苟且自得的小市民习气十分严重的知识分子形象。作品结构布局严谨，采用能体现人物性格又能揭示人物内心活动和精神状态的情节、细节和语言；表现手法上使用了强烈的对比和心理描写等。茅盾在《中国新文学大系小说一集·导言》中指出："冷静地谛视人生，客观地、写实地描写着灰色的卑琐人生的，是叶绍钧。"《潘先生在难中》充分地体现出了这个特点。

【作品二】

春之声

王蒙

咣地一声，黑夜就到来了。一个昏黄的、方方的大月亮出现在对面墙上。岳之峰的心紧缩了一下，又舒张开了。车身在轻轻地颤抖。人们在轻轻地摇摆。多么甜蜜的童年的摇篮啊！夏天的时候，把衣服放在大柳树下，脱光了屁股的小伙伴们一跃跳进故乡的清凉的小河里，一个猛子扎出十几米，谁知道谁在哪里露出头来呢？谁知道被他慌乱中吞下的一口水里，包含着多少条蛤蟆蝌蚪呢？闭上眼睛，熟睡在闪耀着阳光和树影的涟漪之上，不也是这样轻轻地、轻轻地摇晃着的吗？失去了的和没有失去的童年和故乡，责备我么？欢迎我么？母亲的坟墓和正在走向坟墓的父亲！

方方的月亮在移动，消失，又重新诞生。唯一的小方窗里透进了光束，是落日的余辉还是站台的灯？为什么连另外三个方窗也遮严了呢？黑咕隆冬，好像紧接着下午便是深夜。门咣地一关，就和外界隔开了。那愈来愈响的声音是下起了冰雹吗？是铁锤砸在铁砧上？在黄土高原的乡下，到处还靠人打铁，我们祖国的胳膊有多么发达的肌肉！呵，当然，那只是车轮撞击铁轨的噪音，来自这一节铁轨与那一节铁轨之间的缝隙。目前不是正在流行一支轻柔的歌曲吗，叫作什么来着——《泉水叮咚响》。如果火车也叮咚叮咚地响起来呢？广州人可真会生活，不象这西北高原上，人的脸上和房屋的窗玻璃上到处都蒙着一层厚厚的黄土。广州人的凉棚下面，垂挂着许许多多三角形的瓷板，它们伴随着清风，发出叮叮咚咚的清音，愉悦着心灵。美国的抽象派音乐却叫人发狂。真不知道基辛格听我们的杨子荣咏叹调时有什么样的感受。京剧锣鼓里有噪音，所有的噪音都是令人不快的吗？反正火车开动以后的铁轮声给人以鼓舞和希望。下一站，或者下一站的下一站，或者许多许多的下一站以后的下一站，你所寻找的生活就在那里，母亲或者孩子，友人或者妻子，温热的澡盆或者丰盛的饮食正在那里等待着你。都是回家过年的。过春节，我们的古老的民族的最美好的节日，谢天谢地，现在全国人民都可以快快乐乐地过年了。再不会用“革命化”的名义取消春节了。

还真有趣。在出国考察三个月回来之后，在北京的高级宾馆里住了一阵——总结啦，汇报啦，接见啦，报告啦……之后，岳之峰接到了八十多岁的刚刚摘掉地主帽子的父亲的信。他决定回一趟阔别二十多年的家乡。这是不是个错误呢？他怎么也没想到要坐两个小时零四十七分钟的闷罐子车呀。三个小时以前，他还坐在从北京开往X城的三叉戟客机的宽敞、舒适的座位上。两个月以前，他还坐在驶向汉堡的易北河客轮上。现在呢，他和那些风尘仆仆的，在黑暗中看不清面容的旅客们挤在一起，就象沙丁鱼挤在罐头盒子里。甚至于他辨别不出火车到底是在向哪个方向行走。眼前只有那月亮似的光斑在飞速移动，火车的行驶究竟是和光斑方向相同抑或相反呢？他这个工程物理学家竟为这个连小学生都答得上来的、根本算不上是几何光学的问题伤了半天脑筋。

他已经有二十多年没有回过家乡了。谁让他错投了胎？地主，地主！一九五六年他回过一次家，一次就够用了——回家呆了四天，却检讨了二十二年！而伟人的一句话，也够人们学习贯彻一百年。使他惶惑的是，难道人生一世就是为了作检讨？难道他生在中华，就是为了作一辈子的检讨的么？好在这一切都过去了。斯图加特的奔驰汽车工厂的装配线在不停地转动，车间洁净敞亮，没有多少噪音。西门子公司规模巨大，具有一百三十年的历史。我们才刚刚起步。赶上，赶上！不管有多么艰难。咩，咩，咩，快点开，快点开，快开，快开，快，快，快，车轮的声音从低沉的三拍一小节变成两拍一小节，最后变成高亢的呼号了。闷罐子车也罢，正在快开。何况天上还有三叉戟。

尘土和纸烟的雾气中出现了旱烟叶发出的辣味，象是在给气管和肺作针灸。梅花针大概扎在肺叶上了。汗味就柔和得多了。方言的浓度在旱烟与汗味之间，既刺激，又亲切。还有南瓜的香味哩！谁在吃南瓜？X城火车站前的广场上，没有见卖熟南瓜的呀。别的小吃和土特产倒是都有。花生、核桃、葵花籽、柿饼、醉枣、绿豆糕、山药、蕨麻……全有卖的。就象变戏法，举起一块红布，向左指上两指，这些东西就全没了，连火柴、电池、肥皂都跟着短缺。现在呢，一下子又都变了出来，也许伸手再抓两抓，还能抓出更多的财富。柿饼和枣朴质无华，却叫人甜到心里。岳之峰咬了一口上火车前买的柿饼，细细地咀嚼着儿时的甜香。辣味总是一下子就能尝到，甜味却埋得很深很深。要有耐心，要有善意，要有经验，要知觉灵敏。透过辛辣的烟草和热烘烘的汗味儿，岳之峰闻到了乡亲们携带的绿豆香。绿豆苗是可爱的，灰兔子也是可爱的，但是灰色的野兔常常要毁坏绿豆。为了追赶野兔，他和小柱子一口气跑了三里地，跑得连树木带田垄都摇来摆去。在中秋的月夜，他亲眼见过一只银灰色的狐狸，走路悄无声息，象仙人，象梦。

车声小了，车声息了。人声大了，人声沸了。咣哧，铁门打开了，女列车员——一个高个子，大骨架的姑娘正洒利地用家乡方言指挥下车和上车的乘客。“没有地方了，没有地方了，到别的车厢去吧。”已经在车上获得了自己的位置的人发出了这种无效的，也是自私的呼吁。上车的乘客正在拥上来，熙熙攘攘。到哪里都是熙熙攘攘。与我们的王府井相比，汉堡的街道上可以说是看不见人，而且市区的人口还在减少。岳之峰从飞机场来到X城火车站的时候吓了一跳——黑压压的人头，压迫得白雪不白，冬青也不绿了。难道是出了什么事情？一九四六年学生运动，人们集合在车站广场，准备拦车去南京请愿，也没有这么多人！岳之峰上大学的时候在北平，有一次他去逛故宫博物院，刚刚下午四点就看不见人影了，阴森森的大殿使他的后脊背冒凉气。他小跑着离开了故宫，上了拥挤的有轨电车才放心了一点。如果跑慢了，说不定珍妃会从井里钻出来把他拉下去哩！

但是现在，故宫南门和北门前买入场券的人排着长队，而且不是星期天。X城火车站前的人群令人晕眩，好象全中国有一半人要在春节前夕坐火车。到处都是团聚，相会，团圆饺子，团圆元宵，对于旧谊，对于别情，对于天伦之乐，对于故乡和童年的追寻。卖刚出屉的肉馅包子的，盖包子的白色棉褥子上尽是油污，卖烧饼、锅盔、油条、大饼的，卖整盒整盒的点心的，卖面包和饼干的，X车站和X城饮食服务公司倾全力到车站前露天售货。为了买两个烧饼也要挤出一身汗，岳之峰出了多少汗啊！他混饱了肚子，又买到了去家乡的短途客车的票。找给钱的时候使他一怔，写的是一块二，怎么只收了六角呢？莫非是自己没有报清站名？他想再问一问，但是排在他后面的人已经占据了售票窗口前的有利阵地，他挤不回去了。

他怏怏地看着手中的火车票。火车票上黑体铅字印的是1.20元，但是又用双虚线勾上了两个占满票面的大字：陆角。这使他百思不得其解，简直象是一种生物学上的密码。“这是怎么回事？为什么我买一块二角的票她却给了我六角钱的？”他自言自语。他问别人，没有人回答他。等待上车的人大多是一些忙碌得可以原谅的利己主义者。

各种信息在他的头脑里撞击。黑压压的人群。遮盖热气腾腾的肉包子的油污的棉被。候车室里张贴着的大字通告：关于春节期间增添新车次的情况和临时增添的新车次的时刻表。男女厕所门前排着等待小便的人的长队。陆角的双钩虚线。大包袱和小包袱，大篮筐和小篮筐，大提兜和小提兜……他得出了这最后一段行程会是艰难的结论。他有了思想准备。终于他从旅客们的闲谈中听到了“闷罐子车”这个词儿，他恍然了。人脑毕竟比电脑聪明得多。

上到列车上的时候，他有点垂头丧气。在二十世纪八十年代的第一个春节即将来临之时，正在梦寐以求地渴望实现四个现代化的人们，却还要坐瓦特和史蒂文森时代的闷罐子车！事实如此。事实就象宇宙，就象地球，华山和黄河，水和土，氢和氧，钛和铀。既不象想象那样温柔，也不象想象那么冷酷。不是么，闷罐子车里坐满了人，而且还在一个两个，十个二十个地往人与人的缝隙，分子与分子，原子与原子的空隙之中嵌进。奇迹般地难以思议，已经坐满了人的车厢里又增加了那么多人。没有人叫苦。

有人叫苦了："这个箱子不能压。"一个包着头巾的抱着孩子的妇女试探着能不能坐到一只箱子上。"您到这边来，您到这边来。"岳之峰连忙站起身，把自己的靠边的位置让了出来。坐在靠边的地方，身子就能倚在车壁上，这就是最优越的"雅座"了。那女人有点不好意思，但终于抱着小孩子挪动了过来。她要费好大的力气才能不踩着别人。"谢谢您！"妇女用流利的北京话说。她抬起头。岳之峰好象看到一幅炭笔素描，题目应该叫《微笑》。

叮铃叮铃的铃声响了，铁门又咣地一声关上了，是更深沉的黑夜。车外的暮色也正在浓重起来。大骨架的女列车员点起了一支白蜡，把蜡烛放到了一个方形的玻璃罩子里。为什么不点油灯呢？大概是怕煤油摇洒出来。偌大车厢，就靠这一盏蜡烛照亮。些微的亮光，照得乘客变成了一个又一个的影子。车身又摇晃了，对面车壁上的方形的光斑又在迅速移动了。离家乡又近一些了。摘了帽子，又见到了儿子，父亲该可以瞑目了吧？不论是他的罪恶或者忏悔，不论是他的眼泪还是感激，也不论是他的狰狞丑恶还是老实善良，这一切都快要随着他的消失而云消雾散了。老一辈人正在一个又一个地走向河的那边。咚咚咚，噔噔噔，嘭嘭嘭，是在过桥了吗？联结着过去和未来，中国和外国，城市和乡村，此岸和彼岸的桥啊！

靠得很近的蜡灯把黑白分明的光辉和阴影印制在女列车员的脸上。女列车员象是一尊全身的神像。"旅客同志们，春节期间，客运拥挤，我们的票车去支援长途……提高警惕……"她说得挺带劲，每吐出一个字就象拧紧了一个螺母。她有一种信心十足、指挥若定的气概，以小小的年纪，靠一支蜡烛的光亮，领导着一车的乌合之众。但是她的声音也淹没在轰轰轰，嗡嗡嗡，隆隆隆，不仅是七嘴八舌，而且是七十嘴八十舌的喧嚣里了。

自由市场、百货公司、香港电子石英表、豫剧片《卷席筒》、羊肉泡馍、醪糟蛋花、三接头皮鞋、三片瓦帽子、包产到组、收购大葱、中医治癌、差额选举、结婚筵席……在这些温暖的闲言碎语之中，岳之峰轮流把体重从左腿转移到右腿，再从右腿转移到左腿。幸好人有两条腿，要不然，无依无靠地站立在人和物的密集之中，可真不好受。立锥之地，岳之峰现在对于这句成语才有了形象的理解。莫非古代也有这种拥挤的、没有座位和灯光的旅行车辆吗？但他给一个女同志让了“座位”。不，没有座，只有位。想不到她讲一口北京话。这使岳之峰兴致似乎高了一些。“谢谢”“对不起”，在国外到处是这种礼貌的用语。虽然有一个装着坚硬的铁器的麻袋正在挤压他右腿的小腿肚子，而另一个席地而坐的人的脊背干脆靠到了他的酸麻难忍的左腿上。

简直是神奇。不仅在慕尼黑的剧院里观看演出的时候，而且在北京，在研究所、部里和宾馆里，在二十三平方米的住房和一零三和三三二路公共汽车上，他也想不到人们还要坐闷罐子车。这不是运货和运牲畜的车吗？倒霉！可又有什么倒霉的呢？咒骂是最容易不过的。咒骂闷罐子车比起制造新的美丽舒适的客运列车来，既省力又出风头。无所事事而又怨气冲天的人的口水，正在淹没着忍辱负重、埋头苦干的人的劳动。人们时而用高调，时而又用低调冲击着、替代着那些一件又一件，一天又一天，一年又一年地坚韧不拔的工作。

“给这种车坐，可真缺德！”

“你凑合着吧。过去，还没有铁路哩！”

“运兵都是用闷罐子车，要不，就暴露了。”

“要赶上拉肚子的就麻烦了，这种车上没有厕所。”

“并没有一个人拉到裤子里么。”

“有什么办法呢？每逢春节，有一亿多人要坐火车……”

黑暗中听到了这样一些交谈，岳之峰的心平静下来了。是的，这里曾经没有铁路，没有公路，连自行车走的路也没有。阔人骑毛驴，穷人靠两只脚。农民挑着一千五百个鸡蛋，从早晨天不亮出发，越过无数的丘陵和河谷，黄昏时候才能赶到X城。我亲爱的美丽而又贫瘠的土地！你也该富饶起来了吧？过往的记忆，已经像烟一样，雾一样地淡薄了，但总不会被彻底地忘却吧？历史，历史；现实，现实；理想，理想；哞——哞——咣气咣气……喀郎喀郎……沿着莱茵河的高速公路。山坡上的葡萄。暗绿色的河流。飞速旋转。

这不就是法兰克福的孩子们吗？男孩子和女孩子，黄眼睛和蓝眼睛，追逐着的，奔跑着的，跳跃着的，欢呼着的；喂食小鸟的，捧着鲜花的，吹响铜号的，扬起旗帜的。那欢乐的生命的声音，那友爱的动人的呐喊。那红的、粉的和白的玫瑰，那紫罗兰和蓝蓝的毋忘我。

不。那不是法兰克福，那是西北高原的故乡。一株巨大的白丁香把花开在了屋顶的灰色的瓦瓴上。如雪，如玉，如飞溅的浪花。摘下一条碧绿的柳叶，卷成一个小筒，仰望着蓝天白云，吹一声尖厉的哨子，惊得两个小小的黄鹂飞起。挎上小篮，跟着大姐姐，去采撷灰灰菜。去掷石块，去追逐野兔，去捡鹌鹑的斑烂的彩蛋。连每一条小狗，每一只小猫，每一头牛犊和驴驹都在嬉戏。连每一根小草都在跳舞。

不，那不是西北高原，那是解放前的北平。华北局城工部（它的部长是刘仁同志）所属的学委组织了平津学生大联欢、营火晚会。“太阳下山明朝依旧爬上来……我的青春小鸟一样不回来。”“山上的荒地是什么人来开？地上的鲜花是什么人来栽？”一支又一支的歌曲激荡着年轻人的心。最后，大家发出了使国民党特务胆寒的强音：“团结就是力量……让一切不民主的制度死亡！”信念和幸福永远不能分离。

不，那不是逝去了的，遥远的北平。那是解放了的，飘扬着五星红旗的首都。那是他青年时代的初恋，是第一次吹动他心扉的和煦的风。春节刚过，忽然，他觉察到了，风已经不那么冰冷，不那么严厉了。二月的风就带来了和暖的希望，带来了早春的消息。他跑到北海，冰还没有化哩。还没有什么游人哩。他摘下帽子，他解开上衣领下的第一个扣子。还是冬天吗？当然，还是冬天。然而是已经联结着春天的冬天，是冬与春的桥。有风为证，风已经不冷！风会愈来愈和煦，如醉，如酥……他欢迎着承受着别人仍然觉得凛冽，但是他已经为之雀跃的“春”风，小声叫着他悄悄地爱着的女孩子的名字。

那，那……那究竟是什么呢？是金鱼和田螺吗？是荸荠和草莓吗？是孵蛋的芦花鸡吗？是山泉，榆钱，返了青的麦苗和成双的燕子吗？他定了定神。那是春天，是生命，是青年时代。在我们的生活里，在我们每个人的心房里，在猎户星座和仙后星座里，在每一颗原子核，每一个质子、中子、介子里，不都包含着春天的力量，春天的声音吗？

他定了定神，揉了揉眼睛。分明是法兰克福的儿童在歌唱，当然，是德语。在欢快的童声合唱旁边，有一个顽强的、低哑的女声伴随着。

他再定了定神，再揉了揉眼睛，分明是在从X城到N地的闷罐子车上。在昏暗和喧嚣当中，他听到了德语的童声合唱，和低哑的，不熟练的，相当吃力的女声伴唱。

什么？一台录音机。在这个地方听起了录音。一支歌以后又是一支歌，然后是一个成人的歌。三支歌放完了。是叭啦叭啦的撤动键钮的声音，然后三支歌重新开始。顽强的，低哑的，不熟练的女声也重新开始。这声音盖过了一切喧嚣。

火车悠长的鸣笛。对面车壁上的移动着的方形光斑减慢了速度，加大了亮度。在昏暗中变成了一个个的影子的乘客们逐渐显出了立体化的形状和轮廓。车身一个大晃，又一个大晃，大概是通过了岔道。又到站了。咣——哧，铁门打开了，站台的聚光灯的强光照进了车厢。岳之峰看清楚了，录音机就放在那个抱小孩的妇女的膝头。开始下人和上人。录音机接受了女主人的指令，“叭”地一声，不唱了。

“这是……什么牌子的？”岳之峰问。

“三洋牌。这里人们开玩笑地叫它作‘小山羊’”。妇女抬起头来，大大方方地回答。岳之峰仿佛看到了她的经历过风霜的，却仍然是年轻而又清秀的脸。

“从北京买的么？”岳之峰又问，不知为什么这么有兴趣。本来，他并不是一个饶舌的人。

"不，就从这里。"

这里？不知是指X城还是火车正在驶向的某一个更小的县镇。他盯着"三洋"商标。"你在学外国歌吗？"岳之峰又问。

妇女不好意思地笑了，"不，我在学外国语。"她的笑容既谦逊，又高贵。

"德语吗？"

"噢，是的。我还没学好。"

"这都是些什么歌儿呀？"一个坐在岳之峰脚下的青年问。岳之峰的连续提问吸引了更多的人。

"它们是……《小鸟，你回来了》，《五月的轮转舞》和《第一株烟草花》，"女同志说，"欣梅尔——天空，福格尔——鸟儿，布鲁米——花朵……"她低声自语。

他们的话没有再继续下去。车厢里充满了的照旧是"别挤！""这个箱子不能坐！""别踩着孩子！""这边没有地方了！"……之类的喊叫。

"大家注意啦！"一个穿着民警服装的人上了车，手里拿着半导体扬声喇叭，一边喘着气一边宣布道："刚才，前一节车厢里上去了两个坏蛋，混水摸鱼，流氓扒窃。有少数坏痞，专门到闷罐子车上偷东西。那两个坏蛋我们已经抓住了。希望各位旅客提高警惕，密切配合，向刑事犯罪分子作坚决的斗争。大家听清楚了没有？"

"听清楚了！"车上的乘客象小学生一样地齐声回答。

乘务警察满意地，匆匆地跳了下去，手提扩音喇叭，大概又到别的车厢作宣传去了。

岳之峰不由得也摸了摸自己携带的两个旅行包，摸了摸上衣的四个和裤子的三个口袋。一切都健在无恙。

车开了。经过了短暂的混乱之后，人们又已经各得其所，各就其位。各人说着各人的闲话，各人打着各人的瞌睡，各人嗑着各的瓜子，各人抽着各人的烟。"小山羊"又响起来了，仍然是《小鸟，你回来了》

《五月的轮转舞》和《第一株烟草花》。她仍然在学着德语，仍然低声地歌唱着欣梅尔——天空，福格尔——鸟儿，和布鲁米——花朵。

她是谁？她年轻吗？抱着的是她的孩子吗？她在哪里工作？她是搞科学技术的吗？是夜大学的新学员吗？是“老三届”的毕业生吗？她为什么学德语学得这样起劲？她在追赶那失去了的时间吗？她作到了一分钟也不耽搁了吗？她有机会见到德国朋友或者到德国去或者已经到德国去过了吗？她是北京人还是本地人呢？她常常坐火车吗？有许多个问题想问啊。

“您听音乐吧。”她说。好象是在对他说。是的；三支歌曲以后，她没有揿键钮。在《第一株烟草花》后面，是约翰·斯特劳斯的《春之声圆舞曲》，闷罐子车正随着这春天的旋律而轻轻地摇摆着，熏熏地陶醉着，袅袅地前行着。

车到了岳之峰的家乡。小站，停车一分钟。响过了到站的铃，又立刻响起了发车的铃。岳之峰提着两个旅行包下了车。小站没有站台，闷罐子车又没有阶梯。每节车厢放着一个普通木梯，临时支上。岳之峰从这个简陋的木梯上终于下得地来，他长出了一口气。他向那位女同志道了再见。那位女同志也回答了他的再见。他有点依依不舍。他刚下车，还没等着验票出站，列车就开动了。他看到闷罐子车的破烂寒伧的外表：有的地方已经掉了漆，灯光下显得白一块、花一块的。但是，下车以后他才注意到，火车头是蛮好的，火车头是崭新的、清洁的、轻便的内燃机车。内燃机车绿而显蓝，瓦特时代毕竟没有内燃机车。内燃机车拖着一长列闷罐子车向前奔驶。天上升起了月亮。车站四周是薄薄的一层白雪。天与雪都泛着连成一片的青光。可以看到远处墓地上的黑黑的、永远长不大的松树。有一点风。他走在了坑坑洼洼的故乡土地上。他转过头，想再多看一眼那一节装有小鸟、五月、烟草花和约翰·斯特劳斯的神妙的春之声的临时代用的闷罐子车。他好象从来还没有听过这么动人的歌。他觉得如今每个角落的生活都在出现转机，都是有趣的，有希望的和永远不应该忘怀的。春天的旋律，生活的密码，这是非常珍贵的。

【赏析】

王蒙在小说、散文、诗歌、报告文学、文学理论研究、《红楼梦》研究、李商隐研究等方面的实绩享誉海内外。他的代表性文学作品有长篇小说《青春万岁》《活动变人形》《季节四部曲》等，中篇小说《蝴蝶》《布礼》《杂色》《相见时难》等100余部，短篇小说《春之声》《海的梦》《风筝飘带》《坚硬的稀粥》《来劲》等近100部，诗集《旋转的秋千》《琴弦与手指》等，散文集《王蒙散文》《四月泥泞》《宽容的哲学》等。

《春之声》热忱地表现和歌颂了党的十一届三中全会以后中国大地出现的新的希望和转机，揭示出一个富有重大历史意义的主题。作品通过主人公岳之峰在闷罐子车里由自己见闻引起的丰富联想，让人们聆听到一个新的时代正大步迈来的铿锵之声。从困难中露出希望，冷峻中透出暖色，使人对未来充满信心和希望。

在艺术表现上，《春之声》或许更值得我们重视。它是新时期文学中率先运用“意识流”手法写成的小说。它突破了传统的人物、情节、环境的描写方式，而把反映现实生活的焦点集聚在人物心理现象的直接袒露上。以有限的篇幅充分展示主人公在特定的环境中涌现出的复杂、丰富的内心活动和意识的自然流动，通过对人物内心图景的细致描绘，勾勒出主人公的生活经历、命运遭际和思想性格，同时也表示出社会生活丰富而又纷杂的面影。小说采用“放射性结构”，有力地突破了时空的限制，纵笔所向，对今昔中外、乡风城貌的畅想了无拘束，以极精练的笔墨表现出十分丰富的思想内涵。此外，意味深远的象征，寓情于景、情景交融的描述，也是其艺术上的显著特色。

第七章　戏剧鉴赏

第一节　戏剧理论概述

一、戏剧是什么?

在浩如烟海的艺术宝库中，戏剧毫无疑问占有十分重要的地位，千百年来，多少人在剧场中扼腕叹息，如痴如醉；更有甚者，跑到舞台上去殴打表演坏人的演员——只是因为这个演员扮演的坏人正是自己心目中最仇恨的恶人。这种事件，中外演剧史上均不乏其例。

戏剧既然有这么大的魅力，那么它的定义是什么呢？古希腊的大学问家亚里士多德在谈到戏剧时说，悲剧是对严肃、完整、有一定长度的行动的模仿。通常的说法，戏剧是由演员在舞台上，以模拟性动作，以动人的情感，当着观众展示人生中的矛盾和冲突的过程。从而表现出戏剧人物的内心波澜，展现其性格特征，充分体现整个剧目的人文内涵。《辞海》中有关“戏剧”的条目是这样写的：戏剧是由演员扮演角色，在舞台上当众表演故事情节的一种艺术。

戏剧与叙事文学有所不同，戏剧是直观性与过程性相结合的一种艺术样式，叙事文学则不具备直观性。小说家笔下的人物，是一定要通过语言来交代其外貌特征的；而戏剧则用不着，角色往台上一站，外貌、形体、服饰甚至气质立即呈现在观赏者面前。中国传统戏曲由人物的脸谱就可直接分辨出忠、奸、善、恶来。戏剧也省略了背景和环境的交代，舞台上的布景、灯光可以很直接地把这些展示出来。叙事文学的载体是文字，而戏剧的载体是舞台，是演员把人物的行动按照实际发生时的样子，具体、生动、直接地演示出来，并且多方面地展示角色的行动和情感状态。

由于戏剧艺术受时空的限制，因而在人物形象的塑造方面就具有与小说中人物形象塑造不同的特点：

在戏剧作品中，人物必须突出地表现性格的主要方面。戏剧作品不可能像中长篇小说那样对人物做面面俱到、精雕细琢的刻画和描绘。因此戏剧中的人物要求形象鲜明，能一下子给观众具体、深刻的印象，如俄狄浦斯王的坚毅、倔强及在不可抗拒的命运面前所迸发出来的强烈情感；繁漪的像火一样可以烧毁一切的热情，爱得深、恨得也狠；阿庆嫂在对敌斗争中表现出来的沉着、机敏等等，这些人物形象的塑造都极鲜明地突出了他们性格的主要方面。但并不是说戏剧人物性格简单，而是说许多性格的展示并不需要通过文字，只需看演员的表演就可以体会出来。

戏剧中的人物感情色彩更为强烈。戏剧要在很短的时间内给予观众感情上的冲击和影响，那就首先要求人物有鲜明的态度和强烈的感情。如在歌剧《白毛女》中，喜儿在父亲被迫害致死、自己又惨遭蹂躏时爆发出强烈的仇恨；在京剧《白蛇传》中，白娘子为了捍卫自己的爱情，不顾身怀六甲也要与强大的敌对势力作殊死抗争。一出戏剧只有具备强烈的感情色彩，才能抓住观众的注意力，才能激发观众的感情，产生使人哭、使人笑、使人悲伤、使人欢乐的巨大感染力。

戏剧常常被称作“综合艺术”，这无疑是正确的。但是两种以上艺术成分的综合，构成一种新的艺术形式，并不仅指戏剧一种。电影、电视均具有比戏剧更多的综合成分。那么戏剧存在的基本条件是什么呢？它和其他艺术形式有什么最根本的区别呢？

也许有人会说，剧本即一剧之本，它是戏剧的基本条件。作为综合艺术来说，剧本是重要的，但在探讨戏剧艺术的特质时，应该肯定的是，没有表演艺术就没有戏剧。每种艺术成分只有与表演艺术相联系，才能成为戏剧艺术中有机的组成部分。剧本虽然很重要，但唐、宋的参军戏就没有剧本；近代的文明戏很多只有一张幕表贴在墙上，也没有本子；外国有意大利的即兴喜剧，都必须承认他们是戏剧。至于布景，中国的旧戏曲没有布景，古代希腊的戏剧同样没有布景，现代戏中也有一些不用布景的。在戏曲中自然是离不开音乐的，话剧中就不一定非有不可，有的作者和导演就不主张用音乐，而是充分发挥演员精湛的演技。可见在戏剧这个综合艺术中，并非各种艺术成分都得齐备，也可以有这一种没有那一种，那么，究竟什么才是戏剧区别于其他综合艺术的特质呢？

为了研究戏剧的本质，波兰的一位著名的导演格洛托夫斯基做了一个“贫困戏剧”（又叫作“穷干戏剧”）的试验。这是一个剥茧抽丝式的试验：戏剧需要导演吗？那就把导演去掉；戏剧需要音乐吗？那就把音乐去掉；戏剧需要舞台美术吗？那就把舞台美术去掉；戏剧需要服装吗？那就把服装去掉；戏剧需要化妆吗？那就把化妆去掉。经过他的这个试验，最后戏剧只剩下演员和观众这两者的活生生的交流不可以去掉。这就是说，戏剧的本质特征是演员和观众的活生生的交流。而在某种特殊情况下，剧本可以没有，演员照样可以进行即兴表演；舞台也不一定是正式的，演员进行艺术活动的地方往往就成了舞台，因此，有人演，有人看，这是戏剧存在的两大基本条件。电影、电视虽然同属于综合艺术，但是它们被人们称之为“罐头艺术”，其最大的遗憾就是缺少与观众的活生生的交流。电影、电视中演员表演的好坏，与观众反应的热烈程度之间没有什么影响。

我们研究戏剧的本质，并不是说戏剧就不需要其他艺术的帮衬了。戏剧是通过演员表演故事来反映社会生活中的各种冲突的艺术，是以表演艺术为中心的文学、音乐、舞蹈、舞台美术等艺术的综合。按表演形式可分为话剧、戏曲、歌剧、舞剧等。在西方，戏剧一般指话剧；在我国，戏剧是戏曲、话剧、歌剧等样式的总称。

戏剧文学一般指剧本，过去也称脚本，是戏剧演出时所依据的本子。剧本是戏剧中的文学成分，是戏剧表演的基础。但是，一代有一代之戏剧，明代的戏曲理论家王骥德曾明确指出戏曲声腔三十年一变，所以有一些古代戏剧（戏曲），如《牡丹亭》《长生殿》等鸿篇巨制，现在除了少数几折可以继续演出之外，绝大多数只是因为它绝美的文字作为文学作品而流传着，英国大剧作家莎士比亚的有些剧目现在也无法在舞台上演出，而只能成为人们阅读鉴赏的对象。

二、中国戏剧

中国的戏曲艺术具有悠久的历史和深厚的传统。中国戏曲的起源很早，在原始时代的歌舞中就已经萌芽了；但它发育成长的过程却很缓慢，经过汉、唐直到宋、金才算形成。中国戏曲的渊源可以追溯到秦、汉时期的乐舞、俳优、百戏。唐代更有了较大的发展，出现了歌舞戏和参军戏，“戏”和“曲”进一步融会，表演形式也更为多样。宋、金时期，戏曲艺术真正趋于成熟，宋杂剧和金院本都能演出完整的故事，剧中角色也逐渐增多，初步形成了我国戏曲表演分行当的体系。

我国成熟戏剧大约出现在12世纪，我国戏剧名家辈出的时代是13世纪，即元杂剧鼎盛的时代。这一时期，关（汉卿）、马（致远）、郑（光祖）、白（朴）、王（实甫）几乎同时出现，涌现出《窦娥冤》《梧桐雨》《西厢记》等一大批经典名著。在南方的传奇也产生了《荆》（《荆钗记》）《刘》（《刘知远白兔记》）、《拜》（《拜月亭》）、《杀》（《杀狗记》）以及《琵琶记》等一批名剧。和希腊、印度不同的是，在这个高潮之后，中国还不断地出现新的戏曲繁荣时代，例如明朝嘉靖到清代初年昆曲的作家、谱曲家、名演员接连不断地出现，而且人数众多，其中特别突出的就有汤显祖、洪昇、孔尚任等，涌现出《牡丹亭》《桃花扇》《长生殿》等一系列优秀剧作。此后，近代地方戏兴起，一直到今天，戏曲的繁荣兴旺可谓有增无减，而且名家辈出，梅兰芳就是现代蜚声世界的著名演员。

戏曲是中国传统的戏剧形式的总称。据不完全统计，我国各地有三百多个剧种，其中包括全国性的剧种如京剧，也包括地方戏如川剧、秦腔、河北梆子、豫剧、越剧、黄梅戏、湖南花鼓戏等。

中国戏曲艺术，作为戏剧艺术的一个组成部分，既具有戏剧的共同特征，又因其独特的表现手段和独有的审美特征，从而有别于其他戏剧形式。尤其是戏曲艺术深深植根于中华民族传统文化，具有鲜明的民族特色，将表现审美意境作为最高的艺术追求，属于一种表现性与体验性相结合的综合艺术。中国戏曲艺术以其特有的艺术风格在世界戏剧艺术中独树一帜，中华民族传统文化对其影响是极为深刻的。仅列举中国戏曲在形式美上“以一求多”与西方戏剧“以多见一”之间的比较和区别，便可看出其中端倪。由于受到中国传统文化中，“道生一，一生二，二生三，三生万物”的巨大影响，中国戏曲艺术形式美的基本特征是以“一”为起点，如戏曲的角色行当上是“一行多用”（生、旦、净、丑），表演动作上是“一式多用”（唱、念、做、打），戏曲声腔与音乐上是“一曲多用”（基本曲牌），舞台布景上是“一景多用（如一桌两椅）”，服饰脸谱上是“一服多用”，等等。此外，在表演艺术上，还有“一人千面（一套程式、万千性格）”“一曲百情”“一步千态”“一笑百媚”等，充分体现在传统文化影响下，中国戏曲“以一求多”的美学追求。

古典戏曲是我国传统文化的集中体现。作为农业社会的产物，中国戏曲深受儒家文化、民俗文化乃至宗教文化的影响；与此同时，又深刻地折射出中国传统艺术精神与美学追求；并以鲜明的艺术特色在世界戏剧舞台上独树一帜，具有浓郁的民族特色和独特的艺术魅力。

中国戏剧除了传统戏曲之外，还有话剧、歌剧及现代戏曲等。话剧、歌剧都是舶来品，是我们向外国学习借鉴而来的两种艺术形式。但是，无论是剧本创作还是在表演、导演方面都赋予了浓厚的中国特色，如话剧《雷雨》《日出》《原野》《茶馆》《龙须沟》，等等；歌剧《白毛女》《江姐》《洪湖赤卫队》，等等；现代戏曲如《白蛇传》，革命现代戏曲《沙家浜》《智取威虎山》《红灯记》，等等。自 2002 年以来，国家实施舞台艺术精品工程，又涌现出一批精彩的剧目。这些剧目不光受到中国观众的喜爱，而且在出国演出时也受到世界各国人民的青睐。

当今世界的戏剧就演剧而言，分为四大体系，即斯坦尼斯拉夫斯基（苏联）体系、布莱希特（德国）体系、梅兰芳（中国）体系、现代和后现代派体系。

戏剧鉴赏只是戏剧文学的一部分，我们在鉴赏的时候，应当比看小说、诗歌更多地调动自己的主观能动性，充分发挥自己的想象力、联想力。要像清代戏剧家李渔所说的“身代梨园”那样设身处地地想象人物在舞台上所处的情境和动作，才能更好地理解剧本、鉴赏剧本。

第二节　戏剧文学的特点

戏剧文学，是指供戏剧舞台演出用的文学剧本，由于受到舞台这一特定条件的限制，所以具有不同于其他文学样式的一些特点，主要表现在以下三个方面。

一、强烈的戏剧冲突

诗歌以情感染人，散文以蕴含的思想启迪人、鼓舞人、感召人、塑造人，小说以故事情节吸引人，戏剧则以其矛盾冲突震撼人。没有冲突就没有戏剧。戏剧冲突是社会生活中的矛盾的浓缩反映，主要表现在剧中人与人之间的矛盾冲突以及人物性格自身的内在冲突，但不是任何生活矛盾都能构成戏剧冲突。戏剧冲突不能只是生活矛盾的简单复制，而应该是剧作家对生活中矛盾进行选择、提炼、集中概括和艺术加工的结果，是最足以展示人物性格、人物关系，反映社会生活本质、高度典型化的矛盾冲突。

戏剧冲突的紧张性和集中性，往往是必然性中的偶然性因素造成的。俗话说：“无巧不成书。”戏剧家的创作经常运用偶然性来形成戏剧冲突的集中和紧张，加强戏剧气氛，使情节跌宕曲折，引人入胜。但是，戏剧中的偶然性因素一定要符合生活的真实性、人物的性格和事件发展的必然性，既要出人意料之外，又须入于情理之中。否则，不但不能使人相信，而且会失去它应有的教育意义。所谓“出人意料之外”，就是通过一些观众事先预料不到的偶然性的戏剧因素，使剧情的发展让人始料不及。所谓“入于情理之中”，就是无论戏剧冲突多么奇巧，但都是符合生活逻辑的，是合乎情理的。一出好的戏剧中偶然性的成功运用，往往可以省略许多枝节，推动剧情的发展，从情绪上紧紧地抓住观众，形成“山重水复疑无路，柳暗花明又一村”的艺术境界。

总之，戏剧冲突是戏剧文学的生命，是戏剧文学最本质的特点。阅读剧本时，认真地分析和研究戏剧冲突，对培养和提高构思能力具有极其重要的意义。

二、人物、事件和场景的高度集中化

戏剧文学的集中性，主要体现在人物及其相互间关系的集中、故事情节的集中、矛盾冲突的集中和人物活动场景的集中在四个方面。

首先是人物的集中，在戏剧中，人物过多不仅会分散笔力，影响主要人物的刻画，甚至还会造成舞台的拥挤，导致人物关系的混乱，扰乱观众的注意力。人物的集中，不仅要求人物数量少，关系清晰，而且人物的性格展示要快、要突出。

其次是矛盾冲突的集中，戏剧受演出时间的限制，不能像小说那样从容不迫地多方面地展开生活中的矛盾冲突。戏剧文学的矛盾必须集中、激烈，给人以高潮迭起的感觉。

再次是情节的集中，戏剧的情节要体现戏剧冲突，由开端、发展、高潮、结局几个基本部分构成。有的多幕剧在开端的前后有序幕，在结局的后面还有尾声。所谓情节的集中，就是一个故事一经开端，就要想方设法引导其发展，尽快进入高潮，继而得以解决。

最后是场景的集中，戏剧不像电影那样可以超越时空地给人物提供自由的活动空间，而必须把人物和事件集中到一个或几个场面中来。这就是场面的集中性。

三、用人物的语言塑造艺术形象

戏剧文学的人物语言是剧作家塑造艺术形象、揭示人物性格、表现矛盾冲突、反映生活内容的根本手段。因此，戏剧文学的人物语言就比其他文学形式显得更加重要，有着特殊的要求，起着多方面的作用。

(一) 通过充分个性化的语言，刻画人物性格，揭示人物关系

个性化的语言，即鲜明地表现出人物的阶级特征，又表现出人物特定的思想、感情、年龄、职业、经历、习惯、教养、兴趣和爱好等特点的语言。

(二) 通过富有动作性的语言，揭示人物的外部形态和内心活动

戏剧的情节是由人物的行动来显示的，人物的行动是由人物的动作来完成的。人物的动作分为外在的和内在的。所谓外在的动作是指人物外表的音容笑貌、神态举止；所谓内在的动作是指人物的内心活动、感情意向。这两种动作中，内在的动作是主要的。人物的内心活动、感情意向是人物的音容笑貌、神态举止的依据；外在动作有内心活动的依据，才是有生命的，而不是孤立的、外加的。在戏剧文学中，这两种动作都要通过人物的语言来表现，而不能用叙述人的语言来表现。因此，剧本应该根据人物的性格赋予他富有动作表现力的语言，要力求做到"话中有戏"。这关键在于通过人物的语言表现人物的矛盾冲突，有冲突才能有动作。每个人物只有处于一定的矛盾冲突之中，才能产生一系列的内心活动，才能由内心活动而导致一定的外部动作。谢铁骊说，所谓动作性语言就是"情节的行进"。意思是说，动作性语言是人物行动过程中的语言，是内心活动化成的语言，也是隐含着未来行动的语言，在语言中包含着情节的行进。

(三) 通过富有潜台词的语言，揭示人物活动的目的和实质，反映丰富深刻的生活内容

潜台词是从外文翻译过来的、在表演艺术中常用的一个术语。简单

说来，潜台词就是指人物的台词除了表面上的意义外，还包含有深一层的意义，而这深一层的意义才是人物所要表达的真意和实质。俗话说的“锣鼓听声、听话听音”“话里有话”“一语双关”“弦外之音”，就接近于这个意思。

剧本的人物语言为什么要有丰富的潜台词呢？因为在舞台上，人物不可能也没有必要把事情的始末、全部思想活动都说出来，那样会降低甚至打消观众艺术鉴赏的能动性，也会降低甚至抹消艺术的感染力。有经验的剧作者总是努力选择精炼、富有潜台词的语言，去推动情节的发展和揭示人物丰富复杂的内心世界。

第三节　戏剧文学的鉴赏方法

在戏剧鉴赏中，演员当场表演，观众看到的是创作的整个过程。面对面直接交流，集体体验喜、怒、哀、乐，一切都发生在观众与演员之间。那么，如何能领悟到戏剧的艺术魅力呢？

一、把握“矛盾冲突”是鉴赏戏剧文学的首要步骤

所有的戏剧都必须靠戏剧冲突去推动情节发展，并在情节发展过程中完成人物形象的塑造。在鉴赏戏剧文学时我们一定要分析戏中的矛盾冲突的设置是否合理、准确；情节布局是否充满曲折跌宕的戏剧性。所谓合理和准确，就是要求矛盾冲突有连贯性、顺序性和逻辑性。矛盾冲突的发展一般都是互为因果，有着密切依存关系的。没有前面的准备和铺垫，后面的发展会使人感到突兀，甚至不能接受。因此我们看戏时一定要看它上一段有没有为下一段做准备，下一段是不是上一段的继续和发展。

二、抓住“悬念”是鉴赏戏剧文学的前提

戏剧的演出是否成功，悬念的设置和安排也十分重要。戏剧的艺术魅力之一就是悬念。所谓悬念，即利用观众对故事情节和人物命运的关切所产生的期待心理而在戏中设置一些悬而未决的矛盾现象。戏剧悬念

安排得好，能造成观众的紧张感，使他们集中注意力注视着剧情的发展，从而达到心理的满足与饱和状态的鉴赏效果。一般来说，“悬念”在一出戏中应该形成得越早越好，这样可以一下子抓住观众的情绪，使他们很有兴趣地将戏继续看下去。随着戏剧情节的发展，悬念也要发展，往往在戏中形成第一个悬念后，还有第二、第三个悬念，使得观众对剧中人物的命运愈加关注，因而后来的悬念，不仅引起观众的好奇，而且有着更浓的感情色彩。

悬念一旦形成，就要让它发展下去，在最后要使悬念全部揭晓，不能没有交代，没有解决，这样会使观众空等一场，大失所望，戏剧也就失去吸引人的力量。因此，在阅读戏剧文学作品时要注意抓住“悬念”。

三、领悟“意外”是鉴赏戏剧文学的惊喜

意外也是使情节生动曲折的重要艺术手段。所谓意外，即异乎常情，出乎意料。异乎常情就是不同于事物正常的发展规律，出乎意料就是不同于人们平常习惯的思路。例如《西厢记》中原本崔母在贼寇包围寺院时许下诺言：谁能退兵就将自己的女儿嫁给他。而在张生借兵退敌之后，却意外地赖婚，剧情至此又出现新的波折，便有了逼张生赴京赶考的事件。

四、注意“发现”是鉴赏戏剧文学的关键

“发现”是由于剧中人物之间新的关系的被认识，造成情节发生意外的新的变化。

如《雷雨》中有三次重要的“发现”。第一次是第二幕，周朴园和鲁妈见了面，鲁妈就是他三十年前抛弃的侍萍。这一关系的发现，引出了一连串关系的发现：四凤和周萍是同母异父兄妹；鲁大海是周朴园的亲生儿子，是周萍的亲弟弟。这些发现出乎人们意料，造成情节发展的重大变化。第二次发现在第三幕，正当周萍深夜来到四凤家与四凤相会时，被四凤哥哥鲁大海撞见，并且惊动了母亲侍萍。侍萍发现自己的女儿原来并不是像太太繁漪所说的和二少爷周冲相好，而是和大少爷周萍相爱。他们两人是同母异父兄妹，是人伦所不允许的，因此侍萍这一惊

非同小可，而四凤也因在母亲面前暴露了自己和周萍的特殊关系而羞愧万分，随周萍逃出了家门。第三次发现是在第四幕，周萍、四凤、大海、侍萍先后来到周公馆，当侍萍知道四凤已经怀孕，无奈答应周萍带四凤走，并要他们走得越远越好，这对四凤来说，如同绝处逢生。但是繁漪不让他们走，她千方百计地要留住周萍，最后她喊出周朴园让他来认儿媳妇。周朴园一出场，看见侍萍又来了，就让周萍认自己的母亲。这一下，四凤和周萍的兄妹关系公开了，这对于四凤和周萍来说，无疑是致命的打击，也是出乎繁漪、周冲、鲁大海等的意料。这最后的重大“发现”，使剧情向悲剧的结局急转直下，再也没有挽回的余地了。

五、体味“突转”是鉴赏戏剧文学的发展

“突转”就是由于“发现”而造成情节的突然的转变。这种“突转”，无论是从顺境转向逆境或者从逆境转向顺境，都是剧情发生了与原来发展趋向不同甚至相反的转化。这种“突转”，有时是“绝处逢生”，有时却是“生而复灭”。在一部戏中，有时可能有一个以上的“突转”。如《雷雨》中，侍萍答应周萍和四凤结婚，并让他把四凤带走，这未尝不是一种在迫不得已的情况下，让四凤死里逃生的办法。可是后来由于繁漪的作梗，他们兄妹关系被发现和认识，情节发生重大的突然转变。四凤跑入花园触电自杀，周冲为了救她也触电而死，周萍在书房中用手枪自杀，侍萍和繁漪为此精神失常，造成悲剧。

另外，巧合、巧遇也能造成情节的曲折生动，我们在阅读时应多加注意体会。

六、留心“铺垫”是鉴赏戏剧文学的基础

为了使剧情发展合理，必须做好铺垫，埋好伏线。铺垫和伏线是否符合事理的发展规律也是衡量戏剧成功与否的一个标准。拿《雷雨》的结局中四凤触电而死这件事来说，它的发生既是很突然的，又是作者早就有埋伏的，并不纯属偶然。全剧有四次提到有关电线断了需要修理的事。第一次在第二幕，繁漪正和侍萍说话，鲁贵跑来，繁漪要他叫一个电灯匠来，说，“刚才听说藤萝架上的旧电线落了下来，走电。”第二次

在第二幕结尾，繁漪送四凤母女走时对四凤说：“你父亲叫电灯匠去了，一会儿就回来。”第三次是第四幕一开头，外面下着雨，周朴园问仆人，藤萝架那边的电线修理了没有，仆人说：“电灯匠说下着大雨不好修理，明天再来。”周朴园说：“那不危险么?”仆人回答：“可不是么?刚才大少爷的狗走过那儿，碰着那根电线，就给电死了。现在那儿已经用绳子圈起来，没有人走那儿。”第四次也在第四幕，四凤来到周公馆，她见到了周萍说：“我糊里糊涂又跑到这儿，走到花园那电线杆底下，我想死了算了。我知道一碰那根电线，就可以什么都忘了。”这时四凤已经动了触电而死的念头。所以她的死，既有客观条件，又有主观愿望，悲剧的产生是必然的。我们从剧中把这四次抽出来集中到一起，就会觉得很明显。实际在剧本中，伏笔往往安排得很自然，很隐蔽，不特别仔细去找，往往不被注意，很难发现，这正是剧作家的高明之处。我们在阅读时也要多加仔细体会。

七、把握“人物塑造”是鉴赏戏剧文学的高潮

戏剧是要塑造人物的。剧中所塑造的人物是否真实可信，对人物的描写是否精雕细刻，也是评价戏剧好坏的重要尺码。戏剧作品十分注重塑造具有鲜明生动的个性而又能体现社会某些本质方面的人物，也就是具有某种典型意义的人物。一个人是由社会因素、心理因素和形体外貌三个方面组成的。社会因素主要是指阶级成分、家庭出身、教育、教养、职业、社会地位、社会关系、政治态度、宗教信仰等等；心理因素包括思想、感情、意志、气质、想象力、兴趣爱好、趣味素养等等。这两个方面有密切的关系，社会因素往往在很大的程度上决定心理因素，而心理因素又往往是社会因素的具体体现。除这两方面外，人的外形、身材、容貌、性别、年龄、姿态、表情、服饰、习惯性动作（包括某种遗传特征）等等是人的具体形象。这三个方面构成一个具体的、有血有肉、有性格的活生生的人。所以我们在阅读戏剧文学时要注意发现剧作家在塑造人物方面的匠心。

由于戏剧艺术受时空的限制，因而在人物形象的塑造方面具有与小说中人物的塑造不同的特点。

（1）在戏剧作品中，人物性格必须突出地表现主要方面。因为戏剧不可能像在中长篇小说中那样对人物进行面面俱到、精雕细琢的刻画和描绘，所以戏剧中的人物要求性格鲜明，能一下子给观众以具体深刻的印象。如安提戈涅的勇敢、倔强、不畏强暴，哈姆雷特的谨慎和优柔寡断，奥赛罗的轻信、妒忌，阿巴贡的爱财如命，繁漪的像火一样可以烧毁一切的热情，爱得深、恨得狠等等，都极其鲜明地突出了他们性格的主要方面。

（2）戏剧中的人物感情色彩更为强烈。戏剧中的人物要在很短的时间内给予观众感情上的影响和作用，那就首先要求人物有鲜明的态度和强烈的感情。美狄亚杀死丈夫再娶的新娘和自己与丈夫所生的一双儿女，以惩罚背叛爱情、见异思迁的丈夫。繁漪的性格和美狄亚有某种相似，她的爱情像火山爆发时“喷出的炽热的岩浆，能烧毁一切”。人物感情的强烈，正如同戏剧冲突的尖锐一样，为的是能抓住观众的注意力，能激发观众的感情，产生使人哭、使人笑、使人悲伤、使人欢乐的巨大感染力。

八、玩味“戏剧文学中的语言”是鉴赏戏剧文学的余波

戏剧作品中的语言绝大部分是人物的对话，还有少量独白、旁白。因此我们在鉴赏戏剧文学时要注意体会其语言特点。

（一）把握住戏剧语言口语化和个性化的特征

戏剧作品语言的口语化首先是人物语言的口语化，中国古典戏曲中的语言有很多属于艺术化了的大白话。戏曲中说白（也称宾白、道白、对白）比较通俗，唱词比较高雅，但和一般写文章并不相同，而是既高雅又通俗。

例如《西厢记》中，张生初遇莺莺，一见钟情，夜里在床上思念莺莺而睡不着觉，在他此时的一段唱词中有这样的话：“睡不着如翻掌，少可有一万声长吁短叹，五千遍捣枕捶床。”最后他说自己只看了莺莺一眼，记不真她那娇模样，怎么办？他唱：“我只索手抵着牙儿慢慢的

想。”这“如翻掌”、“捣枕捶床”和“手抵着牙儿慢慢的想”等，既高雅又通俗，非常生动形象，十分传神。

（二）注意戏剧文学语言的行动性特点

戏剧是通过人物的语言和行动在舞台上表演一个故事，所以作为剧本，它的语言就必须富有动作性和行动性，能为人物提供动作和行动。语言的行动性是一个比较宽的概念，它既包括一些能直接附带着行动的语言，也包括能集中地表现人物内心复杂细致的思想感情活动的台词。

独白是指无旁人在场或者有旁人而并不能听见的情况下人物的台词。戏剧中人物的独白也是很富有行动性的，它是表现人物内心活动的台词，所以又可称为内心独白。

（三）仔细体味戏剧文学语言的诗意

戏剧作为一种行动的艺术，看起来和抒情性很强的诗似乎不会有什么特殊关系，而实际情况不是这样，戏剧和诗有着极为密切的关系。

有人认为戏剧是从歌舞中产生和发展起来的，还有人认为舞蹈家是戏剧家的祖先，戏剧从舞蹈中吸取动作，从歌唱中吸取诗的语言。

过去诗歌除了抒情诗、叙事诗之外，还有戏剧诗。而中国戏曲中的唱词实际上就是极好的抒情诗和叙事诗，许多著名的戏剧家本人也是诗人。中国古典戏剧家关汉卿、汤显祖、洪升等等无不是在诗词方面有着极高的造诣。

诗的语言的第一个特点就是精练，往往用极少的词，表现极丰富的内容，这正是戏剧的语言所需要的。

诗的语言的第二个特点就是感情强烈，有极浓的抒情性。这也是戏剧语言所需要的。《西厢记》中，崔老夫人逼迫张生进京赶考，莺莺长亭送别时有这样一段唱词：“碧云天，黄花地，西风紧，北雁南飞。晓来谁染霜林醉？总是离人泪……”真是情景交融，把离别时的感情表现得如此深沉。

戏剧语言要求朗朗上口，应该抑扬顿挫，铿锵响亮，优美动听，富有音乐性。我们在阅读时应细细体会。

第四节　戏剧文学作品赏析

茶馆（第一幕）

老舍

时间 一八九八年（戊戌）初秋，康梁等的维新运动失败了。早半天。

地点 北京，裕泰大茶馆。

人物 王利发

刘麻子

庞太监 唐铁嘴 康六 小牛儿

松二爷 黄胖子

宋恩子 常四爷

秦仲义

吴祥子

李三 老人 康顺子 二德子

乡妇 茶客甲、乙、丙、丁 马五爷

小妞 茶房一二人

幕启：这种大茶馆现在已经不见了。在几十年前，每城都起码有一处。这里卖茶，也卖简单的点心与菜饭。玩鸟的人们，每天在遛够了画眉、黄鸟等之后，要到这里歇歇腿，喝喝茶，并使鸟儿表演歌唱。商议事情的，说媒拉纤的，也到这里来。那年月，时常有打群架的，但是总会有朋友出头给双方调解；三五十口子打手，经调人东说西说，便都喝碗茶，吃碗烂肉面（大茶馆特殊的食品，价钱便宜，作起来快当），就可以化干戈为玉帛了。总之，这是当日非常重要的地方，有事无事都可以来坐半天。

在这里，可以听到最荒唐的新闻，如某处的大蜘蛛怎么成了精，受到雷击。奇怪的意见也在这里可以听到，象把海边上都修上大墙，就足以挡住洋兵上岸。这里还可以听到某京戏演员新近创造了什么腔儿，和煎熬鸦片烟的最好的方法。这里也可以看到某人新得到的奇珍——一个出土的玉扇坠儿，或三彩的鼻烟壶。这真是个重要的地方，简直可以算作文化交流的所在。

我们现在就要看见这样的一座茶馆。一进门是柜台与炉灶——为省点事，我们的舞台上可以不要炉灶；后面有些锅勺的响声也就够了。屋子非常高大，摆着长桌与方桌，长凳与小凳，都是茶座儿。隔窗可见后院，高搭着凉棚，棚下也有茶座儿。屋里和凉棚下都有挂鸟笼的地方。各处都贴着“莫谈国事”的纸条。有两位茶客，不知姓名，正眯着眼，摇着头，拍板低唱。有两三位茶客，也不知姓名，正入神地欣赏瓦罐里的蟋蟀。两位穿灰色大衫的——宋恩子与吴祥子，正低声地谈话，看样子他们是北衙门的办案的（侦缉）。今天又有一起打群架的，据说是为了争一只家鸽，惹起非用武力解决不可的纠纷。假若真打起来，非出人命不可，因为被约的打手中包括着善扑营的哥儿们和库兵，身手都十分厉害。好在，不能真打起来，因为在双方还没把打手约齐，已有人出面调停了——现在双方在这里会面。三三两两的打手，都横眉立目，短打扮，随时进来，往后院去。马五爷在不惹人注意的角落，独自坐着喝茶。王利发高高地坐在柜台里。

唐铁嘴踏拉着鞋，身穿一件极长极脏的大布衫，耳上夹着几张小纸片，进来。

王利发　唐先生，你外边蹓跶吧！

唐铁嘴（惨笑）王掌柜，捧捧唐铁嘴吧！送给我碗茶喝，我就先给您相相面吧！手相奉送，不取分文！（不容分说，拉过王利发的手来）今年是光绪二十四年，戊戌。您贵庚是……

王利发（夺回手去）算了吧，我送给你一碗茶喝，你就甭卖那套生意口啦！用不着相面，咱们既在江湖内，都是苦命人！（由柜台内走出，让唐铁嘴坐下）坐下！我告诉你，你要是不戒了大烟，就永远交不了好运！这是我的相法，比你的更灵验！

松二爷和常四爷都提着鸟笼进来，王利发向他们打招呼。他们先把鸟笼子挂好，找地方坐下。松二爷文诌诌的，提着小黄鸟笼；常四爷雄赳赳的，提着大而高的画眉笼。茶房李三赶紧过来，沏上盖碗茶。他们自带茶叶。茶沏好，松二爷、常四爷向邻近的茶座让了让。

常四爷 您喝这个！（然后，往后院看了看）

松二爷 好像又有事儿？

常四爷 反正打不起来！要真打的话，早到城外头去啦，到茶馆来干吗？

二德子，一位打手，恰好进来，听见了常四爷的话。

二德子（凑过去）你这是对谁甩闲话呢？

常四爷（不肯示弱）你问我哪？花钱喝茶，难道还教谁管着吗？

松二爷（打量了二德子一番）我说这位爷，您是营里当差的吧？来，坐下喝一碗，我们也都是外场人。

二德子 你管我当差不当差呢！

常四爷 要抖威风，跟洋人干去，洋人厉害！英法联军烧了圆明园，尊家吃着官饷，可没见您去冲锋打仗！

二德子 甭说打洋人不打，我先管教管教你！（要动手）

别的茶客依旧进行他们自己的事。王利发急忙跑过来。

王利发 哥儿们，都是街面上的朋友，有话好说。德爷，您后边坐！

二德子不听王利友的话，一下子把一个盖碗搂下桌去，摔碎。翻手要抓常四爷的脖领。

常四爷（闪过）你要怎么着？

二德子 怎么着？我碰不了洋人，还碰不了你吗？

马五爷（并未立起）二德子，你威风啊！

二德子（四下扫视，看到马五爷）喝，马五爷，您在这儿哪？我可眼拙，没看见您！（过去请安）

马五爷 有什么事好好地说，干吗动不动地就讲打？

二德子 嗻！您说的对！我到头坐坐去。李三，这儿的茶钱我候啦！

（往后面走去）

常四爷（凑过来，要对马五爷发牢骚）这位爷，您圣明，您给评评理！

马五爷（立起来）我还有事，再见！（走出去）

常四爷（对王利发）邪！这倒是个怪人！

王利发 您不知道这是马五爷呀？怪不得您也得罪了他！

常四爷 我也得罪了他？我今天出门没挑好日子！

王利发（低声地）刚才您说洋人怎样，他就是吃洋饭的。信洋教，说洋话，有事情可以一直地找宛平县的县太爷去，要不怎么连官面上都不惹他呢！

常四爷（往原处走）哼，我就不佩服吃洋饭的！

王利发（向宋恩子、吴祥子那边稍一歪头，低声地）说话请留点神！（大声地）李三，再给这儿沏一碗来！（拾起地上的碎磁片）

松二爷 盖碗多少钱？我赔！外场人不作老娘们事！

王利发 不忙，待会儿再算吧！（走开）

纤手刘麻子领着康六进来。刘麻子先向松二爷、常四爷打招呼。

刘麻子 您二位真早班儿！（掏出鼻烟壶，倒烟）您试试这个！刚装来的，地道英国造，又细又纯！

常四爷 唉！连鼻烟也得从外洋来！这得往外流多少银子啊！

刘麻子 咱们大清国有的是金山银山，永远花不完！您坐着，我办点小事！（领康六找了个座儿）

李三拿过一碗茶来。

刘麻子 说说吧，十两银子行不行？你说干脆的！我忙，没工夫专伺候你！

康六 刘爷！十五岁的大姑娘，就值十两银子吗？

刘麻子 卖到窑子去，也许多拿一两八钱的，可是你又不肯！

康六 那是我的亲女儿！我能够……

刘麻子 有女儿，你可养活不起，这怪谁呢？

康六 那不是因为乡下种地的都没法子混了吗？一家大小要是一天能吃上一顿粥，我要还想卖女儿，我就不是人！

刘麻子 那是你们乡下的事，我管不着。我受你之托，教你不吃亏，又教你女儿有个吃饱饭的地方，这还不好吗？

康六 到底给谁呢？

刘麻子 我一说，你必定从心眼里乐意！一位在宫里当差的！

康六 宫里当差的谁要个乡下丫头呢？

刘麻子 那不是你女儿的命好吗？

康六 谁呢？

刘麻子 庞总管！你也听说过庞总管吧？侍候着太后，红的不得了，连家里打醋的瓶子都是玛瑙作的！

康六 刘大爷，把女儿给太监作老婆，我怎么对得起人呢？

刘麻子 卖女儿，无论怎么卖，也对不起女儿！你胡涂！你看，姑娘一过门，吃的是珍馐美味，穿的是绫罗绸缎，这不是造化吗？怎样，摇头不算点头算，来个干脆的！

康六 自古以来，哪有……他就给十两银子？

刘麻子 找遍了你们全村儿，找得出十两银子找不出？在乡下，五斤白面就换个孩子，你不是不知道！

康六 我，唉！我得跟姑娘商量一下！

刘麻子 告诉你，过了这个村可没有这个店，耽误了事别怨我！快去快来！

康六 唉！我一会儿就回来！

刘麻子 我在这儿等着你！

康六 （慢慢地走出去）

刘麻子（凑到松二爷、常四爷这边来）乡下人真难办事，永远没有个痛痛快快！

松二爷 这号生意又不小吧？

刘麻子 也甜不到哪儿去，弄好了，赚个元宝！

常四爷 乡下是怎么了？会弄得这么卖儿卖女的！

刘麻子 谁知道！要不怎么说，就是一条狗也得托生在北京城里嘛！

常四爷 刘爷，您可真有个狠劲儿，给拉拢这路事！

刘麻子 我要不分心，他们还许找不到买主呢！（忙岔话）松二爷，（掏出个小时表来）您看这个！

松二爷（接表）好体面的小表！

刘麻子 您听听，嘎登嘎登地响！

松二爷（听）这得多少钱？

刘麻子 您爱吗？就让给您！一句话，五两银子！您玩够了，不爱再要了，我还照数退钱！东西真地道，传家的玩艺！

常四爷 我这儿正咂摸这个味儿：咱们一个人身上有多少洋玩艺儿啊！老刘，就着你身上吧：洋鼻烟，洋表，洋缎大衫，洋布裤褂……

刘麻子 洋东西可是真漂亮呢！我要是穿一身土布，象个乡下脑壳，谁还理我呀！

常四爷 我老觉乎着咱们的大缎子，川绸，更体面！

刘麻子 松二爷，留下这个表吧，这年月，戴着这么好的洋表，会教人另眼看待！是不是这么说，您哪？

松二爷（真爱表，但又嫌贵）我……

刘麻子 您先戴两天，改日再给钱！

黄胖子进来。

黄胖子（严重的沙眼，看不清楚，进门就请安）哥儿们，都瞧我啦！我请安了！都是自己弟兄，别伤了和气呀！

王利发 这不是他们，他们在后院哪！

黄胖子 我看不大清楚啊！掌柜的，预备烂肉面。有我黄胖子，谁也打不起来！（往里走）

二德子（出来迎接）两边已经见了面，您快来吧！

二德子同黄胖子入内。

茶房们一趟又一趟地往后面送茶水。老人进来，拿着些牙签、胡梳、耳挖勺之类的小东西，低着头慢慢地挨着茶座儿走；没人买他的东西。他要往后院去，被李三截住。

李三 老大爷，您外边蹓跶吧！后院里，人家正说和事呢，没人买您的东西！（顺手儿把剩茶递给老人一碗）

松二爷（低声地）李三！（指后院）他们到底为了什么事，要这么拿刀动杖的？

李三（低声地）听说是为一只鸽子。张宅的鸽子飞到了李宅去，李宅不肯交还……唉，咱们还是少说话好，（问老人）老大爷您高寿啦？

老人（喝了茶）多谢！八十二了，没人管！这年月呀，人还不如一只鸽子呢！唉！（慢慢走出去）

秦仲义，穿得很讲究，满面春风，走进来。

王利发 哎哟！秦二爷，您怎么这样闲在，会想起下茶馆来了？也没带个底下人？

秦仲义 来看看，看看你这年轻小伙子会做生意不会！

王利发 唉，一边作一边学吧，指着这个吃饭嘛。谁叫我爸爸死的早，我不干不行啊！好在照顾主儿都是我父亲的老朋友，我有不周到的地方，都肯包涵，闭闭眼就过去了。在街面上混饭吃，人缘儿顶要紧。我按着我父亲遗留下的老办法，多说好话，多请安，讨人人的喜欢，就不会出大岔子！您坐下，我给您沏碗小叶茶去！

秦仲义 我不喝！也不坐着！

王利发 坐一坐！有您在我这儿坐坐，我脸上有光！

秦仲义 也好吧！（坐）可是，用不着奉承我！

王利发 李三，沏一碗高的来！二爷，府上都好？您的事情都顺心吧？

秦仲义 不怎么太好！

王利发 您怕什么呢？那么多的买卖，您的小手指头都比我的腰还粗！

唐铁嘴（凑过来）这位爷好相貌，真是天庭饱满，地阁方圆，虽无宰相之权，而有陶朱之富！

秦仲义 躲开我！去！

王利发 先生，你喝够了茶，该外边活动活动去！（把唐铁嘴轻轻推开）

唐铁嘴 唉！（垂头走出去）

秦仲义 小王，这儿的房租是不是得往上提那么一提呢？当年你爸爸给我的那点租钱，还不够我喝茶用的呢！

王利发 二爷，您说的对，太对了！可是，这点小事用不着您分心，您派管事的来一趟，我跟他商量，该长多少租钱，我一定照办！是！嗻！

秦仲义 你这小子，比你爸爸还滑！哼，等着吧，早晚我把房子收回去！

王利发 您甭吓唬着我玩，我知道您多么照应我，心疼我，决不会叫我挑着大茶壶，到街上卖热茶去！

秦仲义 你等着瞧吧！

乡妇拉着个十来岁的小妞进来。小妞的头上插着一根草标。李三本想不许她们往前走，可是心中一难过，没管。她们俩慢慢地往里走。茶客们忽然都停止说笑，看着她们。

小妞（走到屋子中间，立住）妈，我饿！我饿！

乡妇呆视着小妞，忽然腿一软，坐在地上，掩面低泣。

秦仲义（对王利发）轰出去！

王利发 是！出去吧，这里坐不住！

乡妇 哪位行行好？要这个孩子，二两银子！

常四爷 李三，要两个烂肉面，带她们到门外吃去！

李三 是啦！（过去对乡妇）起来，门口等着去，我给你们端面来！

乡妇（立起，抹泪往外走，好像忘了孩子；走了两步，又转回身来，搂住小妞吻她）宝贝！宝贝！

王利发 快着点吧！

乡妇、小妞走出去。李三随后端出两碗面去。

王利发（过来）常四爷，您是积德行好，赏给她们面吃！可是，我告诉您，这路事儿太多了，太多了！谁也管不了！（对秦仲义）二爷，您看我说的对不对？

常四爷（对松二爷）二爷，我看哪，大清国要完！

秦仲义（老气横秋地）完不完，并不在乎有人给穷人们一碗面吃没有。小王，说真的，我真想收回这里的房子！

王利发 您别那么办哪，二爷！

秦仲义 我不但收回房子，而且把乡下的地、城里的买卖也都卖了！

王利发 那为什么呢？

秦仲义 把本钱拢在一块儿，开工厂！

王利发 开工厂？

秦仲义 嗯，顶大顶大的工厂！那才救得了穷人，那才能抵制外货，那才能救国！（对王利发说而眼看着常四爷）唉，我跟你说这些干什么，你不懂！

王利发 您就专为别人，把财产都出手，不顾自己了吗？

秦仲义 你不懂！只有那么办，国家才能富强！好啦，我该走啦。我亲眼看见了，你的生意不错，你甭再耍无赖，不长房钱！

王利发 您等等，我给您叫车去！

秦仲义 用不着，我愿意蹓跶蹓跶！

秦仲义往外走，王利发送。

小牛儿搀着庞太监走进来。小牛儿提着水烟袋。

庞太监 哟！秦二爷！

秦仲义 庞老爷！这两天您心里安顿了吧？

庞太监 那还用说吗？天下太平了，圣旨下来，谭嗣同问斩！告诉您，谁敢改祖宗的章程，谁就掉脑袋！

秦仲义 我早就知道！

茶客们忽然全静寂起来，几乎是闭住呼吸地听着。

庞太监 您聪明，二爷，要不然您怎么发财呢！

秦仲义 我那点财产，不值一提！

庞太监 太客气了吧？您看，全北京城谁不知道秦二爷！您比作官的还厉害呢！听说呀，好些财主都讲维新！

秦仲义 不能这么说，我那点威风在您的面前可就施展不出来了！哈哈哈！

庞太监 说得好，咱们就八仙过海，各显其能吧！哈哈哈！

秦仲义 改天过去给您请安，再见！（下）

庞太监（自言自语）哼，凭这么个小财主也敢跟我逗嘴皮子，年头真是改了！（问王利发）刘麻子在这儿哪？

王利发 总管，您里边歇着吧！

刘麻子早已看见庞太监，但不敢靠近，怕打搅了庞太监、秦仲义的谈话。

刘麻子 喝，我的老爷子！您吉祥！我等了您好大半天了！（搀庞太监往里面走）

宋恩子、吴祥子过来请安，庞太监对他们耳语。

众茶客静默了一阵之后，开始议论纷纷。

茶客甲 谭嗣同是谁？

茶客乙 好像听说过！反正犯了大罪，要不，怎么会问斩呀！

茶客丙 这两三个月了，有些做官的，念书的，乱折腾乱闹，咱们怎能知道他们捣的什么鬼呀！

茶客丁 得！不管怎么说，我的铁杆庄稼又保住了！姓谭的，还有那个康有为，不是说叫旗兵不关钱粮，去自谋生计吗？心眼多毒！

茶客丙 一份钱粮倒叫上头克扣去一大半，咱们也不好过！

茶客丁 那总比没有强啊！好死不如赖活着，叫我去自己谋生，非死不可！

王利发 诸位主顾，咱们还是莫谈国事吧！

大家安静下来，都又各谈各的事。

庞太监（已坐下）怎么说？一个乡下丫头，要二百银子？

刘麻子（侍立）乡下人，可长得俊呀！带进城来，好好地一打扮、调教，准保是又好看，又有规矩！我给您办事，比给我亲爸爸做事都更尽心，一丝一毫不能马虎！

唐铁嘴又回来了。

王利发 铁嘴，你怎么又回来了？

唐铁嘴 街上兵荒马乱的，不知道是怎么回事！

庞太监 还能不搜查搜查谭嗣同的余党吗？唐铁嘴，你放心，没人抓你！

唐铁嘴 嗻，总管，您要能赏给我几个烟泡儿，我可就更有出息了。

有几个茶客好像预感到什么灾祸，一个个往外溜。

松二爷 咱们也该走了吧！天不早啦！

常四爷 嗻！走吧！

二灰衣人——宋恩子和吴祥子走过来。

宋恩子 等等！

常四爷 怎么啦？

宋恩子 刚才你说“大清国要完”？

常四爷 我，我爱大清国，怕它完了！

吴祥子（对松二爷）你听见了？他是这么说的吗？

松二爷 哥儿们，我们天天在这儿喝茶。王掌柜知道，我们都是地道老好人！

吴祥子 问你听见了没有？

松二爷 那，有话好说，二位请坐！

宋恩子 你不说，连你也锁了走！他说“大清国要完”，就是跟谭嗣同一党！

松二爷 我，我听见了，他是说……

宋恩子（对常四爷）走！

常四爷 上哪儿？事情要交代明白了啊！

宋恩子 你还想拒捕吗？我这儿可带着“王法”呢！（掏出腰中带着的铁链子）

常四爷 告诉你们，我可是旗人！

吴祥子 旗人当汉奸，罪加一等！锁上他！

常四爷 甭锁，我跑不了！

宋恩子 量你也跑不了！（对松二爷）你也走一趟，到堂上实话实说，没你的事！

黄胖子同三五个人由后院过来。

黄胖子 得啦，一天云雾散，算我没白跑腿！

松二爷 黄爷！黄爷！

黄胖子（揉揉眼）谁呀？

松二爷 我！松二！您过来，给说句好话！

黄胖子（看清）哟，宋爷，吴爷，二位爷办案啊？请吧！

松二爷 黄爷，帮帮忙，给美言两句！

黄胖子 官厅儿管不了的事，我管！官厅儿能管的事呀，我不便多嘴！（问大家）是不是？

众 嗻！对！

宋恩子、吴祥子带着常四爷、松二爷往外走。

松二爷（对王利发）看着点我们的鸟笼子！

王利发 您放心，我给送到家里去！

常四爷、松二爷、宋恩子、吴祥子同下。

黄胖子（唐铁嘴告以庞太监在此）哟，老爷在这儿哪？听说要安份儿家，我先给您道喜！

庞太监 等吃喜酒吧！

黄胖子 您赏脸！您赏脸！（下）

乡妇端着空碗进来，往柜上放。小妞跟进来。

小妞 妈！我还饿！

王利发 唉！出去吧！

乡妇 走吧，乖！

小妞 不卖妞妞啦？妈！不卖啦？妈！

乡妇 乖！（哭着，携小妞下）

康六带着康顺子进来，立在柜台前。

康六 姑娘！顺子！爸爸不是人，是畜生！可你叫我怎办呢？你不找个吃饭的地方，你饿死！我不弄到手几两银子，就得叫东家活活地打死！你呀，顺子，认命吧，积德吧！

康顺子 我，我……（说不出话来）

刘麻子（跑过来）你们回来啦？点头啦？好！来见见总管！给总管磕头！

康顺子 我……（要晕倒）

康六（扶住女儿）顺子！顺子！

刘麻子 怎么啦？

康六 又饿又气，昏过去了！顺子！顺子！

庞太监 就要活的，可不要死的！

静场。

茶客甲（正与乙下象棋）将！你完啦！

——幕落

【赏析】

《茶馆》三幕戏截取了旧中国反动时代的三个横断面。第一幕是戊戌政变失败之后的清朝末年，第二幕是袁世凯死后的军阀混战时代，第三幕是抗战胜利后国民党反动统治行将崩溃的时期。作者的目的不在描绘这些历史事件本身，而是着重反映在这些历史事件发生之后，中国社会民众心中引起的波澜。

《茶馆》第一幕没有一个完整的故事情节，但从一开场王利发与唐铁嘴之间的对白开始，戏剧性冲突就接连不断。而冲突又都是散点的，并不集中在一两个人物身上，这种编剧法也实属“罕见”。传统的编剧观念，在欧洲有“行动一致律”，在中国有李渔所说的“立主脑，减头绪”，但《茶馆》的第一幕却以头绪纷繁见长；传统的编剧观念要求营造所谓“缘起—展开—高潮—结局”的贯串情节线索，但《茶馆》没有贯串性情节，在第一幕里也没有沿用以“一人一事”为情节发展主线的情节性结构法，而是巧妙地借助茶馆这个平台，用一张张人物速写汇合成一幅幅社会剪影，用一段段戏剧冲突构成一个个戏剧片段，来反映这个时代的本质。

第八章　影视文学鉴赏

第一节　影视文学的特点

一、影视艺术的基本特点

从1895年法国卢米埃尔兄弟的第一部影片《工厂大门》开始，影视艺术迄今为止不过一百来年历史。影视艺术的历史虽短，但是发展迅猛，它凭借现代科学技术和人类艺术的积累而成为传播最广泛的一种现代艺术媒介。在世界电影史中，意大利电影理论家将电影列为继音乐、文学、舞蹈、建筑、绘画、雕塑之后的“第七艺术”。电影作为一种独立的艺术样式，自然有其独特的艺术特点。

第一，影视艺术是一种科技与艺术紧密结合的时空综合艺术。相对于音乐、文学等时间艺术和绘画、建筑、雕塑等空间艺术来说，影视是一种时空综合艺术。这种综合主要体现在两个方面：一方面，影视艺术是现代科学技术与艺术的结晶，即影视技术具有综合性，没有电、光波、声波、化工技术的进步与发展，影视艺术也无从谈起；另一方面，影视艺术综合吸取了各门艺术千百年实践中积累起来的精华，即影视艺术具有综合性，没有戏剧、诗词、绘画、小说等艺术形式的美学启示，影视艺术就会产生诸多缺憾，就会出现艺术表达的不完美。

比如2010年的《阿凡达》，采用了卡梅隆团队自主研发的3D摄影系统，通过两台装有滤镜的摄像机的拍摄，不仅可以提供各个视角的画面，还可以移除被摄物的不同部分，从而给大脑传递一种视差错觉，最终建立起感官得到的三维视角。这种更具深度的场景效果，再加上其独特的艺术魅力，给观众带来了视觉上的盛宴。因此，动画电影《阿凡达》连续创造了票房奇迹，并好评如潮，充分体现了技术创新与艺术表现效果结合应用的价值。

第二，影视艺术重视动态的视听觉造型。造型艺术是以一定的物质材料和手段来创造静态的视觉形象的艺术，而影视与传统的静态造型艺术如绘画、雕塑、摄影和建筑等又有着根本的区别，即影视造型是一种动态的造型。正如美国波布克在《电影元素》中所说："电影中的构图不像其他任何视觉艺术中的构图。它的关键在于活动，因为没有一个画格跟另一个画格完全一样，影像是在不断变化的，导演和摄影师必须在任何时候都能掌握它。"

影视的造型语言有色彩、光线、画面、音乐、声音等。以色彩为例，它有营造基调与形成构图两种基本的造型功用。致力于影像造型之美营构的著名导演张艺谋，在《英雄》中其色彩造型与表意可谓达到了极致。《英雄》以红白蓝三色为主，其次是黑和绿。如秦宫的晦暗色调，胡杨林的黄色，九寨沟的碧绿等。再就是影视中的色彩对比：黄叶与红衣女子，黑色的秦宫大殿与鲜绿色的帷幔构成一幅幅很有对比效果的视觉场面，在给观众带来强大的视觉冲击的同时，还带来了心灵上的情感震撼。因此，张艺谋很自豪地指出："我觉得《英雄》是一部很独特的电影……因为我们有时候回忆一部好的电影，过两年以后，说你想起哪一部电影，你肯定把整个电影的故事都忘了，但是你永远会记住的可能就是几秒钟那个画面。……《英雄》呢？过几年以后，跟你说《英雄》，你会记得那些颜色，譬如说，你会记住在漫天黄叶中有两个红衣女子在飞舞，你会记住在水平如镜的湖面上，有两个男人在以武功交流……《英雄》就会是这样的一部电影。"

第三，影视艺术具有蒙太奇思维。蒙太奇（Montage）原先是法文建筑学中的一个专用名词，其基本意思是组合、构成、装配与连接。引入影视艺术领域后，则是指镜头之间的分切和组接，具体为画面与画面、画面与音响、音响与音响等之间的组合。蒙太奇作为影视艺术的一种最重要的语言手段，最基本的功能就是叙事，即把一系列时空连续或是不连续的镜头连接起来，使之构成完整的连贯的人物动作和情节发展过程。

值得指出的是，当不同的镜头组接在一起时，往往又会产生各个镜头单独存在时所不具有的含义，会营构出呼应、悬念、对比、暗示、联想等独特的艺术效果，这也是蒙太奇的本质特性所在。比如电影《一声叹息》中，梁亚洲得知妻子宋晓英到香山宾馆来看望他，赶忙将桌子上本来被李小丹整理得很好的书搞乱。宋晓英进房间拉开抽屉时，只见里面的衣服放得整整齐齐。这两个镜头所构成的蒙太奇，将宋晓英的怀疑之心表达得淋漓尽致。若没有蒙太奇式的巧妙组接，宋晓英当时微妙的内心状态就很难得到如此艺术的展示。因此，苏联著名导演、电影理论家爱森斯坦就明确指出，将对列镜头衔接在一起时，其效果“不是两数之和，而是两数之积”。

总的来说，影视艺术作为综合性的艺术，不仅是艺术与科技、艺术与工业生产的一种综合，还是时间艺术和空间艺术的综合。一部影视剧的完成，需要编剧、制片、导演、演员、摄影师、美工师、灯光师、录音师、道具师、服装师、化妆师等庞大群体的通力合作。无论是艺术上的缺陷，还是技术上的缺失，最终都会导致一部影片的流产。这也是一部好的影视剧的诞生，都离不开一个优秀团队的原因所在，电视剧《潜伏》与《雍正王朝》、电影《金陵十三钗》与《卧虎藏龙》等都充分说明了这一点。在这些因素中，影视剧本对于影视艺术的影响具有某种程度上的决定性的意义。优秀的剧本不一定能拍出优秀的影视剧，但是不优秀的剧本一定拍不出优秀的影视剧，这已经成为电影人的通识。正是因为此，立足于文学的影视剧本总是被称为“一剧之本”。影视艺术史上，大量的优秀影视作品就直接来自文学作品的改编。如《红高粱》《活着》《色戒》《东邪西毒》《霸王别姬》《卧虎藏龙》《阳光灿烂的日子》等。电视剧同样如此，比如《雍正王朝》《走向共和》等。可见作为“第七艺术”的影视艺术，在其诞生、成长与趋向成熟的过程中，便与文学结下了不解之缘。

二、影视文学的文体特征

影视文学是以影视艺术的独特视听思维方式来构思和写作的文学形式，其主要功能是用文字表述和描写未来影片，为影视导演提供工作的蓝本，因而影视文学兼有影视和文学的双重属性。一般而言，影视文学就是指影视剧本，影视剧本包括文学剧本、分镜头脚本和导演完成台本三个部分。文学剧本是分镜头脚本与工作台本的基础，是影视与文学相结合而成的一种特殊文学样式。相对于影视艺术来说，影视剧本是半成品，而从文学的存在形式来看，影视剧本又是完整的文学作品，那么作为一剧之本的文学剧本，具有什么样的文体特征呢？

（一）可视性

影视文学兼有影视与文学的双重特性，不仅要有可读性，还要具有可视性。一般而言，影视文学的终极对象不是阅读者，而是影视剧观众。可以这么说，影视文学是影片前的影片，所以影视文学创作者要有强烈的银幕意识，所思所想均要能顺利地转化为银幕形象。正如苏联电影导演普多夫金所说："编剧必须记住这一事实，即他所写的每一句话将来都要以某种可见的视觉造型的形式出现在银幕上，因此重要的不是所写的字句本身，而是他写的这些字句必须能在外形上表现出来，成为造型的形象。"简而言之，影视文学创作者要高度重视文本的具象可感。我们试比较一下小说《动物凶猛》与电影剧本《阳光灿烂的日子》（根据王朔小说《动物凶猛》改编而成）的不同。

文学剧本《阳光灿烂的日子》第二十个场景：

二十，米兰家（日）

小旗子，一双手将它抚平。（摇）一张笑容灿烂的照片。

马小军双腿跪在床上，他慢慢下床挪动着脚跑。

笑容灿烂的照片。

马小军看得出神。

照片。

马小军看着看着听见画外脚步声，他起身出画。

马小军拉开里屋门。

（主观视线）锁在动。

马小军闪出画右。

门开。

（主观视线）低角度看见房门打开，一双腿走进来，步伐轻盈，走出画，听见钥匙声，一会儿入画在床前站定。马小军在床下，一副紧张的神情。

（主观视线）这双腿坐在了床上，片刻又站起，裙子顺腿滑下，接着右脚抬起，将裙子挑起，她走到柜子旁，打开衣柜，取衣服，然后走到床前，取衣服，坐在床上。

马小军甚为紧张，一只手入画，拿鞋，马小军本能地向后退，她麻利地将凉鞋穿上，起身踏了两脚。

马小军紧张地注视着。

她已经换上了另一条裙子，向门口走去。

马小军紧张地注视着，画外传来关门声，马小军终于呼出一口气，他瘫在地上。

小说《动物凶猛》中的相应章节：

另一个房间虚掩着门，我推门进去，发现是少女的闺房，单人床上铺着一条金鱼戏水图案的粉色床单，床下有一双红色的塑料拖鞋，墙上斜挂着一把戴布套的琵琶，靠窗有一张桌子和一个竹书架，书架上插着一些陈旧发黄的书，这时我看到了她。

我不记得当时房内是否确有一种使人痴迷的馥郁香气，印象里是有的，她在一幅银框的有机玻璃相架内笑吟吟地望着我，香气从她那个方向的某个角落里逸放出来。她十分鲜艳，以致使我明知道那画面上没有花仍有睹视花丛的感觉。我有清楚的印象她穿的是泳装，虽然此事她后来一再否认，说她穿的只不过是条普通的花布连衣裙，而且在我得到那张照片后也证实了这一点，但我还是无法抹煞我的第一印象。为什么我会对她的肩膀、大腿及其皮肤的润泽有如此切肤的感受？难道不是只有在夏日的海滩上的阳光下才会造成如此夺目、对比鲜明、高清晰度的强烈效果？

现在想来，当时的姿态不是很自然，颇带几分卖弄和搔首弄姿，就像那些电影小明星在画上常干的那样。

但当时我就把这种浅薄和庸俗视为美！为最拙劣的搔首弄姿倾倒，醉心，着迷，丧魂失魄。

除了伟大领袖毛主席和他最亲密的战友们，那是我有生以来第一次见到的具有逼真效果的彩色照片。

即便有理智的框定和事实的印证，在想象中我仍情不自禁地把那张标准尺寸的彩色照片放大到大幅广告画的程度，以突出当我第一眼看到她时受到的震撼和冲击。

黄昏，我才从那幢楼里怏怏不乐地出来，与下班下学回来的大人小孩擦肩而过，我们班的一位也住在这幢楼里的女同学看到我从楼里出来，停住脚若有所思地望着我。

那个黄昏，我已然丧失了对外部世界的正常反应，视野有多大，她的形象便有多大；想象力有多丰富，她的神情就有多少种暗示。

显然，文学剧本中没有了譬如“我不记得当时房内是否确有一种使人痴迷的馥郁香气，印象里是有的”等抽象的交代语言，也不会有譬如“那个黄昏，我已然丧失了对外部世界的正常反应，视野有多大，她的形象便有多大”等抒情性的语言，而多是些具体形象、细致传神的造型语言，无论是视觉形象，还是行为动作，都具有可视性，让人一目了然。

（二）跳跃性

郑雪来在《电影文学与电影特性问题》中指出：“电影剧本既是文学作品又是电影作品，但它首先应该是电影作品。电影剧本按照电影艺术规律来写，才能够给我们提供审美的享受。”郑雪来所强调的“电影艺术规律”主要指影视艺术中的蒙太奇思维。也就是说，影视文学区别于传统文学作品的一个显著标志就是影视文学必须依照蒙太奇思维来组织叙事。也正是因为蒙太奇的灵活运用，影视文学不可避免地具有跳跃性这一显著特征。我们以《魂断蓝桥》的最后一段剧本文字为例来感受影视作品中的跳跃性这一美学特征。

五十八（场）

滑铁卢桥上。

夜雾浓重。

玛拉独自倚着桥栏杆，似乎向桥下望着什么……

一阵皮鞋声。一个打扮妖艳但面孔浮肿的中年女人走来，她看见玛拉。

女人：（很熟识的）是你啊，玛拉。你好。……你不是嫁人了吗？

玛拉：（嗫嚅地）没有。

女人：那个凯蒂跟我说的，说你跟了个体面的人。我说：哪有这好事？

玛拉：是啊——

女人：别泄气，反正就是这么回事。到火车站去吗？唉，我现在是到哪儿都没法儿啦……

（她耸耸肩叹息着走开）

玛拉两眼滞呆呆地望着她的背影，望啊望着……对她来说一切都绝望了，她脸上有一种从来没有过的镇静神情。

桥上，一长队军用汽车亮着车灯，轰轰隆隆地向桥头驶来。

玛拉转过头去，望着驶来的军用卡车。

车队从远处驶近。

玛拉迎着车队走去。

车队在行驶，黄色车灯在浓雾中闪烁。

玛拉继续迎着车队走。

车队飞速行进。

玛拉迎面走去。

车队轰鸣，越来越近。

玛拉迎着车队走，越来越近。

玛拉宁静地向前移动，汽车灯光在她脸上照耀。

玛拉的脸，平静无表情的眼神。

巨大的刹车闸轮声，金属相磨的尖厉声。

车戛然停止。人们惊呼。

人们从四面八方向有着红十字标记的卡车拥去，顿时围成一个几层人重叠的圈子。（镜头推进）人群纷乱的脚。

地上，散乱的小手提包。一只象牙雕刻的“吉祥符”。

一只手拿着“吉祥符”。（《一路平安》音乐声起）20年后的罗依，头发已斑白，面容衰老，穿着上校军服，凄切地站在滑铁卢桥心栏杆旁。他望着手里拿着的“吉祥符”，苍老的两眼闪现出哀怨、悲切和无限眷恋的神情。

（画外玛拉的声音）：我爱过你，别人我谁也没有爱过，以后也不会。这是真话，罗依！我永远也不……

（强烈的苏格兰民歌《一路平安》将玛拉最后的声音淹没）

歌声在夜雾弥漫的滑铁卢桥上空回荡……桥上，孤独地走着苍老的罗依。

罗依坐上汽车。

汽车驶去……

《魂断蓝桥》最后一场戏中蒙太奇思维的成功运用，不仅创造出了一个崭新的电影时空，而且也为舒缓有致的影视节奏和赏心悦目的运动感奠定了坚实的基础，从而使得文本具有了魅力独特的跳跃性。蓝桥上的玛拉与汽车同时发生的戏剧动作得以分别展示，并在一定程度上扩展与延长了剧情与动作的物理时间，但影片的节奏感没有受到损害，相反，镜头在玛拉与汽车之间的快速切换，带来了情节的跌宕起伏，这就是蒙太奇平行式处理获得的艺术效果。此外，道具“吉祥符”的巧妙运用，将相隔 20 年的时空巧妙地连接在一起，使得玛拉与罗依这两个连接镜头之间的转场变得相当的流畅而不着痕迹。尽管相隔二十年时光，但是观众感觉不到“跳”，感觉不到其间转场的存在，如此的转场出神入化，造成了很强的视听效果，为电影增色不少。当然，其中的声音转场所带来的文本跳跃性亦不可忽视，比如画外玛拉的声音，既是玛拉的声音。又是罗依心灵上的声音，如此安排处理，让玛拉与罗依进入一个虚幻的电影时空之中，更是让读者（观众）回味无穷。

（三）运动性

影视是叙事性和造型性相结合的一门艺术，是用镜头（造型画面）来讲故事的艺术。因此，作为艺术奠基的影视剧本的文字表现，也必须遵循这个原则。也就是说，影视剧的视觉造型，必须体现在动态的过程中。在影视画面内，过多的静止场面或人物的冗长对话，都会影响影片的观赏效果。不过值得指出的是，剧本创作所追求的动作性不仅仅是表象上的运动，更不是那些情节肤浅、一味打斗的动作，而是要具有一定的内涵，有着内在的情景冲突。这种具有美学意义的动作，在影视剧本中的作用是不可替代的。动作性既是影视剧作塑造人物性格、揭示人物心灵的有效手段，又是影视剧作创造冲突、推进剧情的根本动力。在这方面，影视剧《潜伏》对同名小说的改编，就充分说明影视文学运动性这一美学特征。创作者超强的编织故事的能力是《潜伏》取得成功的首要因素，《潜伏》选择的事件不仅追求新颖，令人耳目一新，更重要的是均能造成情势突转，使人物关系发生急剧变化，从而获得强烈的戏剧性。这些充满戏剧冲突的故事，不仅生动地展现了剧中人物形象的灵魂与性格，而且让整个影视剧情节跌宕起伏，惊险刺激且扣人心弦。

值得指出的是，不只是充满戏剧冲突的故事才具有美学意义上的动作性，许多具有明确目的、意志和愿望的影视台词，亦同样具有动作性。以《潜伏》第 12 集中的一段台词为例：

李涯被交换回天津站，担任行动队队长，上任伊始，便与站长吴敬中密谋对付共产党。李涯的建议得到吴敬中的赞许，并立即付诸行动，行动直接导致左蓝牺牲。李涯思考片刻（对吴敬中说）：假如在这个左蓝和余主任之间下点功夫呢？眼下舆论总是指责我们破坏和谈，煽动民众闹事，为什么我们不能主动出击呢？延安就是这样做的，把握主动权。

站长：怎么主动出击？

李涯：我还是要说这个左蓝，她是军调代表，一旦她从事地下破坏活动，被我们抓到了呢？上面一定很高兴，这是他们破坏军调，制造摩擦的铁证呀。

站长满意：好思路，你有个懂政治的头脑。……有具体计划吗？

细读两人的对话，“下点功夫”“主动出击”“抓到”“具体计划”等词语，都具有动态性。这些词语一方面体现出说话人的潜在意愿，另一方面，这些意愿对听话人产生一定的冲击力或影响力，使其产生行动，从而推动剧情向前发展。细读《潜伏》文学剧本，对话作为影视剧动作的方式随处可见，这也是《潜伏》剧获得空前成功的一大原因所在。

第二节　影视文学鉴赏的方法

任何一种艺术价值的实现都离不开读者或观众的接受和鉴赏，就像色香味俱全的佳肴，没有食客的品尝就无法判定它可口与否。影视文学鉴赏作为一种审美活动，同其他艺术的审美一样，需要主客双方的参与。一方面，鉴赏者要认真分析审视作品各种元素的特征，从而对作品基本内涵准确把握；另一方面，鉴赏者在鉴赏作品的过程中融入自身的情感和生活体验与作品进行一种精神上的交流，从而达到精神的满足与愉悦。

影视文学融入了影视与文学的各种元素，这些复杂的审美特征为我们提供了多角度的鉴赏方法。

一、以感受画面为起点，领略它的造型美

赫尔曼说：“评价一本电影剧本不在于它读起来如何，而在于它写

下要拍摄的场面、让人听的对话、要人看的动作是否能产生效果。”影视文学的视觉特征要求影视剧本用语言文字把抽象的东西具体化，变成一个个可以拍摄的直观的画面、镜头。因此，影视剧本首先展现在我们眼前的是剧中一个个鲜活的形象，虽然这些形象不像已完成的影视作品那样直接刺激观众的视觉，但通过语言文字媒介，不管是逼真的人物肖像，还是美丽的自然风光、复杂的社会环境，都感觉历历在目。将这些画面、形象联系起来，串联成故事情节，就能认识作品，理解作品主题。因此，感受影视文学作品一个个生动的画面、形象是我们认识作品的开始。

我们在鉴赏作品时，要仔仔细细、认认真真地观赏作品中展示的每一幅画面，特别要留意那些具有象征意义的画面，因为这些画面有它独特的含义，能帮助我们理解作品的深刻意义。如《一江春水向东流》中多次出现了“月亮”这一意象。第一次是在张忠良和素芬定情的晚上，月亮是他们爱情的象征和见证；第二次是在张忠良要上前线时，月亮出现在夫妻依依不舍的场景中；第三次出现是素芬忍受生活的折磨和痛苦，望着月亮思念丈夫，但背信的张忠良却在同一月亮下投入别的女人的怀抱。这时的月亮不仅仅是环境背景，而且作为叙事的画面表达出明显的象征意义。

除了具有象征意义的画面外，还有那些看起来不起眼的细节，如一种手势、一个眼神，一丝微笑、一句独白、一段对白、一棵大树、一弯月亮等等，都有利于帮助我们了解人物的性格特征，有利于了解故事发展的过程和社会环境，加深对作品主题的理解。如《玉观音》中的玉观音，《勇敢的心》中为独立和自由而战的英雄华莱士临刑前惊天动地的呼喊——自由。

没有细节就不可能有艺术作品，真实的细节描写是塑造人物，达到典型化的重要手段。美国电影学家迈·罗默说：“一部影片至关重要的是简洁、直接、具体、普普通通的情境和亲切动人的细节。”如著名导演夏衍根据鲁迅的小说改编的《祝福》结尾一段对祥林嫂的形态的描写：

祥林嫂已经变了形了，披散着头发，“脸上瘦削不堪，黄中带黑，而且消尽了先前悲哀的神色，仿佛是木刻似的；只有那眼珠间或一转，还可以表示是一个活物。她一手提着竹篮，内中一个破碗，空的。一手拄着一支比她更长的竹竿，下端开了裂，她分明已经纯乎是一个乞丐了。”

望了一回，开始走。

脚的特写。

脚的特写。

脚的特写。（渐渐慢）

倒下。

落叶吹过。

这几个细节，充分展现了祥林嫂在封建礼教残害下的悲惨命运。

二、关注情节和矛盾冲突，理清作品主题线索

主题是作品表达出的一种思想观念，一种情感意蕴。有了超越语言媒介的深刻主题，作品的艺术魅力才会长久不衰。影视文学的主题是在创作的过程中逐渐形成并与作品一起完成定型的，并不是事先确定一个主题后再根据所确定的主题去选择材料，叙述故事，塑造人物形象。影视文学的主题是作者不断对题材的挖掘、提炼逐渐得出的思想结晶，也是作者世界观、人生观、价值观、美学观、艺术观的集中体现。影视文学的主题表达是依附于作品的内容而存在，就像盐溶于水一样，主题必须通过故事情节和人物才得以体现。也就是说主题即动作和人物，即一个人或几个人，在一个地方或几个地方，做他们的事情。影视作品的首要任务是讲述一个精彩、曲折、能吸引观众的故事，让观众沉迷其中，经观众的感受、联想、领悟，主题才慢慢地浮现出来。在这里，主题不再是一部影视作品的最高纲领，而是依附于故事而存在的，因为故事是将主题传达给观众的唯一途径。票房打破历史纪录的《泰坦尼克号》的

主题是对生死不渝的炽烈爱情的赞美，是对面临灾难时人们不同的心理反应的表现和对人性本质的揭示。而这一主题是通过巨轮碰触冰山即将沉没这一戏剧性情节表现出来的。在所有的人物被推到了死亡的面前，不同人物的性格本质被淋漓尽致地表现出来，坚贞的爱情得以放射出耀眼的光辉。如果失去了故事中船触冰山这一戏剧性情节，作品的主题将无法得以体现。

高尔基认为情节“即人物之间的联系、矛盾、同情、反感和一般的相互关系——某种性格、典型的成长和构成的历史”。绝大部分作品都有一条贯穿整个作品的中心情节线，通过对情节的把握，可以了解人物性格的历史，理出人物之间的关系，从而理解整部作品的主题。《骆驼祥子》中心情节线是旧中国北平城里一个纯朴、勤劳的人力车夫祥子，想凭自己的力气挣得一个好的生活，以坚韧的性格和执拗的态度与生活展开搏斗，但最终被黑暗的社会所吞食。通过这个中心情节线，反映出当时社会的黑暗腐朽。

影视文学情节常见的形态有：①人生历程型，即以主人公的一段或一生历程或经历为中心情节线，围绕着主人公思想情感、身份地位的发展变化来组织情节。如前面举到的《骆驼祥子》。②事件型，即以一个相对完整的事件作为中心情节线，作品围绕着事件的发生、发展、结局展开故事。如《林家铺子》围绕林家杂货店的兴衰展开叙事。③关系型，即通过几个人物之间的关系发展变化的历程展开故事，利用他们之间的情感纠葛推动情节的发展。如电视剧《月牙儿与阳光》就是以剧中两个人物从小到大，以及两个家庭之间的矛盾和纠葛，展开故事情节，并由此延伸至那个社会里的种种深刻的社会矛盾。④意识流型，即以作品中主人公意识的流动为情节主线，常常采用闪回、梦幻、独白等方法揭示人的意识活动，如《野草莓》。

我们在鉴赏作品情节时，要看故事情节是否是真实的。所谓的真实性主要是看故事情节的发展是否具有合理的逻辑联系，是否符合生活本身的逻辑。如果仅仅是为了单纯追求情节的离奇和曲折，违背人物性格发展的常规，不顾情节发展的逻辑，远离现实生活，这样的作品难以得到读者的认可。当然情节的完整性和独特性也非常的重要，完整的情节才能使鉴赏者易于理解和把握，如果缺少情节中的一部分，鉴赏者就会感到不知所云。新颖、独特的情节也会给予鉴赏者独特的感受，从而吸引读者。

故事情节的核心是冲突，即作品中反映出来的人物与其对立面之间、人物与环境之间、人物内心的矛盾和斗争。“没有冲突就没有戏剧”，冲突是故事情节发展的动力，人物之间的不同性格和观念在情节不断推动的矛盾中产生碰撞，便展示了各自鲜明的个性特征。大多数影视文学不但重视情节，更重视尖锐集中的戏剧性冲突。世界三大凄美爱情故事之一《魂断蓝桥》为什么能让那么多人黯然流泪，就是通过曲折的故事情节和尖锐的矛盾冲突，即罗依、玛拉的纯洁爱情与传统贵族观念的冲撞，冲突的结局以玛拉的出走自杀而使美好的爱情归于毁灭。在冲突过程中，故事情节有着一张一弛、一正一反的“波浪式”运动轨迹。在我们的口语中，影视作品也时常被称为“戏”。作为一部“戏”，如果没有情节、没有冲突、没有对抗，那就是无“戏”可看，这样的作品，肯定是不会受到欢迎的。即使是那些淡化情节故事的作品，仍然是由系列的矛盾冲突组成，只不过这些冲突看起来不是那么激烈，甚至有些是冲突的解决。如《黄土地》中虽然没有人物之间的冲突，但有落后与现代文明、人与环境的冲突。归根到底，社会就是由矛盾构成，生活就是矛盾的产生和解决。

三、从语言、动作入手，分析人物个性化的性格特征

大多数的影视文学如同其他叙事性的文学作品一样，基本上是以塑造人物为中心，剧中人物的活动以及各种人物的关系构成作品的基本情节元素，作品的主题思想和社会意义也主要是通过人物的命运来表达的。如《乱世佳人》中任性、泼辣、能干、果断、执着的斯嘉丽，《历史的天空》中耿直外向、粗犷不羁的姜大牙等。因此，塑造具有审美价

值的生动、典型、逼真的人物形象，是影视文学的首要任务。

塑造人物的关键是刻画人物性格。优秀的影视作品必须塑造出具有鲜明个性特征的人物形象。所谓性格是人的精神特质和心理特质的总和，是文学作品的基础，没有深刻、真实、动人的性格就没有真正的艺术。

个性化的性格特征是“共性”和“个性”的统一。由于特定的历史环境，相同的经济基础、阶级地位、生活条件使得某些人具有共同的性格特征，即“共性”。如哈姆雷特代表了当时先进的人文主义思想的共性，娜拉代表了当时妇女解放和妇女独立思想的共性。由于生活的经历和环境不同，甚至受遗传的影响，每一个人都有自己不同于他人的性格，这就是“个性”，这也是“我”不是“他”，“他”不是“他”原因。俗话说“人之不同，犹如其面”，世界上有多少不同的面孔，就有多少不同的个性。

而“共性”是通过“个性”表现出来的，正如恩格斯所说：“每个人都是典型，但同时又是一定的单个人，正如老黑格尔所说的，是一个‘这个’。”例如，《历史的天空中》的姜大牙和《亮剑》中的李云龙都是生活化的巴顿式中国军人形象，两个角色共同的特点是骁勇善战，有智有谋，性格刚毅，视死如归。但各有各的个性，李云龙幽默、狡猾、狭隘，打仗不服从命令，视战争为生命，为了战争的胜利，什么都可以抛弃，哪怕是自己的妻子。姜大牙粗犷豪放、野性十足，是一个为了爱情什么都可以改变的人。

而塑造个性化的人物形象靠的是什么呢？主要是靠语言、动作、肖像描写，也包括音乐与音响。有什么样的思想情感，就有什么样的语言和行为，有什么样的性格，就有什么样的言谈举止。

个性化的人物形象塑造常常通过人物之间的经典的语言来实现。法国的弗雷里赫在《银幕的剧作》一书中说：“对话只有在能够给我们揭示性格的时候，才是最富有表现力的。运用得正确的对话提供了刻画人物性格的新的可能性。不仅不会使银幕失去动作性和吸引力，而且还会丰富银幕的纯造型的表现力。”如《红色娘子军》中，吴琼花奉命侦察敌情与杀害自己亲人的南霸天狭路相逢。仇人相见，怒火中烧，琼花拔枪就打，一边愤怒地说：“老爷……尝尝奴才的子弹吧！”这句话充分表达出一个冲出牢笼的丫鬟对主子的满腔的仇恨和蔑视，表现了琼花勇敢、粗犷、爱憎分明的性格特征。

影视文学作品常常将内在的心理变化通过外部的动作、神情来表露。《红色娘子军》在塑造吴琼花的形象时就是从她的强烈动作入手。剧本一开始，作者就给琼花寻找了一个有代表性的动作——“跑”。琼花从南霸天狱中逃出来，随即又被再次抓回水牢吊在梁上，恶奴老四边打边问：“还跑吗？贼丫头！臭奴才！”琼花：“跑！看不住就跑！”在“娘子军的诞生”和“参军”这两个场面中，她带着一个女奴的仇和冤闯到了庄严肃穆的大会场。当连长要她说明一下参军动机时，她“噌”的一声扯开衣领，露出一排排血肉模糊的鞭伤。作品正是通过这些动作的描写，揭示琼花的性格“又辣又急”，“辣”是写她的爱憎分明，有强烈的复仇心理，“急”是写她的单纯善良、投奔光明的殷切希望。

我们在鉴赏影视作品时要关注人物的一举一动、一颦一笑，发现清晰、生动表现人物全部思想的形式和动作，分析人物隐蔽的微妙的感情变化，从而了解人物的性格和思想感情。

四、掌握影视文学作品的结构和节奏特点

如果说情节是作品的内容，那么，结构就是作品的形式。罗伯特·麦基这样给结构下了定义：“结构是对人物生活故事中一系列事件的选择，这种选择将事件组合成一个具有战略意义的序列，以激发特定而具体的情感，并表达一种特定而具体的人生观。”影视文学的结构就是对情节的组织和安排，是作品风格和主题思想表达最有力的手段。如果我们了解作品的结构，就能更明白故事情节、人物性格，从而理解作品所蕴含的深刻主题。

影视文学是按照影视艺术的拍摄要求进行构思，所以，总体上是按

照镜头、场面、段落的结构形式清晰体现编剧在处理镜头、场面之间关系的构想。如电影剧本《卧虎藏龙》开头：

（1）外场景：雄远镖局外大道

人物：无

时间：日

外省城外的十字路口。镖局院外大门上悬挂着“雄远镖局”的幌子。

（2）外场景：雄远镖局

人物：镖师若干，趟子手若干，李慕白，吴妈

时间：日

镖师和趟子手们正在给车队装货。

一位骑士背剑骑马，背对镜头，进大门。干活的人们放下手里的活，满眼疑惑地抬头向骑马人望去。其中一人认出了来者。

趟子手甲：啊！李爷！

立刻，人们有的冲李慕白笑，有的拱手。

李慕白，三十多岁，美俊而强悍，环顾四周下马。

背景，吴妈看见李慕白，扔下手里的包袱，高兴地跑进内院。

按照剧作结构的美学特征，影视文学的结构形式分为传统的戏剧结构形式和反传统的非戏剧结构形式。

戏剧结构形式强调冲突，全剧一般由开端、发展、高潮、结局几部分组成。开端是剧作主要事件的开始，主要人物的出现和主要矛盾的显露；发展是剧作结构中最主要的部分，所占篇幅最多，是人物性格的不断发展和形成，矛盾的不断推进和冲突的不断加剧；高潮是剧作中最为重要的部分，是矛盾发展的必然结果和顶点，是主要人物性格塑造完成的关键时刻，也是剧作中主要悬念得以解决的时刻；结局是高潮过去之后，主要矛盾和主要悬念的最终解决，主要人物性格的最后完成，故事重新出现了一种平衡和稳定。如《霸王别姬》是典型的戏剧式结构。故事的开端是妓女艳红将亲生儿子小豆子卖给喜福成科班学艺，故事的发

展是小豆子在科班学艺的经历，高潮是程蝶衣与段小楼之间的感情纠葛，影片的结局是程蝶衣拔剑自刎。作品借鉴了戏剧化的表现手法，使影片具备了一种戏剧性的节奏美，影片的主题与戏剧化的故事结构获得了完美的统一。

非传统的剧作结构包括小说式结构、散文式结构、心理式结构、时空交错式结构、生活流式结构、意识流式结构等。它们的共同特征是不以矛盾冲突为结构的基本手段，淡化故事的高潮，追求一种贴近生活的艺术效果。如《城南旧事》就是散文式结构的典范作品。作品采用串珠式的结构方式，以别离思恋为主线，串联起“秀贞和妞儿的故事”“小偷的故事”“宋妈的故事”三个并无因果联系的故事。这几段故事之间的连接疏松、自然，但每一段的内部组织又很完善，各有各的发展过程。

影视文学按照作品的时空结构，还可以分为顺序式、倒叙式、平行式、交错式等。

顺序式结构就是按照故事发生发展的时间顺序叙述剧情，大多数的影视剧都是采取的这种形式，使得作品条理清晰，易于理解掌握，如《卧虎藏龙》；倒叙式结构是将故事的结局放在前面叙述，然后再追溯原因，使剧情跌宕起伏，悬念丛生，如日本著名导演黑泽明的代表作《罗生门》；交错式结构就是不按故事发生发展的时间顺序依次叙述，而是打乱场面发生的时间，并以某种逻辑再把它们组织起来，用闪回、梦境、幻觉等场面穿插来叙事，如《天云山传奇》；平行式结构就是将两条情节线平行发展，如军事题材片《大决战》。

影视文学的结构还包括根据情节的总体安排而形成的错落有致的发展节奏。情节的发展节奏是为了叙述故事、制造气氛、抓住观众、揭示主题而在结构上的考虑和安排，成功的影视作品节奏应该做到有张有弛，跌宕起伏。

节奏表现为连续而又有间歇的运动。由于影视是时间和空间的复合体，节奏在影视中既表现在时间的流程中，也表现在空间的运动形态上。节奏分为内部节奏和外部节奏。内部节奏是由情节发展的内在矛盾冲突或人物的内心情绪起伏而产生的节奏。外部节奏是由画面上一切主体的运动以及镜头转换的速度而产生的节奏。外部节奏有时和内部节奏一致，有时又可以不一致，甚至相反，二者是辩证统一的。

影视剧作中人物思想、情绪、情感起伏变化的有规律的运动是影视艺术中由视听表现手段所构成的外部运动节奏的基础动因和表现依据。摄影机的运动节奏、蒙太奇镜头的节奏、角色的形体动作和对话的节奏、音乐和音响的节奏以及光色对比变化的节奏等，无不以人物的内心节奏变化为依据。内心节奏往往通过外部运动的节奏转为可直接感知的外部表现传达给观众，并在观众内心激起相应的情绪的节奏反应。

节奏是一部作品的风格要素，悲剧、爱情片多采用舒缓的节奏，动作片多采用紧张的节奏。

五、把握影视文学的表现手段，理解作品的深层含义

影视文学有不同于其他文学作品的表现手段，其中蒙太奇是最重要的表现手段。蒙太奇的运用使得影视文学对时空、声画关系的处理获得了极大的自由。

什么是蒙太奇？蒙太奇是法语“montage”的译音，本义是指建筑中构成、装配、组合之意，影视中的蒙太奇是按照特定的创作目的和遵循一系列艺术规则对镜头与镜头、画面与声音进行有机组合的基本手段，通过这种手段，创造出影视作品空间和时间的完整性、统一性，完成对人物、环境和事件的叙述，表达具有内在逻辑的思想和情感，创造出和谐的节奏和风格。

蒙太奇是电影构成形式和构成方法的总称，是电影艺术的重要表现手段，是影视艺术赖以生存、发展的特殊、神奇的艺术方式，影视艺术的时间和空间视觉的综合性就是通过蒙太奇来完成的。有了蒙太奇，电影才真正成为一门独立的艺术。在使用蒙太奇之前，每个镜头都有自身的含义，当两个镜头组合到一起后所表达的含义要大于两个镜头本身之

和，即两个蒙太奇镜头的对列，不是二数之和，而是二数之积。有两个这样的镜头：一列火车上一个女人被捆绑着；一个强壮的青年骑着一匹马在飞奔。当两个镜头组合就不只有一个被抓、一个在骑马的含义，而是使人联想到被捆的女人与骑马的男子之间有某种因果联系——青年男子正奋不顾身来抢救被捆女子。

蒙太奇最主要的功能有四个方面。

一是通过对各种基本元素的组合完成一个完整的叙事作品。一方面是形成完整的时空。影视艺术的时空并不是对真实时空的简单记录，而是按照一定的需要，根据一定的条件采用特殊的技术手段重新创造出来。蒙太奇则使这些非真实的时空具有内在的逻辑性，从而形成完整而逼真的时间和空间感。另一方面是组成完整的故事情节。影视作品的基本单位是镜头，若干镜头构成场面，若干场面构成段落，若干段落构成情节，这些之间的连接就是通过蒙太奇实现的。

二是通过镜头的组合创造情绪、情感。库里肖夫等人在教学中做了这样的一个实验：将著名演员莫兹尤辛的几个没有任何表情的特写镜头分别与三个不同的镜头相连接，这三个镜头分别是一张桌子上的一盆汤、躺在棺材里的女人、玩玩具的小孩。观众对演员的表情片段认识依次是饥饿、伤感、怜爱，这就说明不同的镜头组合就会表达出不同的意义。

三是可以使影片用画面之间存在的隐喻、转喻关系和象征性来阐述抽象的思想观念。通过蒙太奇的手法，采用象征、暗喻等手法，通过画面与画面之间某种特定的关系来表现抽象的思想观念。

四是创造风格。镜头与镜头之间的长度、色彩、光线、景别、机位、运动方式的变化都会以一种节奏的方式来创造影视作品的风格。如《黄土地》用缓慢凝重的蒙太奇节奏创造出一种苦涩深沉的电影风格，《红高粱》用跳跃紧凑的蒙太奇节奏创造了一种热烈奔放的电影风格。

第三节　影视文学作品赏析

【作品一】

阳光灿烂的日子

姜文，王朔

主要获奖情况：

第33届台湾电影金马奖最佳改编剧本奖

1995年度“国际十大佳片第一名”（美国《时代》周刊）

20世纪70年代初的中国，全中国的大人们都在四下奔波闹革命。于是，部队大院的孩子马小军、刘忆苦、羊搞、大蚂蚁等成为城市的主人。他们整天在一起抽烟、打架、游泳、看电影、追逐漂亮女孩。在无聊的夏日里，马小军还学会了撬门开锁，进入别人家里成了马小军生活的一大乐趣。他常常溜出校门，用自制的钥匙打开一把又一把的锁，窥探一家又一家的秘密，但马小军从来不拿人家东西。一天，马小军鬼使神差地进入了一个房间。倏然间，马小军看到了墙上的“画中人”。接下来的日子，马小军一直没忘记那个照片上的女孩。他天天在那个房子的周围转悠，希望能见到她。终于有一天，一双美丽的女孩的腿从马小军身边经过，马小军意识到她就是“画中人”，于是主动认识并成为朋友。从此马小军天天都去找她，并将米兰介绍给自己的哥们，但是看见米兰和刘忆苦谈得那么亲热，马小军有些嫉妒。接下来的日子里，米兰像一个精灵，在马小军和刘忆苦之间游荡，最终影响了马小军与伙伴们的关系。在心情极度纷乱的情况下，马小军怀着爱情的煎熬“强暴”了米兰，并最终促使米兰与马小军及其伙伴们断绝了来往。许多年后大家再次相聚时，过去的一切如同一场梦幻，青春的记忆告诉马小军，生活中的米兰可能并不存在。

片头字幕

黑底中，陆续出现主创人员名字的白色字幕。

音乐：

笛子吹奏的《远飞的大雁》。

旁白：(中年马小军，下同)

北京变得这么快。20 年的工夫它变成一个现代化城市，我几乎从中找不到任何记忆里的东西。

事实上这种变化，已破坏了我的记忆，使我分不清幻觉和真实，我的故事总是发生在夏天，炎热的气候使人们裸露得更多，也更难掩饰心中的欲望。

那时候好像永远是夏天，太阳总是有空出来伴随我们，阳光充足，太亮，使得眼前一阵阵发黑……

黑底中，出现巨大的红色字体：阳光灿烂的日子

1. 大院广场日、外

天空。(摇下) 毛主席塑像半身。

礼堂门前，战士挥舞着彩带划过画面。干部列队走出礼堂。

歌词：

革命风雷激烈，战士胸有朝阳。毛主席呀毛主席，我们有多少知心的话儿要对您讲。

礼堂楼顶，四个小男孩儿迎面跑来。

礼堂门前，锣鼓震天，彩带飞舞，干部列队走出礼堂。

锣鼓划过画面，干部队伍迎面走来。

旁白：

“九大”过后不久，我爸爸他们部队接受了新任务要去贵州进行“三支两军”工作——当军代表。

马母在喊“小军！小军！”

一群孩子冲过，撞在马母身上。

马母：“挤什么呀！”“小军！小军！”

四个小男孩背身 (移)，他们看着楼下热闹的场面。

马母画外音：“下来！下来！”

队伍迎面走。

毛主席塑像。

众干部敬礼。

众干部敬礼，礼毕。

马母在人群中寻找。

马父在人群中寻找。

马母见到马父，两人在议论、寻找。

童年的马小军在跑。

马小军入画，马母生气地打了他一巴掌。

载满军人家属的车队驶出大门。

2. 机场路上，日，外

杨树划过。

卡车上，马小军站在父母中间，他高兴地指着画外。

马小军及父母站在卡车上（背），马小军指着远处，远处一辆辆坦克划过。

旁白：

我最大的幻想便是中苏开战。因为我坚信在新的一场世界大战中，我军的铁拳定会把苏美两国的战争机器砸得粉碎。一名举世瞩目的战争英雄将由此诞生，那就是我。

一辆辆坦克划过画面。

3. 机场，日，外

机场，直升机在空中。（跟摇）载满军人家属的一辆辆卡车驶进机场，一辆吉普车驶进机舱。

载着马小军及父亲的车停下。

螺旋桨在飞速旋转。

马父跳下车。

马母下车。

飞机在慢慢移动。

马小军注视着画外。

一军官向众干部敬礼出画右，马父回身。

机尾，干部列队走进机舱。

马父画外音："向右转！"

马父下令："齐步走！"众干部走。

机尾，干部列队走进机舱。

马小军吹哨。

机尾，将要走进机舱的马父回头。

马小军冲出画。

马小军冲向机尾。

马小军将哨子戴到马父的脖子上，转身跑出画右。

马小军扑进马母怀里，马母生气地说着他。

飞机慢慢地滑行。

马小军看着画外。

机头划过画面。

飞机在滑行。

飞机划过画面。

飞机起飞，划过画面。

飞机划过画面，（摇）飞向远处。

4．小学校，日，内，外

墙（移）马小军入画，他慢慢地移向窗口。

旁白：

爸爸走了，我获得了空前的自由，我特别羡慕父母都在外地工作的那种孩子。如今我终于加入了他们的行列。

三个小姑娘在跳舞。

马小军出神地看着画外的小姑娘跳舞。

一小女孩的腿在舞动。

一小女孩在跳。

马小军出神地看着。

窗户被打碎。

碎玻璃掉在地上，小女孩停止跳舞。

马小军回身，画外哥儿几个："给丫一大哄哦！哦唉！哦唉！"

哥儿几个坐在平台上喊着："给丫一铁丝哦，大腿一抽筋，给丫一搓板哦，搓脊梁又搓眼儿哦……"

大树旁，马小军（背）入画拎起木棍跑出画。

马小军入画冲进门洞。

小哥儿几个奔命跑，马小军跑入画，举着棍子，马小军："给我站住……"小哥儿几个跑向沙滩，马小军扔掉棍子，扑过去。

四个男孩站起身。

刘思甜："咱们打赌，看谁把书包扔最高！"

众："行。"

刘思甜："打什么的？"

羊搞："冰棍！"

马小军："奶油的。"

羊搞："两根！"

刘思甜："好。"

众："我先来！我先来！"

刘思甜："别，别，别，从大蚂蚁开始！咱得把书包扔得跟楼一样高！"众："行！行！蚂蚁你先来！一！二！三！"

"哎呀！不行！不行，刘思甜，该你！"

"一！二！三！哎呀，不行！"

"羊搞，你！该你！一！二！三！哎哟，哎哟，真次！破玩意儿。""马猴！马猴！该你！"

刘思甜等三人扔书包，书包都落了下来。最后到马小军。

马小军："躲开！"

众："一！二！三！"

马小军将书包高高扔起。书包飞出画外，孩子们久久地抬头看天。

书包在空中盘旋，落下。（升格）

5. 大院内，日，外

长成少年的马小军将书包接上。

马小军："我操！你丫怎么这么懒，连书包都懒得拿，赶紧走。"刘思甜、羊搞："大蚂蚁！快点儿，迟到了，迟到了，快一点儿。等你半天了。"

大蚂蚁："别喊了，我姥姥在家去不了了。"

众："什么你姥姥，骗谁呀你！赶快走！赶快走！"

旁白：

小学就这么毕业了，大家升入了不同的中学。这是校方为拆散像我们这样的小集体，而专门采取的措施。可是没过几年，我们便随大人搬到了东城一个军队家属院，本来分开的老哥儿们又相聚了。

6. 大院门口，日，外

哥儿几个骑车出院。

哥儿几个："古伦木！古伦木！"

傻子："欧巴！"

傻子骑着木棍。车轮从他身前划过。

哥几个："古伦木！古伦木！"

傻子："欧巴！欧巴！"

7. 胡同，日，外

哥儿几个，并排骑车由纵深而来，边骑边唱："临别时，我告诉你，不要往家招男的，如今我看见了床上的痕迹，你他妈是怎么搞的。"

旁白：70年代中期，北京还没有这么多的汽车和豪华的饭店，街上也没有这么多人。比我们大几岁的都去了农村和部队，这座城市属于我们。

哥儿几个唱着向纵深骑去："掐死你，我掐死了你，掐死你这不要脸的，如今我看见了床上的痕迹，你他妈是怎么搞的。"

8. 教室，日，内

胡老师：“上课!”

画外音：“起立!”

全班同学起立。

胡老师：“同学们好!”

全班同学：“老师……”

马小军等同学：“……好!”

胡老师欲说话，讲台上的草帽被风吹走。

全班同学大笑。

胡老师从煤堆里捡起草帽走向讲台。

胡老师：“不要笑，很简单的一个物理现象，坐下。”

全体同学坐下。

胡老师站在讲台前。草帽又一次被风吹走。

同学们又笑了，羊搞起身出画右。

羊搞到煤堆前将草帽捡起递给胡老师。

胡老师：“谁让你离开座位的，无组织无纪律，回去!”

羊搞转身欲走。

胡老师：“我让你把帽子给我放在这儿再回去懂吗?”

羊搞：“懂！胡老师。”将帽子放下转身走。

羊搞回到座位上。

胡老师画外音：“谁是班长?”

羊搞起身跑到班长身边指：“她!”

胡老师画外：“你给我……”

胡老师拍桌子：“回来!”

羊搞返回座位。

胡老师：“谁问你啦！我问谁是班长的目的。是要让她自己站起来。”

全体同学在座，班长站着。

胡老师画外音："下课之后把这堆煤统统地撮出去。"

班长坐下。

胡老师画外音："大家把书翻到第 35 页。"

胡老师将草帽翻开用擦子压上。伸手拿粉笔。

同学们在翻书。

胡老师在黑板上写字，片刻他回身看大家。

同学们安静地坐着。

胡老师写完后转身对大家："咱们讲讲这个《中俄尼布楚条约》中，清政府；俄，沙俄政府。"

同学们安静地听着。

胡老师看看黑板对大家："啊，尼布楚，何为尼布楚?"

同学们安静地听着。

胡老师："贝加尔河以东的地区，啊。"他低头看画外。

草帽里装满了煤球。

胡老师将书摔在桌上："这是谁干的?"

胡老师拍着讲台："谁干的?"走到羊搞的桌前拍桌子："这是什么意思? 谁?"

羊搞："不是我，不是我。您看我手是干净的。"

胡老师："都把手伸出来!"众同学将手伸出，胡老师从前走到后检查，当他往回走时，马小军起身："胡老师!"

胡老师："你说!"

马小军："算了，不说了。"

胡老师走到马小军身边："你说! 不要怕!"

马小军："我是说他可能是怕那帽子再飞走，我觉得动机是好的。"

众同学笑。

胡老师："我问的你是谁?"

马小军："噢，那我可不知道。"

胡老师："坐下。"走向前。

马小军画外："老师，你可千万别生气！"

众同学："老师别生气！"

胡老师回到讲台前对画外的众同学："这节课咱不上了，我跟你们说我要查清楚，我要查清楚。"

门被踢开，一男生冲进，横穿教室跳窗而跑。

马小军看着，画外又一声，马小军回头。

两名男生，冲进教室，跳上桌子，斜穿教室跳窗追去。

胡老师看着。

众同学坐下。

马小军看着画外的胡老师。

胡老师生气地低下头。

画外男生："胡老师，胡老师，劳您驾！"

窗外男生："把鞋给我拣出来。"

胡老师对画外的男生："你是不是上厕所也要让老师给你擦屁股啊？"

窗外的男生看着胡老师。

胡老师画外："给你鞋！我给你穿上……"

胡老师拍着桌子："……得了。"

男生画外："那倒不用，您就给我扔出来得了。"

胡老师："滚！你们这些害群之马，不学无术。焦师傅！焦师傅！"

马小军与同桌女同学说着什么。

胡老师画外音："哪位同学赶紧去把咱们工宣队的焦师傅请到教室来！"

马小军转身出画左。

9. 教室，日，内

窗外男生："咳！姓胡的，你别给脸不要脸，求你那么点儿事儿你都不给我办，你等着！"

胡老师："咳！笑话，我等什么？啊？你还能把我怎么样？你不要来这套恐吓讹诈嘛！”

马小军爬向门口。

画外男生：“行！行！你等着，我还不要了。”

胡老师：“你回来！难道你会叫人打我吗？你扎我的轮胎，你暗害我不成吗？啊！我们没人稀罕你这只破鞋。”将鞋扔出窗外将窗户关上。

学校楼道内，马小军从门下爬出（摇）走向楼门口。

10. 马小军家，内

一双手在锉钥匙。

马小军低头看着，他满脸是汗。抬头吹吹钥匙。

钥匙开锁。

马小军微笑的脸。

锁扔到桌面上。写字台（推），手入画将锁打开放在桌上。抽屉拉开。

马小军低头看着画外。

抽屉一双手将刀拔出，拿出画外。手入画将抽屉内的另一把刀拿出。

马小军在玩刀。

抽屉，马小军手在翻小盒内的像章。

马小军转身，他身前挂满像章，走向里屋，开灯，走到镜子前。

马小军对着镜子：“敬礼！齐步走！当！当！当！……请首长放心，我们保证完成任务！851，851，我是延安！我是延安！向我开炮！向我开炮！”

抽屉，马小军的手在翻，他翻开一个笔记本，拿起一个小纸袋儿（避孕套）。马小军（背）在吹，他转过身继续吹。

屋内，气球下入画，马小军入画托气球。

气球从马小军的眼前划过。

桌面，气球由下至上划过画面。

气球从马小军的眼前划过。

气球从灯前划过。

气球从马小军的身前划过。

气球从马父、马母照片前划过。

气球从马小军的眼前划过。

马小军飞起一脚，踢气球。

气球从灯前划过。

气球撞在假军舰上。

马小军入画，将撒气的气球接住。

抽屉，马小军的手在急忙地收拾。

一双手在锁抽屉。

一只手在拉灯绳。

灯灭。

手拉灯绳。

桌面暗。

马小军关台灯。

马小军重重地躺在床上大喘气。（叠出）

11. 围墙，日，外

（叠入）围墙边，马小军骑车划过。

旁白：

我迷恋上了钥匙并开始制作它们，先是把自己家的各种锁一一打开，偷看大人的秘密，后来就发展到未经邀请地去开别人家锁着的门。每当锁舌“当”的一声跳开，我便陷入无限的欣喜之中，这种感觉，这种感觉只有“二战”中攻克柏林的苏联红军战士才能体会得到。

不瞒你说，我的才华是来自父亲的遗传，抗美援朝战争中，他曾无师自通地拆除了无数美国兵投下的定时炸弹的引信，很多人为此壮烈牺牲了，可他却安然无恙，以至于妈妈经常怀疑他在朝鲜那几年，一直是躲在山洞里。

我进行了仔细的侦察，发现人们都没什么钱。那些现在被认为是必不可少的家用电器当时闻所未闻。屋里多是单位发的家具。我也可以作证，那时候除了一些政治品质可疑的干部，贪官污吏凤毛麟角。

在我的溜撬生涯中，只见过一台苏联产的老式黑白电视机，我的确想把它搬走，可是太沉。我发誓我仅是开锁并不做贼。玩累了就躺在陌生人的床上睡会儿，想象着它的主人在床上可能干过的一些事。

放心，我有绝对把握不会被人擒住，那时候人们上班是从不溜号的，而且因为没丢失任何东西也从来未引起过人们的警惕。

马小军骑着自行车，他不时地向围墙内看。

（主观视线）围墙内，安静的小树林。

马小军骑车来到楼前（摇成主观镜头）一个老式的二层楼。

楼梯，马小军上楼。

楼道内，马小军露头，由纵深走来。（叠化出）

（叠化入）马小军走到一家门前掏钥匙。

一双手在开锁

马小军将门打开，他回头看了看楼道。

空空的楼道，门被关上。

12. 房间，日，内

抽屉被拉开，一个手表，画外马小军："suoga。"手入画将手表拿出并戴上。马小军将手表放在耳朵上听。一双手在开开关。

电视机里播放着五一电视节目。

（叠化）马小军在睡觉，被画外的响动惊醒猛地起身。

马小军起身跑出画。

马小军关电视。

马小军刚跑出门又返回身将手表放在抽屉里。

马小军跑下楼。

马小军跑下楼梯冲出楼门。

13. 楼梯，日，外

楼道内，马小军在某家人的菜筐里拿黄瓜吃。

马小军在开一家门，他闻声回头。

旁白：

当然也偶尔碰到点小麻烦。

楼道尽头，一小男孩儿走来。

马小军闪出画。

马小军跑到小桌旁。

马小军躲到桌子后。

楼道远处，一老太太走近。

马小军紧张地看着。

楼道里，老太太与小男孩由纵深走来。

马小军紧张的脸。

老太太及小男孩走到近处。老太太将菜筐放到桌上。

马小军躲在桌后。

老太太撩开门帘。

老太太在开门，小男孩站在桌边。

小男孩似乎发现了马小军，这时老太太开门，将小男孩领进门。

马小军躲在桌后，关门声将他吓了一跳，终于他松了一口气，起身。

旁白：

这点小事不会使我丧失勇气，这只能让我从中体会到更多的刺激。我向来只开明锁，因为安全。开始那天我却鬼使神差地开了一把暗锁。

马小军起身，他撩开一家门帘，看了看，转身走到另一家门前敲门，没动静，急忙掏出钥匙。

锁，一只手入画，开锁。

马小军的脸，他在使劲，门开，他快速闪进。

【赏析】

《阳光灿烂的日子》剧本主要由 4 个大的段落组成，这也就是通常意义上所说的开端、发展、高潮与结局。本文所选为剧本的开端部，包括 7 场戏，这 7 场戏分别为：送父出征、窥视跳舞、扔书包、街道游荡、教室风波、吹避孕套、初见“画中人”。这 7 场戏中，有的一个场景就构成一场戏，比如窥视跳舞、扔书包、教室风波与吹避孕套；有的由两个场景构成，比如街道游荡，有的由三个场景构成，比如送父出征。初见“画中人”最多，包括 4 个场景，这 4 个场景分别为：（10）马小军家，夜，内；（11）围墙，日，外；（12）房间，日，内；（13）楼梯，日，外。这 4 个场景中的每一个场景又分别由数个镜头组成，第一个场景有 34 个镜头，第二个场景有 10 个镜头，第三个场景有 9 个镜头，第四个场景有 19 个镜头。初见“画中人”段落是《阳光灿烂的日子》剧的重点段落，因为本段落直接表达了主题。

读懂一部影视剧本最基本的就是要读懂它的主题。《阳光灿烂的日子》完全抓住了这个基调，全片以一种快速、冲击力强的节奏进行，一气呵成让人几乎目不转睛。姜文对青春的回顾绝不像第五代导演有那么多的沉痛和反省，他的喟叹是对青春的恍惚和留恋，是对青春骤然消失的怅惘，然后更多的是对青春及那个时代的讴歌。到了末了，他甚至否认电影前面段落的真实性，直称其为伪造的谎言。《阳光灿烂的日子》不讳言其叙事立场，堂而皇之略去了青春苦涩的一面，让观众鉴赏北京少年擂着胸膛向全世界吹大牛的气魄和纯真。

北京电影学院苏牧老师认为，《阳光灿烂的日子》是一个浑然的、热气腾腾的生命。它表现的是青春的觉醒，生命的觉醒，就像影片的片名，它在表现和讴歌我们生命中的“阳光灿烂的日子”。

【作品二】

电视剧《大宅门》（节选）

郭宝昌

百草厅前堂。

柜台外围着卖药的人，伙计在抓药，一伙计在破臼中用钢杵捣着药，发出叮叮的撞击声，等药的人坐了一圈儿，大门口人出人进。

白文氏东张西望地走进来，向丸散膏丹柜台走去，将两盘药放到柜上，对一个站柜台的伙计："伙计，你过来看看！"

伙计忙走过来："什么事儿，您呐！"

白文氏："你们这药是假的！"

伙计一愣："假的？"

白文氏高声地："假的！这药怎么吃出渣子来了？"

伙计："渣子总是难免的，不能说药是假的！"

白文氏不客气地："制药制得不对才出渣子，制得不对还不是假的么？"几个买药的人围了过来。

伙计辩解："哪家儿的药也不能说没点儿渣子。"

"你看这是原来'白家老号'的药，怎么就没渣子？"白文氏说着打开了另一盒药。伙计忙道："您出去看看匾！这儿就是白家老号。"

白文氏："这儿不是！这儿是百草厅，掌柜的姓董，没有白家什么事儿！"伙计看出是找碴儿的来了："您想怎么着吧？"

白文氏："退货！"

伙计："这药没毛病，不能退。"

"没毛病？你端两碗水来，把两家儿的丸药都泡到水里化开了，一看就清楚了……"

白文氏举起一盘药，大声道："这是原来白家老号的药，这个丸药要是泡出渣子来，你这儿的丸药我全部买了。"

伙计慌了神儿："您这是要干什么呀！"

白文氏不客气地："去端两碗水来！"

买药的人都来了精神，喊叫着："对！对！端水去！""你害什么怕呀！""心虚了吧？""真金不怕火烧！""货比三家嘛！"伙计惊慌四顾。

百草厅议事房。

董大兴急赤白脸地向武贝勒发脾气："你老实说，预支的官银少了一万两，哪儿去了？"

贵武："急什么？急什么？我有点儿急用，年底我准还上。"

董大兴坚决地："不行！你是买卖人吗？纯粹这儿哄！你不把银子

退出来。我明儿就散伙!”

贵武:“别别,我退出来还不行吗?瞧你这脾气!”

董大兴气急败坏:“跟你们趟这浑水,我真他妈后悔!白家老三怎么回事儿?秘方儿到今儿也拿不来,那七八个人也没影儿,合着就练我一个人儿?!”

贵武装出一脸的苦相:“老三他不当家,全是二奶奶那儿把着呢……”

一伙计推门进来:“掌柜的,您快瞧瞧去吧,外边儿来了一老娘儿们,非闹着要退货。”董大兴:“退货?为什么?”

伙计:“说咱们的药是假的,我瞧那人好像是白家二奶奶。”

贵武一惊:“呦!这位祖奶奶怎么来了?”

伙计:“快去吧,前边儿都乱了!”

董大兴忙向外走:“这买卖没法儿做了,趁早散伙!”

前堂里,白文氏两碗水已化开了两丸药,旁边放了一个空碗,放了一个空篦子。白文氏正在篦药,药水流过篦子,围观的人聚精会神地看着。

药水倒完,小篦子上留了一层药渣。

白文氏举着两个小篦子给大家看,人们轰地一声七嘴八舌议论起来。白文氏高声道:“诸位看这是什么?”

围观人:“嘿!真的嘿!”“瞧这个怎没渣子呀!”“要不吃着牙磣呢!”

伙计惊慌无措时,董大兴挤了进来:“怎么了?怎么了?……呦,二奶奶来啦!”白文氏:“董掌柜,生意兴隆啊!”

董大兴连连施礼让道:“走走!里边儿请。”

白文氏:“不敢进去!里边儿姓董不姓白,进去看了我难受。”

董大兴:“二奶奶别这样,有话好说。”

白文氏:“话好说,药难做!我要退货!”

围观的见势跟着起哄:“退货!我也退!”“这不是白家老号了嘛!”“挂着羊头卖狗肉嘛!”……

“上茶!”董大兴将白文氏拉到窗前的椅子上坐下,“您这不是搅我吗?”

“货真价实谁也搅不了。”

“您说吧，您想干什么?”

“入股!”

“您入多大的股?”

“我没银子!”

“那入什么股?”

“干股!”伙计将两碗茶放茶几上。

“不拿银子出来干分红?”

“对!”

“凭什么?”

“凭白家的信誉。”

“这恐怕不行，我们八位股东，我做不了主!”

“没什么商量?”

“这怎么商量?”

“董掌柜，你们在‘汇丰’借银子，在‘隆盛’赊账用的什么名号?”

“白家老号。”

“这百草厅已经不姓白了!”

“那……赊账、借银子也无损于‘白家老号’么，你们白家过去也赊过，借过。”

“不是这个意思，正因为白家有信誉，你们才赊得来，借得出；换上你董大兴的名字，人家就不叫你赊，不给你借!”

“就算这样，又怎么着?”

“我入个干股！就凭你使我们白家的名号!”

“没这个道理!”

“那你以后不许用白家的名号!”

“你白家的名号就值得了一股?”

白文氏指着堂里的顾客："你看过买药的人么？就是冲着白家这个名号来的，所以你的假药也还卖得出去，万一他们知道了你的底细，董掌柜的日子怕没这么好过了。"

董大兴无路可走了："二奶奶，我告诉你，白家的名号我用得名正言顺！"

"这我倒想领教！"

"我们股东里就有你们白家的人！"

白文氏暗暗吃惊："谁？"

董大兴："三爷颖宇！"

白文氏微微一笑，故作嗔怪道："董掌柜，别蒙我！他不会干这种吃里扒外的事！"

董大兴回头叫过伙计："叶头儿，把红头贴本儿拿来。"

白文氏瞥了一眼董大兴，慢慢低下头端碗喝茶。

董大兴："我就知道您不是来退药的，您是要打我百草厅的主意！"

伙计叶头儿递上账本儿，董大兴翻开了一面递给白文氏，白文氏接过认真看着。

董大兴："您看，这个费明举就是三爷的化名。"

白文氏二话没说将账本一合，送回给董大兴："领教了！"起身向外走。

董大兴送着："您慢走！"

白文氏走到门口突然回头："董掌柜！这事儿可才刚刚开了个头儿！"

董大兴惊愕地望着。

白文氏走出大门，慢慢站住了，回首看着"百草厅白家老号"牌匾，良久沉思。

【赏析】

《大宅门》讲述的是清朝光绪年间中国百年老字号"百草厅"药铺的兴衰史，以及由此展开的医药世家白家三代人的爱恨情仇、恩恩怨怨，整个故事时间跨度大，情节曲折，人物众多并且性格各异。《大宅门》在央视一套播出之后，获得了较为广泛的好评。

《大宅门》成功的首要因素是极强的“故事性”。从第一部到后来的续集，《大宅门》的故事情节可谓一波三折，戏剧冲突激烈，具有极高的可看性。整个故事涉及了三代人的命运，跨越了清代、民国以及中华人民共和国建国之初近百年的历史，一些重大历史事件，比如抗日战争、公私合营等都成了该剧的背景，造就了一部鸿篇巨制。同时，该剧还善于设置悬念，使观众“欲罢不能”。比如白文氏阵前受命重振家业，老太爷的儿子们是否会听从白文氏的安排？白文氏会面临哪些困难？她究竟采用何种手段盘回百草厅？这些问题都吸引着观众。

《大宅门》的成功还在于人物的塑造。在70多集电视剧中，爱与恨、善与恶、美与丑、情与仇、磊落与卑微、阳刚与阴柔融为一体，人物也都具有立体性，在一个人身上可以找出优点也可以找出缺点，不再是传统电视剧中对人物形象的僵化处理方式。比如斯琴高娃饰演的白文氏在为人治家的胆识、韬略、手段等方面都有过人之处，并在危难之中担负起了挽救一个行将败落的大家族的重任。但她也并非完人，比如在对待杨九红的态度上，由于无法接受妓女杨九红嫁入自己的家门，白文氏软硬兼施，用尽手段，其中有些可以说是很不光彩的手段，甚至临死之前也不忘羞辱杨九红：整个白家都要穿孝，连猫狗也是如此，但唯独杨九红不能替她戴孝。这样的处理表明了白文氏是人而不是神，增强了故事的真实性，自然也会吸引住观众。类似的人物处理还有白景琦、香秀等。

除了艺术上的成功之外，《大宅门》在商业运作上以及技术上也是成功的。剧中汇集了众多明星，比如陈宝国、斯琴高娃、刘蓓、蒋雯丽等，加之导演张艺谋、陈凯歌等人的客串表演，整部戏可谓星光熠熠。而编导郭宝昌事先声明该剧是根据著名中药世家“同仁堂”的家族历史改编，这无疑在一定程度上也激发了观众的兴趣。同时，《大宅门》还是中国第一部高清晰度电视剧，它采用世界最先进的高清晰摄录设备摄制，分辨率高达1080线，使荧屏图像清晰度提高一倍，彻底消除了图像闪烁的现象。播放时，采用数字和模拟两个版本同时播映，北京、上海、深圳等有条件地区可收看到这部高清晰度电视剧，通过普通电视机收看，也能收到较其他电视剧更为清晰的效果。由此可见技术上的进步为艺术上的成功创造了有利的条件。

参考文献

[1]蔡智敏,姜联众.经典文本的阅读与赏析[M].南昌:二十一世纪出版社,2018.

[2]陈寿琴.中国现当代文学作家与作品赏析[M].北京:现代出版社,2016.

[3]程家琪.细品慢酌方成文——读《中国文学的鉴赏》有感[J].写作(中学版),2016(1):67.

[4]从晶.文学鉴赏对中国传统文化研究的意义探讨[J].参花(中),2022(2):112－114.

[5]崔明芬,石兴泽.简明中国当代文学[M].北京:社会科学文献出版社,2015.

[6]杜春海,唐霞.中国现当代文学第2版[M].成都:西南交通大学出版社,2020.

[7]杜春海.中国现当代文学[M].成都:西南交通大学出版社,2016.

[8]范铮.中外名著及影视鉴赏[M].天津:天津教育出版社,2017.

[9]付惠云.基于合作学习的“中国现当代作家作品研习”任务设计[J].语文建设,2023(15):35－39.

[10]高玉.现代汉语与中国现代文学[M].上海:上海交通大学出版社,2021.

[11]关德福,曹阳,刘清虎.中国现当代文学[M].北京:中国传媒大学出版社,2017.

[12]洪治纲.中国当代文学思潮十五讲[M].杭州:浙江大学出版社,2017.

[13]洪子诚.问题与方法:中国当代文学史研究讲稿[M].北京:生活·读书·新知三联书店,2015.

[14]金浪.理论的边际中国现当代文学与美学探思[M].上海:上海人民出版社,2023.
[15]康静,吴文静.中国现当代文学的分期探索[M].北京:中国书籍出版社,2022.
[16]李艳爽.基于任务驱动的中国现当代文学经典精读课程教学改革与实践探索[J].安阳师范学院学报,2023(1):133－136.
[17]李仰智.言说与现场:中国当代文学的一种读法[M].北京:人民文学出版社,2015.
[18]刘晓璐.传播学视野下的中国现当代文学研究[J].智库时代,2023(20):191－193.
[19]刘燕歌.国文鉴赏[M].西安:西北大学出版社,2019.
[20]卢燕娟."中国式现代化"与中国现当代文学的时空问题[J].现代中文学刊,2023(1):4－7.
[21]卢云峰,郭玉华.中国现当代文学[M].西安:陕西师范大学出版总社,2018.
[22]罗执廷.文学鉴赏与批评实践[M].广州:花城出版社,2018.
[23]吕树菊.文学鉴赏对中国传统文化研究的意义[J].产业与科技论坛,2020(15):121－122.
[24]牛学智.当代社会分层与流行文学价值批判[M].北京:作家出版社,2017.
[25]彭金梅.中国文学名篇的价值与鉴赏研究[J].新教育时代电子杂志(教师版),2020(19):252－253.
[26]邱玲.从地域特色角度解读中国现当代文学[J].中学地理教学参考,2023(20):90－91.
[27]舒开智.当代文化与文论视域中的文学经典研究[M].武汉:武汉大学出版社,2015.12.
[28]王贵禄.中国式现代化与中国现当代文学学术话语的重构[J].天水师范学院学报,2023(1):7－11.
[29]王华.中国文学鉴赏指南针:评《现代中国文学的审美批评与理论探

索》[J]. 中国教育学刊,2015(6):9.
[30]王青. 当代中国文学与现代传媒[M]. 哈尔滨:黑龙江人民出版社,2022.
[31]王秀娟. 文学鉴赏对中国传统文化研究的意义[J]. 产业与科技论坛,2018(19):160－161.
[32]王宇娟. 中国现当代文学作品分析——以莫言作品为例[J]. 中国民族博览,2023(16):18－20.
[33]吴静之. 名著阅读导读[M]. 南京:南京大学出版社,2019.
[34]现当代旧体诗赏析与研究[M]. 哈尔滨:哈尔滨地图出版社,2018.
[35]肖向明,杨林夕. 世纪回望中国文化现代转型时期的文学演进[M]. 广州:中山大学出版社,2015.
[36]余俊光. 中国现当代文学概论[M]. 成都:西南交通大学出版社,2021.
[37]张华林,章红. 中国现当代文学名篇赏析[M]. 武汉:武汉大学出版社,2022.
[38]张瑞格. 中国文学鉴赏对提升语文学习的意义[J]. 北极光,2019(1):124－125.
[39]张昱欣. 中国现当代文学"以古为师"教学模式刍议[J]. 中国科技期刊数据库科研,2023(1):183－185.
[40]赵俊贤. 当代作家的背影与文学潮汐[M]. 西安:西北大学出版社,2015.